.

缪斯再临

新时期文艺心理学

赵言领　著

ZHEJIANG UNIVERSITY PRESS
浙江大学出版社
·杭州·

教育部人文社会科学研究项目"新时期文艺心理学的发生、嬗变与当代价值研究"（22YJA751028）成果

序

新时期文艺心理学研究

刘锋杰

　　当初，言领博士与我商议毕业论文的题目，我们共同确定研究新时期以来的文艺心理学建设问题，对这个选题我是抱有很大期望的。中国古代也曾涉及文学与心的关系，如刘勰提出了"文心"问题，并强调"心哉美也"，表明美丽的心灵是文学创作的源泉。王阳明创立"心学"，虽非直接讨论文学与心的关系，却影响了后来人，如李贽提出"童心"说，公安派提出"独抒性灵"说，刘熙载提出"文，心学也"等。但与现代的文艺心理学相比，中国古代提出的这个"文，心学也"问题，主要属于文学本体论范畴，以为文学从心中长出，在涉及灵感、构思、写意等问题时也具有心理学的特色。毋庸讳言，心理学是现代的学科，故古代关于心的研究再怎么丰富，也难以达到现代心理学学科的科学性与严密性。因此，继承古代文学与心学关系的研究，将其从本体论的层面转向创作论的层面，也就具有深化认识文学创作属性与机制的重要意义。

　　但很遗憾，在一个较长的时期内，文论界是避谈文学与心理学关系的，以为这样就否定了文学与外部世界的关联，在突出作家个人的地位时模糊了文学的社会目标。殊不知，文学表现人性、人的情感，并且又作用于人性、人的情感，不肯定与研究人的心理，又如何实现这样的美好目标呢？人性是一系列稳定的心理活动，情感——尤其是情绪——是一系列稳定中带有不稳定性的心理活动。相关的灵感、想象、构思、欣赏等等，都是极其活跃的心理活动。于是，随着1970年代末的思想解放运动的展开，文论界接续上1936年朱光潜《文艺心理学》的学术脉络，重新开始了文学与心理关系的研究。其时，我正在读本科、读研究生并开始从事文学理论的教学与研究，虽然我所受到的直接影响不大，但看到文学与心理关系的研究论文，总是脑洞大开。这方面的研究在文学观念上取得了三个突出成就：其一，明确了文学不是直接地反映生活，而是表现作家对于生活的感知。如此一来，文学与生活的关系，也就演变成了文学通过心理中介与生活的关系，故决定创作的思想、情感内涵深度的，不是作品中生活内容的多与少、新与旧，而是所表现的作家心理体验的深与浅、密与疏。在文艺心理学的精深面前，暴露了生活论的表面化。这不是说生活在创作中不重要，而是再重要的生活也只有通过心理活动才能进入创作。否则，生活与创作是两张皮，即使强行地贴在一起，也是不能混融的。其二，出现了文学主体论，把具有丰富的内心世界的作家、人物与读者视为文学活动的核心。倡导"心的文学""人的文学""文学是人学"，所企望的就是在文学的世界中、在现实的世界中出现一个个活泼泼的堂堂正正的大写的人。把人从主体的地位下拉下来，使其成为非主体，那是不敢承认主体的丰富思想情感，不敢承认主体的独立自主性；把人从非主体的地位上提升起来，那是承认人的丰富思想情感，承认人是独立自主的主体。在新时期文论发展中，文学主体论的成型稍晚于文艺心理学的兴起，正是由于文艺心理学所积累的对于人的丰富性、自主性的新认识才促成了主体论的成熟，摒弃了生活论的片面化。其三，出现了审美体验论，把作家的生命体验视为审美创作的底色，揭示了作家生命与审美创造的本体关系，形成文学生命论或者说审美生命论。在文学生命论的面前，暴露了生活论的外在化。这同样不是说生活论不重要，而是说生活论只能解释文学的材料来源问题，文学创作终究是与人的生命打交道，以刻画生命为审美目标，而非以表现所谓的生活本质这样的抽象原则为审美目标。

于是，我们发现一个极有意思的现象，在古代，文学与心学关系的研究，主要是哲学、伦理学视角的，还缺乏心理学的支撑。在现代，文学与心理学关系的研究，主要是心理学的，却又发展出与哲学、伦理学的关系，那就是主体论与体验论的出现。这表明，从文学与心学的关系中发展出文艺心理学，是古代文论向着现代文论的转换，这是文艺心理学学科体系的创立与展现；从现代的文艺心理学中发展出哲学与伦理的内涵，这时候，又是现代的文艺心理学向着古代文论的转换，这是赋予文艺心理学以必然的价值根基。若仅有古代的文学与心学关系研究，则缺乏现代文艺心理学的具体性与丰富性；若仅仅具有现代文艺心理学的具体性与丰富性，则缺乏古代文学与心学关系研究的哲学与伦理学的高度与热情。古今文论的关系不是单向地仅仅向现代转换，而应是一个互为主客体的双向转换。唯有如此，现代文论才能在继承传统的基础上开拓出兼容传统又具有创新性的新局面。

以上的感受是我个人的，但我以为同样也是言领这本著作的思想内核，正是沿着这样的思想内核展开，这本著作才确立了自己的写作中心，形成了参与现代文论与人学建设的理论意图与方法，才能取得相关研究的思想深度。

具体而言，言领著作中关于新时期文艺心理学建设与科学主义、人本主义与审美主义相关联的三种形态划分，极其明晰而具有理论意义。科学主义的文艺心理学之所以处于新时期的早期阶段，原因在于新时期亦如"五四"一样，在展开自己的思想谱系时，"科学"与"民主"的口号自然地成为高举的旗帜。文艺心理学与科学攀上关系，将有利于证明文艺心理研究的正当性及深入揭示创作奥秘的科学性。新时期早期的科学主义文艺心理学带有较明确的教条色彩，但在避免这个弊端，向着新的科学方向前进后形成的认知美学则进入了更加科学化的研究空间，未来肯定会有极大的收获。人本主义文艺心理学接着科学主义文艺心理学往下说，它的优点是不仅看到了人具有心理的特性，同时具有主体的特性，在观察到人的内在世界的复杂性后确认人是具有自我独立意识的主体，这个主体总是带着自我的思想、情感倾向而活动并指向自我确立与自我实现。文艺心理学讨论到这一层，它与人学的立场与视野就融合起来了。审美主义文艺心理学则极力论证无论是讨论创作上的心理问题，还是讨论人作为主体的心理问题，最终都要落实到文学的审美性上，否则就不是"文艺的""审美的"心理学，就不属于文论研究范畴了。在这一方面，审美主义文艺心理学，无疑又是新时期文艺心理学研究的最终接盘手，将科学主义文艺心理学、人本主义文艺心理学汇聚于审美主义旗帜下，文学审美的内涵也因此而极大地丰富起来了。故知，新时期文艺心理学研究经历科学主义阶段而进入人本主义阶段，再进入审美主义阶段，是此学科的逻辑自洽：起步并揭示文艺心理活动的心理科学属性，转向并揭示文艺心理活动的人学属性，再进入并揭示文艺心理活动的审美属性。至此，新时期的文艺心理学建设完成了理论上的基本目标，尽管它在每一个阶段上的理论实现力度与深度是不相同的。

新时期文艺心理学的快速发展也就十几年，未能一直延续下去，在进入新世纪以后就陷入了沉寂。人们忽然发现，在轰轰烈烈的文论界中，已经没有文艺心理学的地位了。言领问我怎么进行后续研究，我告之以接着研究文化批评，即文艺心理学未必是真退隐了，它浸入文化批评中而发挥着更大的作用。研究文艺批评中的心理中介问题，是新时期文艺心理学研究的最为合适的学术接力与拼图。言领在著作中讨论文艺心理学与生态主义的关系，就是对文化研究的一个开拓，并且是一个好的开拓。

我希望作者沿着文化批评与文艺心理学的关系往下做，再上一个学术台阶。

2022 年 11 月 22 日写于浙江越秀外国语学院学术交流中心

导　言

　　1936 年，朱光潜的《文艺心理学》正式出版，一般认为这标志着中国文艺心理学学科的正式形成。在这之后，文艺心理学经历了近半个世纪的学术断层，直到改革开放时代，学科才得以重建。在几代学者的共同努力下，文艺心理学迅速形成蔚为壮观的研究局面，作为中国当代文艺学领域内思想最为活跃、成果最为丰硕、成绩最为显著、影响最为深远的一个重要方面，在中国当代文论史上留下了浓墨重彩的一笔。虽然从 90 年代中后期开始，文艺心理学研究陡然衰落，整体淡出了人们的视野，但经过二十余年的冷却与沉淀，新时期文艺心理学已然成为学术史研究的理想对象。其中，对新时期以来文艺心理学学科形态、研究范式的嬗变过程和发展趋向展开研究，梳理其从重生到繁荣再归于平淡的演化脉络，在此基础上重新审视它的学术价值和历史贡献，相信对于中国当下的文论建设具有非常重要的理论和现实意义。

一、科学主义的文艺心理学

在文艺心理学的研究方法上，一直存在着科学主义和人本主义两种思路。最早的文艺心理学，即费希纳（Fechner）的实验美学，是严格按照自然科学的实证方法来进行研究的，而之后出现的弗洛伊德文艺心理学则采用的是人文科学的定性研究。深受克罗齐影响的朱光潜在其《文艺心理学》（1936）中主要采取人本主义研究思路，而改革开放初率先开启了文艺心理学重建的金开诚，在方法论上却倾向科学主义，并且推动形成了新时期文艺心理学的第一种学科形态。[1]

金开诚文艺心理学的科学主义倾向首先表现在"自觉表象运动"的核心命题的提出。金开诚发现表象具备"既有一定程度的概括，又有一定程度的形象的性质"[2]，于是认定表象才是作家艺术家创作的原材料，探讨文艺创作规律必须从表象开始。就这样，表象成为金开诚文艺心理学的逻辑起点。然而，这个逻辑起点显然是来自认知心理学的，所有围绕它的理论探讨难免带有科学主义色彩。金开诚还提出"从大脑说起"的关键命题："文艺心理学是研究文学艺术创作和欣赏中的心理活动的科学。在人类的一切心理活动中，大脑作为中枢神经系统中的关键部分显然要起极为重要的作用。因此谈文艺心理学也需要从大脑说起。"[3]这里文艺心理学被界定为一门研究心理活动的"科学"，且心理

---

[1]　关于金开诚文艺心理学与科学主义的关系，详见拙文《科学主义的迷雾：金开诚文艺心理学再解读》，《上海文化》2017年第12期。

[2]　关于金开诚文艺心理学与科学主义的关系，详见拙文《科学主义的迷雾：金开诚文艺心理学再解读》，《上海文化》2017年第12期。

[3]　金开诚：《文艺心理学概论》，人民文学出版社，1987年，第1页。

活动与大脑等中枢神经系统紧密相关，于是金开诚在对文艺现象进行阐释的时候，常常先将其还原为一般心理过程，再还原为生理机制，以使文艺心理学更为"科学"。

金开诚作为新时期文艺心理学的开创者所受评价并不高，主要原因是他对传统反映论和旧的认识论文学观的坚守。[1] 在新潮文论风起云涌的新时期，金开诚不免显得有些过时的文艺观念严重限制了其文艺心理学的理论价值，但文艺审美活动确实无法剔除认知和生理因素，要对此予以科学的说明，引进认知心理学和生理心理学是必要的。于是在金开诚的影响和带动下，科学主义的文艺心理学研究形成风潮，收获了一丰硕且扎实的研究成果，如许明的《美的认知结构》（1993）、汪济生的《系统进化论美学观》（1987）。值得重视的是黎乔立的《审美生理学导论》（2000），书中黎氏致力于构建"审美生理学"，提出"节变律"、"缓解律"与"心理能量"说等美学新命题，大大推进了生理学方法在文艺心理学研究中的运用。

进入新世纪，科学主义文艺心理学仍在发展。李志宏多年来致力于创建"认知美学"理论，后来形成《认知美学原理》（2011）一书。李志宏主张运用现代认知科学的最新成果，对人类审美活动的性质、特征等问题做出以科学实证材料为根基的阐释。他提出的"形式知觉力""形式知觉模式"等概念，另辟蹊径地解释了审美活动的发生原理，令人耳目一新。另外，当前方兴未艾的"神经美学"是科学主义文艺心理学的最新形态，它在新的技术

---

[1]　参见夏中义：《新潮的螺旋——新时期文艺心理学批判》，《文学评论》1989年第2期；张婷婷：《文艺心理学：内向视野的开拓——"新时期"文艺学20年的回顾与反思之一》，《文艺理论研究》1999年第2期。

条件下对费希纳实验美学进行了升级，实现了认知心理学与生理心理学两个研究方向的融合统一，自从新世纪初被引进国内，在文艺学、美学、心理学等多个学科引起高度关注，研究热情也不断被释放。

　　新时期科学主义文艺心理学的形成与朱光潜有着特殊联系。首先，朱光潜重视实验美学的研究，为此在《文艺心理学》附载《近代实验美学》三篇。朱光潜还重视美感的生理基础，在该书第四章专门探讨美感与生理的关系。而在新时期的"共同美"讨论中，朱光潜第一个提出美感"往往是生理和心理交互影响的"[1]，引导学界从生理基础的视角对共同美现象进行科学的研究。不过，在朱光潜这里还未形成有意识的科学主义研究方向。李泽厚则是科学主义文艺心理学的自觉倡导者。他早在 1979 年就指出："美感作为心理科学的研究对象，将在未来世界中占有极为重要的地位，它大概是某种具有多个常数和变数的复杂的数学方程式。"[2]他后来还提出审美心理学的研究目的就是从"从真正实证科学的途径来具体揭示我们今天只能从哲学角度提出的文化心理结构、心理本体、情感本体的问题"[3]。另外，李泽厚提出"内在自然的人化""感官的人化""情欲的人化"等重要命题，揭示了人类通过对动物性的生理感官、生理情欲进行"人化"的塑造从而获得审美能力的过程，突出了生物、生理基础在审美活动中的关键作用，这虽然仍属于哲学角度的思考，但对走向以

---

[1]　朱光潜：《关于人性、人道主义、人情味和共同美问题》，《文艺研究》1979年第 3 期。

[2]　李泽厚：《美学旧作集》，天津社会科学院出版社，2002 年，第 18 页，着重号为原文所加。

[3]　李泽厚：《美学四讲》，生活·读书·新知三联书店，1989 年，第 105-106 页。

实证科学为方法论的美学研究是有启示意义的。此外，思想文化领域的科学主义思潮，文艺理论界的"方法论热"，以及现代心理学、生理学、脑科学、神经科学及认知科学等相关学科的飞速发展则是新时期科学主义文艺心理学形成的外在动因。

不过科学主义文艺心理学也存在严重的问题。首先是在研究方法上离真正的科学还有相当的距离。即使如金开诚这样对科学方法有着特殊偏爱的研究者，也仅限于借助认知心理学和生理心理学的理论对文艺审美现象进行新的阐释，不能真正开展实证研究。这方面的原因在于中国的研究者大多是文科出身，缺乏心理学的专业训练，也没有实证研究的外在条件。其次是研究者对于科学方法的局限缺乏足够的认识。人类的文艺审美活动本是极为复杂的心理现象，科学主义文艺心理学从认知或生理的层面将文艺审美活动做人为的切割，企图从一枚孤立的"切片"中探究其奥秘，这非常容易导致理论盲点和学术偏见。

二、人本主义的文艺心理学

人本主义是新时期文艺心理学的第二种研究视角，在金开诚那里已经有所显现。也就是说，金开诚的文艺心理学总体是科学主义倾向的，但在具体论述中偶又显现出人本主义的萌芽。比如金开诚把传统反映论的"二环论"改造成"三环论"，增加了"主观反映和加工"环节，间接承认了作家的主体地位。金开诚还认为只有"理想、信念、性格、意志、兴趣、能力、思维、想象、感知、情感以及个人生理特点"等"主观因素"得到充分的表现才有主客观高度统一的艺术创造，使活生生的艺术形象呈现在人们眼前。[1]

如果说在金开诚那里作家主体性还隐藏在"三环论""主观因素"底下，那么鲁枢元则提供了作家主体性在文艺心理学上的完全证明，从而开启了新时期文艺心理学的人本主义形态。他告诉我们："在社会生活和文艺作品之间横亘着的并不是一面什么'镜子'，而是一个人，一个活生生、有血有肉、有思想、有感情、有意志、有创造性的人，一个为任何具备复杂物理属性的'镜子'也远莫能比的人。"[2] 所以必须承认作家的主体性，并且深刻地认识到作家主体在文艺创作中的核心地位和主导作用。鲁枢元把它归纳为四个主要方面："创作冲动的勃发萌生于创作主体的需求和欲望"，"作品素材的选择受制于创作主体的兴趣和意向"，"审美意象的呈现有赖于创作主体的记忆和经验"，"作品主题的确定在很大程度上服从于创作主体的信念与理想"。[3]

刘再复的《性格组合论》（1986）从文艺心理学角度对文学对象主体性展开论证。刘再复提出小说发展的最高形态是"内心世界审美化"，而其中奥秘是"性格二重组合原理"："真实的内心世界的审美化，是让文学作品的接受者看到真实的人的感情，真实的人的内心世界，看到人的内心世界中善与恶、美与丑两种心理能量的互相碰击、互相转化，即看到任何一个人的内心活动都是一种矛盾状态，它的活动形式，都是一种双向逆反运动，都是一种活生生的不断变化着的二重组合运动。"[4] 刘再复提出性格二重组合原理主要目的是通过论证人物内心世界的"复杂

---

[1]　金开诚：《文艺心理学概论》，人民文学出版社，1987年，第30页。
[2]　鲁枢元：《创作心理研究》，黄河文艺出版社，1987年，第188页。
[3]　鲁枢元：《创作心理研究》，黄河文艺出版社，1987年，第215-220页。
[4]　刘再复：《性格组合论》，上海文艺出版社，1986年，第51页。

性"，从而树立文学对象的主体性。

　　吕俊华的《艺术创作与变态心理》（1987）从变态心理学的角度论证了文艺活动本身的人本内涵。吕俊华发现艺术创作中经常出现人我不分、物我一体等变态心理现象，他认为这是抒发感情的必然结果："正如饥思食、渴思饮一样，人有情就要宣泄、抒发，否则便活不下去。这是人的生物、生理——心理要求，是普遍的自然——社会现象。而宣泄、抒发就要有点反常或变态，不反常、不变态则感情无由宣泄和抒发。变态的深浅、久暂是与感情的强度成比例的。"[1] 所以，文艺活动中的变态心理背后正是人情和人性，这也是文艺的人本属性的直接证明。

　　人本主义文艺心理学的理论来源主要有四：首先是李泽厚的主体论哲学。众所周知，刘再复的文学主体性理论来自李泽厚的主体论哲学，而李泽厚的人类学本体论美学提出建设人的心理本体（情感本体），更是为人本主义文艺心理学提供了哲学基础。其次是胡风的创作美学。胡风的"主观战斗精神"理论认为文学家要以强烈的主观意识突入创作对象，通过"被燃烧似的热情"把材料变为作家的血肉的一部分。鲁枢元对此有类似的表述："文学家不但对外界事物进行了反映，同时也对客观外界事物进行了'人化'，进行了人的审美意识化。文学作品中所反映的社会生活同时也融注进了文学家自己的心血和生命、意志和感情，这样，文学作品才具备了真正的艺术生命。"[2] 两者显然存在渊源关系。再次是弗洛伊德的精神分析学。无论是鲁枢元对作家心理世界的描绘，还是刘再复对人物性格规律的归纳，作为文学活动中的人，

---

[1]　吕俊华：《艺术创作与变态心理》，生活·读书·新知三联书店，1987年，第5-6页。
[2]　鲁枢元：《创作心理研究》，黄河文艺出版社，1987年，第34页。

其内在心灵的复杂、丰富和深邃都难以超出弗洛伊德人格学说的辐射范围。至于吕俊华对变态心理因素的关注，与精神分析学有着更为直接的关系。最后是马斯洛的人本主义心理学。在阐明文艺活动的精神价值方面，马斯洛的需求层次论（特别是其中的"自我实现"）和"顶峰体验"理论为文艺活动的人本内涵提供了充分的理论依据，也就成为人本主义文艺心理学的理论基点之一。另外，从思想背景看，人本主义文艺心理学与人道主义文艺思潮以及"人性论"讨论、文学"向内转"也有着极密切的关联。

20世纪80年代前中期是人本主义文艺心理学的鼎盛时期，然而在1985年之后迅速衰落，到90年代以后已经罕有回响，其中可能包括以下原因：第一，在确立文学的人本属性方面，人本主义文艺心理学发挥了关键的作用，但当历史使命完成，作为助推的主要工具自然就被冷落了；第二，在理论来源方面，主体论哲学、胡风创作美学、精神分析学、人本主义心理学或停止发展，或进展缓慢，无法提供新的理论启迪；第三，80年代中期兴起的文学人类学以自身极具特色的实证方法推进了文学的人本属性的研究，部分取代了人本主义文艺心理学的学术功能；第四，80年代中后期文学审美论得以确立，人道主义文艺思潮逐渐消退，无论是理论层面还是创作层面，人本主义文艺心理学都缺乏相应的支撑了。

三、审美主义的文艺心理学

新时期文艺心理学的第三种学科形态是审美主义。由于文艺具有审美特性，文艺心理学很多时候就是一种美学上的探讨。朱光潜的《文艺心理学》主体部分就是对美感（审美心理）的探讨，金开诚的文艺心理学命题"自觉表象运动"其实可看作对审美心理规律的科学描述，而鲁枢元、刘再复、吕俊华的"情绪记忆""性格二重组合原理""人我不分，物我一体"等命题也都蕴含着审美内核。本书所说的审美主义的文艺心理学主要是指 20 世纪 80年代中后期及 90 年代前期对审美心理的内部机制和本体范畴的研究，涵盖审美心理学、心理美学或心理学美学的论域。

　　审美主义的文艺心理学在理论渊源上应与两次形象思维讨论有关。值得注意的是，原本被归入"形象思维"主流阵营的李泽厚，在第二次讨论时基本立场转向反对阵营。李泽厚在《形象思维再续谈》（1980）文中指出："'形象思维'作为严格的科学术语，也许并不十分妥帖，因为并没有一种与逻辑思维相平行或独立的形象思维……"李泽厚接着指出："我理解艺术创作中的'形象思维'……是艺术想象，是包含想象、情感、理解、感知等多种心理因素、心理功能的有机综合体，其中确乎包含有思维——理解的因素，但不能归结为、等同于思维。"[1]李泽厚这里仍把形象思维列为文艺的核心问题，但需要跳出原先的哲学的、认识论的知识视野，继续从美学的、心理学的视角研究。

　　我们认为，审美主义的文艺心理学源于对形象思维的讨论，而对形象思维的不同的理解（心理学的、美学的）则引出两种研究思路，导致两种学科形态的建立，即审美心理学和心理美学，这也正是审美主义文艺心理学的两个主要分支。

　　审美主义文艺心理学的发生还与 80 年代兴起的审美反映论

---

[1]　李泽厚：《形象思维再续谈》，《文学评论》1980 年第 3 期。

有密切的关联。作为对传统反映论的改造和超越，审美反映论侧重从心理层面探究文学的审美特性。如童庆炳认为文学反映具有审美属性的生活，但这种生活内容只能来自作家对现实生活的审美体验："文学所反映的生活是经过作家的思想、感情的灌注，留下了作家的精神个性的印记的生活，……文学创作反映生活，但不是临摹生活。作家写进作品中去的生活，是经过他千百次拥抱的生活，那里面留下了他的感情、愿望、理想和思考。"[1]钱中文、王元骧等人倡导的"审美反映论"也有类似的表述："我们说文学是生活的反映，并不等于说一切现实生活都无条件地可以成为作家反映的对象，只有那些曾经为作家所感动过的、体验过的东西，才能在他的记忆库存中储存下来，成为创作中艺术加工的材料。"[2]

后来，审美反映论发展演变而为审美体验论。确切地说，在20世纪80年代中后期，审美体验开始进入文艺心理学的研究视野，作为体现美学与心理学深度融合以及文艺审美活动的心理本体的重要概念被反复探讨，并以此构建学科新理念。胡经之以审美体验为"文艺美学"的理论基石，他在《文艺美学》（1989）一书中指出：对文艺创造来说，要依照一定的审美理想、审美观念、审美趣味，按照美的规律，把生命中那些零散的审美体验组织起来予以概括和系统化，从而构成一种新的审美体验，并且把它固定于一种物质形式。所以，艺术作品作为物态化的审美体验，是更集中、更凝练的审美形式。王一川的《审美体验论》（1992）认为，审美体验是人在亲自活动中对人类活动的理想意象的瞬间

[1] 童庆炳：《关于文学特征问题的思考》，《北京师范大学学报》1981年第6期。
[2] 王元骧：《审美反映与艺术创造》，杭州大学出版社，1992年，第12页。

把握，这一过程伴随着紧张剧烈的内部活动、丰富活跃的兴象和热烈欢快的情感。所以，审美体验是非常特殊的生命体验，它构成人生中意义充满的瞬间，成为艺术的灵性之源。童庆炳以审美体验为文艺心理学的核心概念并且提出"心理美学"的学科新理念，在其主编的《现代心理美学》（1993）中指出："作为心理美学研究对象的人的审美活动和艺术活动，归根到底都是人的一种生命体验。人活在世界上总是要不断领悟世界的意义和人本身存在的意义，体验就是主体对生命意义的把握。"[1]

从 20 世纪 80 年代末开始，审美意象在文艺学及美学领域成为关键范畴和研究热点。"意象"本是中国古典美学的一个核心概念，朱光潜对其美学内涵进行阐发，提出"美感的世界纯粹是意象世界"的重要命题，将美感与意象联结起来，使后者被赋予了新的理论内容，后来就演变成为心理美学的重要概念"审美意象"。叶朗在《现代美学体系》（1988）中认为艺术不是为人们提供一件有使用价值的器具，而是向人们呈现一个"完整的、意蕴内在于其中的感性世界"，即审美意象，它就是艺术的本体。胡经之的《文艺美学》在审美意象的形成机制上有重要发现，他提出和概念思维并立的"意象思维"的概念，认为审美意象就是意象思维和概念思维综合作用的产物。汪裕雄是新时期审美意象研究的集大成者，在《审美意象学》（1993）一书中把审美意象作为审美心理的基元，论及审美意象的概念、特征、生成、类型、作用等方面。

---

[1]　童庆炳主编：《现代心理美学》，中国社会科学出版社，1993 年，第 15 页。

　　审美主义文艺心理学作为新时期文艺心理学的第三种形态，其研究成果之多、研究视野之广、学科理念之新、学术水准之高，远远超出了前两种形态。但是审美主义文艺心理学的风光无限也只持续了数年，到了90年代以后就逐渐衰落，研究成果数量下降，研究人员流失严重，学科发展后继无人。其中有内在方面的原因，比如学科定位、研究方法的难题一直未能很好地解决。不管是审美心理学还是心理美学，都只是单一视角下的研究，对于审美心理这种极为微妙复杂的心理现象来说，或陷入心理学研究的琐碎、片面，只见树木不见森林；或导致哲学思辨的空洞、玄虚，脱离审美实践的基础。意识到单一视角的局限，童庆炳曾提出"多种学科的综合""多种研究方法的综合"[1]的研究设想，但现实可操作性并不尽如人意。外在方面则是研究范式存在着阐释文学现实的困难。审美主义文艺心理学的研究范式适合阐释以超越性的审美为主要追求的精英文学、纯文学，而到了90年代，随着通俗文艺和大众文化的蓬勃兴起，精英文学、纯文学走向边缘，以文化研究为代表的文论新范式走到历史前台，而已经发展到审美主义阶段的文艺心理学必然日渐沉寂。

四、文艺心理学的"生态转向"

　　新时期以来，文艺心理学的学科形态和研究范式依次演进，与此同时学界对文学性质的认识也在逐步丰富和深化，达到了前所未有的理论高度：科学主义文艺心理学从认知或生理的层次上

---

[1]　童庆炳、程正民：《文艺心理学教程》，高等教育出版社，2001年，第10页。

揭示了文学审美活动的产生基础、发生原理和运行机制；人本主义文艺心理学重点研究作家的主体作用、人物的心理世界、文学的情感内核，高度肯定了文学的精神价值和特殊功能；审美主义文艺心理学致力于寻求文学审美特性的心理证明，通过把反映论改造成体验论，把形象论发展到意象论，推动了基本文论观念从认识论向审美论的重大转变。总之，在新时期文艺心理学那里，文学既有科学定性，也有人本属性，更有审美特性，实现了在文学性质问题上的理论突破。

传统反映论之失在于以外部规律代替内部规律，只看到文学与社会、政治的外在联系，忽视了文学本质上是一种审美活动，关乎人的情感、心灵和精神境界。而新时期文艺心理学无论是科学主义、人本主义还是审美主义，都只专注于文学的内部规律，这似乎又走向了另一个极端，即过于抬高了文学的自足性、自主性和自律性，一味"向内转"，削弱了文学与社会、政治的外部联系。于是在文学"再政治化"风行的20世纪90年代，文艺心理学很快沦为明日黄花，而文化研究则风头正劲，取代了文艺心理学的位置。

不过要说文艺心理学从此退出历史舞台也不符合事实。首先，文艺心理学对文学主体、文学创作、文学接受的研究非常精深，已经成为当代文论体系的重要组成部分。其次，文艺心理学作为一种常见批评方法被广泛运用于批评实践。最后，文艺心理学的研究还在继续，进入新世纪以后出现了一些较有影响的研究成果，除了前文提到的科学主义路向的"认知美学""神经美学"，人本主义路向出现了张玉能以精神分析学为主要理论来源的"深层审美心理学"，审美主义路向有李健借助审美体验的思想资源提出的"感物美学"。更值得注意的是，文艺心理学的研究者已经意识到先前"重内轻外"的缺陷，于是努力突破原有范式，将研究视野"向外转"，形成了社会学、生态学等研究转向。

文艺心理学的社会学转向以童庆炳为代表。童庆炳等著的《文学艺术与社会心理》（1997）书中指出，文艺心理学常常忽视人的心理的社会历史因素，需对其方法论进行反思和革新，"把社会学的方法论与心理学的方法论结合起来，可能给文艺的研究开辟一条全新的道路"[1]。

文艺心理学的生态学转向产生的学术成果更为丰硕。吕俊华较早地把生态主义立场和观点融入文艺心理学的研究中，他在《艺术创作与变态心理》中提出了一系列带有生态主义色彩的文艺心理学命题，如"寄情自然""物我一体""扩大的同情"。但是吕俊华的生态观是朴素的，他对生态学没有专门的研究，对文艺心理学的生态学转向也没有明确的意向。

90年代中后期，鲁枢元有意识地把学术兴趣从文艺心理学转移到生态文艺学上来。他的解释是："在工业社会迅猛发展的300年里，人的精神的沦落与地球生态的濒危是同时降临的，自然生态的危机绝不仅仅是一个技术操作问题和社会管理问题，而与现代人类的生存理念、价值取向密切相关，是一个时代的精神问题。"[2]针对精神危机带来的生态危机，鲁枢元认为要从文学艺术的层面上解决，理由如下：第一，文学艺术具有天然的生态本性，是一种打破疆界并且建立跨越疆界的联系、形成不间断的相互渗透的一种生命活动。第二，文学艺术具有顶级的生态序

---

[1]　童庆炳等：《文学艺术与社会心理》，高等教育出版社，1997年，第6页。
[2]　鲁枢元：《文学的跨界研究：文学与生态学》，学林出版社，2011年，第368页。

位，在地球生态系统中处在金字塔顶端的位置，是"精神圈"的核心。第三，文学艺术活动是"低物质能量的高层次运转"，具有很高的精神生态价值。于是，鲁枢元倡导建立"以人的内在的情感生活与精神生活为研究对象的'精神生态学'"[1]，突破人本范式，从更高的维度认识文艺的性质和价值，使古老的文学生发出最贴近时代的生态内涵和生态价值，在精神向度和心理层面上发挥着独特的作用。

2000 年 5 月，曾永成的《文艺的绿色之思——文艺生态学引论》出版了，比鲁枢元的《生态文艺学》（2000）还早几个月。曾永成主张以生态世界观对文艺进行生态学审视，即在生态哲学的启示下，把文艺活动置于自然—社会—文化这个人类生态系统之中，以生态思维对文艺的本体特性、生态本源、生态功能和生成规律等进行全面的考察。他的理论起点是"节律感应"说："正是事物之间以节律形式为普遍中介而引起的节律感应才是审美活动的基本特性所在。这节律形式作为审美感应的中介就是文艺审美活动的本体，节律就是文艺审美活动本体的特性。"[2]而节律形式的无处不在，使得一切生命形式凭借节律感应获得了与环境的生态关联，正是通过以节律形式为中介的节律感应，人类审美活动才具有超越"人类中心主义"的生态意蕴和引起人的身心整体感应的生态功能，这就是文艺审美活动的生态本性。曾永成还尝试以"节律感应"为核心范畴构建"人本生态美学"的理论体系，他认为："以节律形式这个普遍中介为基础，不仅美的本

［1］　鲁枢元：《生态文艺学》，陕西人民教育出版社，2000 年，第 146 页。
［2］　曾永成：《生态学化：文艺理论建设的当代课题》，《成都大学学报（社科版）》2002 年第 3 期。

体存在和意蕴生成，而且美感的发生机制和功能特性及其内涵，都可以得到彰显。从节律感应出发，人本生态美学对审美活动的生态思维框架已经呼之欲出。"[1]曾永成生态论文艺学同样是以文艺心理学为基点的。他所独创的核心命题"节律感应"原本就是一个文艺心理学命题，曾永成努力发掘其生态内涵，使之与20世纪90年代后期兴起的生态主义思潮结合，并由此构建文艺生态学、生态论文艺学和人本生态美学。

五、新时期文艺心理学的学术史研究

通过以上的简要梳理，我们认为对新时期文艺心理学展开研究具有以下几点意义：

首先，其有助于推进文艺学学术史研究及当代文艺理论研究。文艺心理学是新时期文论中较为活跃的一支，它较为完整地呈现了新时期文论的发展轨迹，深度参与了新时期文艺学学科建设和方法变革。理清文艺心理学这条线索，可以更准确地把握新时期文论的发展脉络。

其次，其有助于推进当前文艺心理学的研究和学科建设。新时期作为文艺心理学极为重要的发展阶段，在学科建设和方法论探索等方面积累了非常丰富的经验和教训，亟须归纳和总结，可以为推进当下文艺心理学研究和学科建设提供有益的参考。

再次，其有助于推进当前的文学跨学科研究。文艺心理学作为最为重要的文学跨学科研究方向之一，研究历史非常悠久，研

[1]　曾永成：《人本生态美学的思维路向和学理框架》，《江汉大学学报（人文科学版）》，2005年第5期。

究者中不乏学术名家，研究成果极为丰富。从方法论的角度看，在文艺心理学方面颇有建树的跨学科研究史可为当前的文学跨学科研究提供宝贵的经验和教训。

最后，其有助于推进文学方法论研究。新时期文艺心理学在方法创新方面有独到之处，在二三十年间，先后形成了科学主义、人本主义、审美主义等方法论形态，其成果的成熟度和适用范围或有局限，但在方法开拓和锐意变革上常领时代之先，有利于推进文学方法论的发展和创新。

事实上，对新时期文艺心理学的研究由来已久，成果也较为丰富，我们初步将之概括为四个方面：

（1）发生背景。相关论著主要有：庄志民的《审美心理学的崛起势在必然》（1986）、张婷婷的《文艺心理学：内向视野的开拓——"新时期"文艺学20年的回顾与反思之一》（1999）、张大为的《未完成的历史主体性表述——当下中国"文艺心理学"的"元理论"反思》（2010）、田忠辉的《探究隐秘世界的努力：中国当代文艺心理学研究反思》（2019，第二章）。它们从形象思维讨论、方法论讨论、文学"向内转"讨论和人道主义及主体性讨论等方面总结了新时期文艺心理学的发生背景。

（2）发展分期。相关论著主要有：田岛的《我国四十年来审美心理学研究概观》（1990）、童庆炳的《世纪之交：中国现代文艺心理学的重新审视》（1999）、宗波的《中国现代文艺心理学回顾》（2006）、田忠辉的《探究隐秘世界的努力：中国当代文艺心理学研究反思》（2019，第一章）。这一方向的成果较少，其中仅有田忠辉专门针对新时期文艺心理学发展进行了较细致的分期。

（3）学科性质。相关论著主要有：钱谷融、鲁枢元的《文学心理学教程》（1987，前言）、郭亨杰的《试论我国文艺心理学研究的若干缺陷》（1990）、李珺平的《世纪之交：文艺心理学的窘境与前瞻》（1999）、彭彦琴的《试论文艺心理学的困境与出路》（2000）、杨晓庆的《文艺心理学研究中的概念问题与学科体系的构建》（2006）、刘锋杰的《"文艺心理学"的命名之难——新时期以来"文学的跨学科研究"学术考察之一》（2012）、田忠辉的《探究隐秘世界的努力：中国当代文艺心理学研究反思》（2019，第四章）。以上成果反映了文艺心理学在文学和心理学两种学科归属上尚存争议。

（4）研究方法。相关论著主要有：夏中义的《新潮的螺旋——新时期文艺心理学批判》（1989，后收入《新潮学案》1996）、曾奕禅的《坚持人文主义与科学主义相结合的方法才能深化文艺心理学的研究》（1993）、彭立勋的《20世纪中国审美心理学建设的回顾与展望》（1999）、薛富兴的《从心理美学到哲学美学——20世纪后期朱光潜美学学术道路的反思》（2002）、王先霈的《文艺心理学学科反思》（2010）、田忠辉的《探究隐秘世界的努力：中国当代文艺心理学研究反思》（2019，第四章）。这方面成果主要体现为人文主义和科学主义两种研究路径的矛盾。

综观学界现有研究成果，我们发现存在以下不足，尚需更进一步的探索研究：

（1）新时期文艺心理学学术史研究成果总体上比较缺乏，一般性介绍或较零散的探讨多，具有学理性和系统性的成果较少，目前仅有一部20万字的专著（田忠辉《探究隐秘世界的努

力：中国当代文艺心理学研究反思》，北京师范大学出版社，
2019），研究还有待深入和完善。

（2）相比其他研究方面，涉及新时期文艺心理学发展演变
的学术史研究非常薄弱，相关成果也大多从萌芽期、发展期、繁
荣期等外在表现上作进化论式的粗略划分，缺乏从理论渊源、体
系构建、范式变革等内在方面进行的更扎实细致、更系统的研究。

（3）需要更全面地探讨新时期文艺心理学兴起的原因。学
界对新时期文艺心理学兴起的原因多归结为主体论及人道主义文
艺思潮，认识较为单一，还应从政治、思想和学术等角度拓展思
路。此外，新时期初开展的"共同美""人性论""形象思维"
等理论争鸣，开启了文艺心理学的多维发展。

（4）需要重新审视新时期文艺心理学对文学研究方法论的
贡献。前人多从自然科学与人文科学对峙或综合的角度理解新时
期文艺心理学的研究方法，事实上在科学主义范式和人本主义范
式之后还有审美主义范式，这不仅体现于"审美反映"论的理论
建构上，还在于提出了"审美体验""审美意象"的美学新命题。

六、本书的研究思路与研究方法

根据上述分析，本书的研究目标是新时期文艺心理学发生背
景、发展过程，重点梳理其发展脉络，探讨其学科发展和范式变
迁的情况。首先对新时期文艺心理学的发生背景和理论渊源进行
考察。然后在纵向上按研究范式将新时期文艺心理学发展过程从
科学主义、人本主义、审美主义、生态主义四个阶段依次展开，
对各阶段的代表人物及关键论著、核心命题和主要观点分别予以

归纳分析，并做出总体评价。最后再对新时期文艺心理学的方法论论争进行总结、反思。

基于以上研究思路，本书采用如下几种研究方法：

（1）范式研究。范式（paradigm）的概念和理论是美国科学史家和科学哲学家托马斯·库恩（Thomas Samuel Kuhn）提出并且在《科学革命的结构》（*The Structure of Scientific Revolutions*）（1962）中系统阐述的。库恩对范式的定义前后并不一致，大体上是指某一学术场域共同信奉的术语、理论与行为的研究准则与方法。库恩反对把科学知识的增长看成直线似的积累，由此提出了科学发展的动态结构理论，并第一次使用了这个理论的核心概念"范式"。库恩的动态结构理论认为科学的实际发展是受范式制约的常规科学与突破旧范式的科学革命的交替过程。从库恩的范式理论看，新时期文艺心理学的兴起恰是突破原有的反映论（包含认识论、工具论）的文论范式的结果，而在以后的发展中则逐渐形成了科学主义、人本主义、审美主义等研究范式及其交错与更替。借助库恩的范式理论，我们可以更好地从纵向上把握新时期文艺心理学的发展脉络。

（2）系统研究。系统思想源远流长，作为一门现代科学的系统论，则是由美籍奥地利人、理论生物学家 L.V. 贝塔朗菲（L.Von.Bertalanffy）创立的。系统论的核心思想是系统的整体观念。贝塔朗菲认为，系统是一个有机的整体，它不是由各个组成部分的机械组合或简单相加所得，所以它具有各构成要素在孤立状态下所没有的新的性质和功能。系统论的基本思想方法，就是把所要研究和处理的对象作为一个系统去分析其结构和功能，研究系统、要素、环境三者之间的关系及变动的规律。作为研究对象，新时期文艺心理学的研究成果数量惊人又庞杂散乱，必须借助系统方法才可能从整体上把握其大致面貌和发展走向，总结出各种研究范式并考察其区别与联系以及沿革关系；而为把握每一种研究范式，也要对其内部构成进行系统分析，考察各代表人物的主要观点、核心命题和研究特色，理清它们之间的关联。

（3）点面结合。新时期文艺心理学涉及的学人、论点、方法论繁多，即使将其按照研究范式分为科学主义、人本主义、审美主义等方向，每种研究范式下又出现较多的涉述对象。由于个人能力和论文篇幅所限，不可能面面俱到地对所有涉述对象进行考察，我们采取的办法是在广泛地掌握材料之后梳理出若干研究范式，再在各研究范式下选定若干代表人物对其关键命题展开重点研究，从而把握该研究范式的整体面貌，继而以此重新审视相关研究成果及方法论特色，并在此基础上评价该研究范式的得失。当该研究范式涉及的文艺心理学代表人物较多时，我们选择若干重要论题对相关研究者分组考察。通过点面结合，我们既有对研究对象的宏观把握，也有对研究对象的微观洞察，研究取得了比较理想的成效。

（4）文本细读。文本细读源于20世纪西方文论中的一个重要流派——语义学，这一流派将语义分析作为文学批评的最基本的方法和手段，而文本细读则是语义学对文本进行解读的重要方法和显著特征。我们在研究中涉及的文献不是文学文本，从事的工作也不是文学批评，所以不会对文献文本进行语义分析，而是通过细读对原始文献追根溯源，通过细读在文本的理论言说中发现含混、矛盾等表述"症候"，发现旧思路、旧观点中隐含的新方法、新动向。总之，我们将文本细读作为研究方法之一是为了尽量发掘、发挥原始文献的价值，从中发现研究进展所需的思路和问题，我们后来总结出的科学主义等研究范式都不是一开始就呈现在文献中的，而是通过细读文本才发现的。

序 《新时期文艺心理学研究》

导 言

目 录

第一章

新时期文艺心理学的发生背景与理论渊源

　　1980 年暑假过后，金开诚在北京大学中文系开设了"文艺心理学"选修课；1982 年 4 月出版了以该课程讲稿为主要内容的专著《文艺心理学论稿》。几乎与此同时，鲁枢元于 1981 年2 月 2 日完成了他的第一篇文艺心理学论文《文学，美的领域——兼论文学艺术家的"情感积累"》，很快在《上海文学》1981年第 6 期上发表，1982 年 3 月完成第二篇文艺心理学论文《文学艺术家的情绪记忆》，发表在《上海文学》1982 年第 9 期。在金开诚、鲁枢元等人的努力下，中断了近半个世纪的文艺心理学研究终于重启，并且迅速引发研究热潮，在整个 80 年代成为显学，论文、专著、丛书以惊人的速度发表或出版，学术成果一时间蔚为大观，学术争鸣此起彼伏，对当代文艺学的影响深远而又深刻。随着研究重心的转移，文艺心理学在 90 年代中期以后陷入沉寂，但已经在当代文艺学史上留下了不可磨灭的印迹。这股持续十数年的研究热潮，当初究竟是如何发生的呢？有什么样的思想文化和学术背景呢？这就是本章所着重探讨的内容。以下探讨基本上限定在新时期文艺心理学重建之前（1976—1981）。

第一节　"文艺规律"讨论

新时期初发生的几次较大的文艺讨论和论争与文艺心理学的重建有着密切的关联，包括"文艺规律"讨论、"共同美"论争、"人性论"论争、"形象思维"论争等等。其中"文艺规律"讨论对文艺心理学的重启有着特殊的意义。

一、从"文艺民主"到"文艺规律"

1979 年 2 月 4 日，《人民日报》发表了周恩来《在文艺工作座谈会和故事片创作会议上的讲话》（1961 年 6 月 19 日），同月的《文艺报》第 2 期和《电影艺术》第 1 期也全文发表该讲话。与此同时文艺界组织学习和讨论周恩来讲话，很快报刊上集中出现了文艺工作者的学习心得和体会，如黄佐临的《艺术领导的领导艺术——重学周总理的讲话》（《戏剧艺术》1979 年第 2 期），刘梦溪的《按照艺术规律发展社会主义艺术生产——学习〈周总理在文艺工作座谈会和故事片创作会议上的讲话〉》（《北方论丛》，1979 年第 2 期），杨子敏的《文艺园地的春风——学习周总理〈在文艺工作座谈会和故事片创作会议上的讲话〉》（《诗刊》1979 年第 3 期），等等。

周恩来讲话的重点是艺术民主问题。一开始，周恩来就指出："现在有一种不好的风气，就是民主作风不够。我们本来要求解放思想，破除迷信，敢想敢说敢做。现在却有好多人不敢想、不敢说、不敢做。想，总还是想的，主要是不敢说不敢做，少了两个'敢'字。"针对人们"不敢想""不敢说""不敢做"的情况，周恩来明确提出要坚持社会主义的自由，发挥民主作风，"要允许批评，允许发表不同的意见"。"文艺作品要容许别人批评，既有发表作品的自由，也要有批评的自由；同样，既有批评的自由，就要有讨论的自由。不论哪一方面都不能独霸文坛。我们提倡批评，也提倡百家争鸣、自由讨论。只要是在社会主义大框框中争论，你说我，我说坏，都可以。"周恩来讲话非常重视文艺规律问题以至于要把它作为第四节专门去强调："文艺同工农业生产一样，有它客观的发展规律。当然，文艺是精神生产，它是头脑的产物，更带复杂性，更难掌握。周扬同志讲，文艺的特点是通过形象思维反映生活。毛主席说，文艺作品中反映出来的生活应该比普通的实际生活更高，更强烈，更有集中性，更典型，更理想，因此就更带普遍性。革命的文艺，应当根据实际生活创造出各种各样的人物来，帮助群众推动历史的前进，实现为政治服务的目的。"谈到话剧问题时，周恩来也强调"艺术规律"："任何艺术不掌握规律，不进行基本训练，不掌握技术，是不行的。"[1]

周恩来的讲话中有两个关键点，一个就是发挥艺术民主，一个就是尊重艺术规律。发扬艺术民主是为了进一步解放思想，繁荣创作，而这必然涉及艺术规律问题。可以说尊重艺术规律是发挥艺术民主的试金石，当艺术规律被任意歪曲、肆意践踏的时候，也正是最缺少艺术民主的时候。所以在发挥艺术民主的同时，还必须重视、尊重艺术规律。而这一点就被一些文艺工作者在学习讲话的时候抓住了，我们翻阅当时发表的文章，就会发现有相当多的是选择艺术规律作为行文意旨的，如刘梦溪的《按照艺术规律发展社会主义艺术生产——学习〈周总理在文艺工作座谈会和

---

[1]　周恩来：《在文艺工作座谈会和故事片创作会议上的讲话》（1961年6月19日），《人民日报》，1979年2月4日。

故事片创作会议上的讲话〉》（《北方论丛》，1979 年第 2 期），贾文昭的《艺术规律初议——学习周恩来同志〈在文艺工作座谈会和故事片创作会议上的讲话〉》（《安徽师范大学学报（人文社科版）》，1979 年第 2 期），张弼的《艺术规律与"帮"文艺——学习周恩来同志重要讲话的体会》（《求是学刊》，1979 年第 2 期），刘开渠的《要按艺术规律办事》（《美术》，1979 年第 2 期），王湛的《要重视文艺规律的作用》（《宁夏文艺》，1979 年第 3 期），霍大寿的《按照文艺规律领导文艺的典范——学习周总理关于文艺工作的教导》（《中国戏剧》，1979 年第 3 期）。

其实，对文艺规律的重视在周恩来讲话重新发表之前已经偶有所见了，有的学者甚至进行了较为严肃的学术性研究。其中就有王朝闻的《艺术创作有特殊规律》（《文学评论》，1978 第 1 期）、辛宇的《要按艺术规律办事》（《文学评论》，1978 第 6 期）、石方禹的《关于艺术规律的探索》（《文汇报》，1979 年 1 月 22 日）。周扬于 1978 年 5 月 18 日在全国戏剧创作座谈会上的讲话也号召文艺工作者积极探索"艺术规律"：

> 作家、艺术家为表现新的内容去寻求和探索新的形式，应当受到鼓励。我们不能一看到有点什么与众不同的地方就不顺眼，就当作形式主义来反对。风格就是个性，有哪一种艺术不表现作家的个性、不表现它独特的风格能成为好的艺术呢？当然这种形式和风格的形成主要是靠作家深入生活，来源于群众。我们应当鼓励作家、艺术家在艺术形式上有更多的钻研，作更多的探索。科学家为了寻求真理，找出规律，

他就无止境地进行探索。为什么作家、艺术家就不可以，不应该去探索呢？艺术家应该像科学家在自然界探索规律一样，在人类的社会生活中来探索人的心理、人的性格，特别是社会主义时代群众的心理、性格，他们的语言，他们的情感。没有进行认真的探索，不下一番苦功夫，是不可能写出好的艺术作品来的。要使艺术不千篇一律，就要做这种探索。在这种探索中，难免犯一点错误，不要打击它，要进行帮助。要探索就有迷路的可能，但是不能因为怕迷路就不去探索，既然是探索，就是走前人没有走过的路，要鼓励人们去走前人没有走过的路。[1]

周恩来讲话被重新发表，起因应是有关方面希望以此展开发扬艺术民主、尊重文艺规律的大讨论，这也是布局文艺界"拨乱反正"的关键步骤，释放出来的政治空气是令当时的文艺工作者欢欣鼓舞的。周恩来讲话重点阐述了发扬文艺民主与尊重文艺规律，这显然非常契合当时形势。但是周恩来作为党和国家重要领导人、政治家，是为了让文艺服务好政治，才去强调重视、尊重艺术规律。比如他在讲话中说："文艺要为工农兵服务、为无产阶级政治服务，是肯定的，至于表现形式，是多样的。"[2]另外，周恩来在文艺规律上只提到形象性和"形象思维"，在文艺工作领导规律方面强调民主作风，而对于文艺规律的更深刻的认识（如文艺与政治的正确关系、文艺规律有无独立性和特殊性），在"文

[1]　《谈社会主义新时期戏剧创作的任务》一文是作者在周扬1978年5月18日在全国戏剧创作座谈会上的讲话摘要。原载《人民戏剧》1978年第10期。
[2]　周恩来：《在文艺工作座谈会和故事片创作会议上的讲话》（1961年6月19日），《人民日报》，1979年2月4日。

艺为政治服务"的大框架下是不可能涉及的，这就需要将文艺规律的相关讨论推向深入。

二、从"为文艺正名"到新"二为"方向

要真正探讨文艺规律，首先要为文艺正名，把它从政治战车上解放出来，恢复它的本身面目，从此不再以政治规律代替文艺规律。这显然也要经过一个艰难的过程。文艺从属于政治，文艺为政治服务，文艺是阶级斗争的工具，这些旧的观念依然被很多人奉为圭臬，不敢有丝毫怠慢。虽然思想解放的号角已经吹响，但谁来打开观念铁笼一个缺口，以透出文艺春天的第一缕暖阳呢？

我们首先看到的是发表在《戏剧艺术》1979年第1期上的《工具论还是反映论——关于文学与政治的关系》，作者陈恭敏在文章一开始就尖锐地提出疑问："为了革命的政治需要，我们是不是就可以不顾艺术的特殊规律，把文艺的反映论变成'工具论'呢？"接着他摆出主要观点："把文艺直接说成是阶级斗争的工具，显然是对文艺为政治服务的一种简单化、机械化的理解，是不符合艺术的规律的。"陈恭敏论证道，文艺的形式是多种多样的，"不可能一切文艺的形式都适于反映阶级斗争"；过去文艺"为工农兵和广大劳动者服务，在新的历史时期，也包括广大的脑力劳动者——知识分子"，对他们服务也要"表现他们的思想、感情、意志和愿望，反映他们的生活和斗争"。针对"文艺为政治服务"的内涵，他指出，"政治这个概念，含义是十分广泛的。而在不同历史时期，又有不同的内容。服务也不能简单理解为政治宣传，化妆讲演"。在此基础上，他对"工具论"提出了不同见解："'工具论'对文艺为政治服务作了简单、狭隘、机械的

理解。艺术的多种形式和体裁——如抒情诗歌、山水花鸟画、工艺美术……，以及不同题材——描写家庭、爱情、道德和日常生活情趣、风俗人情的散文小说，特别是那些并不直接表现政治内容的声乐器乐作品，以及童话、寓言等等。都是很难用'工具论'囊括一切，涵盖一切，都说成是阶级斗争的表现。于是，就有所谓'直接'服务与'间接'服务之划分，'有益''无害''有害'的区别。但这并不能真正从文艺的规律性上作出科学的解释。"我们看到，陈恭敏对"文艺是阶级斗争的工具"作了有力的批驳，虽然仍秉承"文艺服务于政治"的理念，但对政治内容和服务方式已经有了很大更改，使得文艺的表现空间大大扩充了。值得注意的是，在否定"工具论"的同时，作者在文中多次强调"艺术的特殊规律""艺术的规律""文艺的规律性"。[1]

这篇文章通过敲打"工具论"探讨了"文艺与政治的关系"，强调文艺规律的特殊性，这是非常难得的理论突破。接下来引起强烈反响的是同年4月在《上海文学》上发表的"本刊评论员"文章《为文艺正名——驳"文艺是阶级斗争工具"说》（简称《正名》）。文章先承认文艺界的"拨乱反正"已经取得了很大成效，但很快指出当前在文艺创作中仍存在一些严重问题，人民群众相当不满意：

为什么有的电影老一套？连片名都不是风，就是浪，老在风口浪尖上兜圈子？

为什么"四五"运动之后，诗坛寂寞了？为什么有的诗

---

[1]　以上未注见陈恭敏：《工具论还是反映论——关于文学与政治的关系》，《戏剧艺术》，1979年第1期。

人不用"丹田"发声，仅仅靠喉咙干叫？

为什么我们在生活中经历的斗争是那么丰富、深刻、让人吃不下饭、睡不着觉，而在不少小说中展现的斗争却那么简单、容易，缺乏震撼灵魂的力量？

该文章作者认为："群众的这些议论，反映了当前的文艺创作中存在着一个共同性的问题，这就是文艺创作的公式化和概念化。"造成文艺作品公式化概念化的主要原因就是："创作者忽略了文学艺术自身的特征，而仅仅把文艺作为阶级斗争的一个简单的工具。"而这个阶级斗争工具论必须被彻底驳倒，以清理出文艺舞台。文章直指"文艺是阶级斗争"说是一个"不科学的口号"：

　　"文艺是阶级斗争的工具"这个提法，如果仅仅限制在指某一部分文艺作品（对象）所具有的某一种社会功能这个范围内，那么，它是合理的。如果把对象扩大，说全部文艺作品都是阶级斗争的工具，说文艺作品的全部功能就是阶级斗争的工具，那么，原来合理就变成了歪理。"四人帮"的鬼把戏正在于：他们把一部分文艺作品所具有的某一种社会功能——"阶级斗争工具"，作为全部文艺的唯一功能来加以宣扬，从而把"文艺是阶级斗争的工具"歪曲成了文艺的定义和全部本质，这就从根本上取消了文学艺术的特征。

这样，《正名》一文就从逻辑上推翻了文艺是阶级斗争的工具说。工具论既不成立，就需要从文艺的特殊性出发探寻其真正的本质和特征。文章指出："马克思主义认为，文艺同理论思维一样，是人类掌握世界的一种方式。人类所以在理论之外还需要通过文艺来认识世界，就因为文艺具有理论不可替代的特点和作用。文学艺术的基本特点，就在于它用具有审美意义的艺术形象来反映社会生活。"所以，应该重视文艺的特殊规律："从我国社会主义文艺发展的本身情况来看，1949年以后，文艺界发动过多次政治运动，往往强调了文艺与政治的关系，忽视了文艺与生活的关系，忽视了文艺的特殊规律。'文艺是阶级斗争的工具'说，也是上述倾向发展的必然结果。"需要指出的是，《正名》推翻的是"文艺是阶级斗争的工具"论，反对将文艺与政治等同，对于工具论背后的"文艺为政治服务""文艺从属于政治"的观点并没有直接触及，这说明要探索文艺规律，还有更大的阻碍在前面，而这显然要通过中国特殊的方式清除。[1]

鉴于前有周恩来讲话的重新发表带来的"发扬文艺民主""尊重文艺规律"的思想准备，后有"为文艺正名"驳斥"文艺是阶级斗争工具"论的理论准备，再经过几个月的酝酿，上层对文艺与政治的关系终于有了新的结论，这首先体现在邓小平为当年年底第四次文代会所作的《祝辞》上：

> 党对文艺工作的领导，不是发号施令，不是要求文学艺术从属于临时的、具体的、直接的政治任务，而是根据文学艺术的特征和发展规律，帮助文艺工作者获得条件来不断繁荣文学艺术事业，提高文学艺术水平，创作出无愧于我们伟

---

[1] 以上未注见陈恭敏：《为文艺正名——驳"文艺是阶级斗争的工具"说》，《上海文学》，1979年第4期。

大人民、伟大时代的优秀的文学艺术作品和表演艺术成果。[1]

在这里，邓小平从文艺规律出发，明确否定了政治对文艺的粗暴干预。不久之后的 1980 年 1 月，邓小平更是进一步理清文艺与政治的关系："我们坚持'双百方针'和'三不主义'，不继续提文艺从属于政治这样的口号，因为这个口号容易成为对文艺横加干涉的理论根据，长期的实践证明它对文艺的发展利少害多。但是，这当然不是说文艺可以脱离政治，文艺是不可能脱离政治的。"[2] 几个月后《人民日报》发表社论《文艺为人民服务、为社会主义服务》，从尊重"文艺规律"出发，明确终止了"文艺为政治服务"的口号，代之以"文艺为人民服务、为社会主义服务"的新"二为"方向：

作为学术问题，如何科学地解释文艺与政治的关系，人们完全可以自由展开讨论。作为政策，党要求文艺事业不要脱离政治，坚持正确的政治方向，但并不要求一切文艺作品只能反映一定的政治斗争，只能为一定的政治斗争服务。为人民服务、为社会主义服务，这个口号概括了文艺工作的总任务和根本目的，它包括了为政治服务，但比孤立地提为政治服务更全面，更科学。它不仅能更完整地反映社会主义时代对文艺的历史要求，而且更符合文艺规律。我们希望各级

---

[1]　邓小平：《在中国文学艺术工作者第四次代表大会上的祝辞》，《中国新文学大系 1976—2000》，第 29 集，王蒙、王元化总主编，上海文艺出版社，2009 年，第 7 页，《邓小平文选》第二卷，人民出版社，1997 年，第 255 页。

[2]　邓小平：《目前的形势和任务》，《邓小平文选》第 2 卷，人民出版社，1994 年，第 255-256 页。

党委严格地执行党的统一的文艺方针政策，坚定不移地贯彻文艺为人民服务、为社会主义服务这个方向。[1]

到此为止，对于探索文艺规律而言，最后的，也是最大的阻碍已经清除。

三、"文艺规律"讨论与文艺心理学

接下来我们要解决的问题是："文艺规律"讨论与新时期文艺心理学重建有何关系？

在这场"文艺规律"讨论中，首先被关注的是"创作规律"。1977 年底到 1978 年初《毛泽东给陈毅同志谈诗的一封信》在《人民日报》《诗刊》《文学评论》等报刊上集中刊载，信中谈到诗歌创作要用"形象思维""比兴"，已经涉及文艺创作规律的核心命题。与此同时，美学家王朝闻发表了《艺术创作有特殊规律》，文中提出艺术创作有特殊规律，这些规律就是形象思维、典型化原则和"两结合"创作方法。[2] 饶芃子在《形象思维是文艺创作的规律和方法》一文中指出，"《毛主席给陈毅同志谈诗的一封信》中，前后三次提到'形象思维'，明确指出：诗歌创作'要用形象思维'。毛主席的这一科学论断，同样适用于其他的文艺形式，概括地给我们指出了文艺创作的规律和方法。"[3] 鉴于当时的文学创作仍受"极左"谬论干扰，文艺理论界对创作规律展开探讨是必要的，而这直接或间接推动了文艺心理学的重建。文艺创作规律研究很大程度上是对创作心理规律的探究，而像王

---

[1]　《人民日报》社论：《文艺为人民服务，为社会主义服务》，《人民日报》，1980 年 7 月 26 日。
[2]　王朝闻：《艺术创作有特殊规律》，《文学评论》，1978 年第 1 期。
[3]　饶芃子：《形象思维是文艺创作的规律和方法》，《学术研究》，1978 年第 1 期。

朝闻、饶芃子等人在文中予以重视的"形象思维"其实属于文艺心理学的论域。从较早出现的文艺心理学研究成果看，无论是金开诚的《文艺心理学论稿》（书中最重要的几篇论文都是对文艺创作规律的研究，如《表象的特性及其在文学艺术创作中的作用》《文学艺术创作中的情感活动》《文学艺术创作中的自觉表象运动——兼论形象思维问题》），还是鲁枢元的《创作心理研究》、吕俊华的《艺术创作与变态心理》都把重心放在对文艺创作规律的探讨上。

在"文艺规律"讨论中，还经常出现的概念是"特殊规律"。如蒋孔阳在《严格按照"文艺规律"办事》中提出："文艺的规律来自文艺的特殊性。"[1]刘再复在《论文艺批评的美学标准》一文中指出："我们的艺术批评从政治观念出发，把政治标准变成唯一标准，用政治价值观念简单地代替真善美价值观念的综合，用对艺术的政治鉴定（甚至政治审判）来代替对艺术的全面审美判断，从而使我们的艺术批评脱离艺术的特殊规律。"[2]两篇讨伐"工具论"的檄文《工具论还是反映论——关于文学与政治的关系》《为文艺正名——驳"文艺是阶级斗争工具"说》都强调"文艺的特殊规律"。这个概念比"创作规律"更关注文艺活动的特殊性，将之与政治活动区分，用意是强调不能用政治思维、政治规律来指导文艺活动。文艺规律需要从政治的框架以外重新探讨，比如运用心理学理论知识去研究。相比政治，心理学与文艺的关系更为紧密，文艺活动首先是一种心理活动，心理学的研究视角更能突显文艺规律的特殊性。所以，钱谷融和鲁枢元的《文

[1] 蒋孔阳：《严格按照"文艺规律"办事》，《文艺报》，1979年第3期。
[2] 刘再复：《论文艺批评的美学标准》，《中国社会科学》，1980年第6期。

学心理学教程》把"坚持文学艺术创造世界的特殊规律性"[1]作为文学心理学研究的基本法则之一。显然，对文学"特殊规律"的强调推动了文艺心理学的重启。

"文艺规律"的讨论还出现了"内部规律"的说法，对后期讨论影响很大。最先提出"内部规律"的刘梦溪在《关于发展马克思主义文艺学的几点意见》中指出，马克思主义文艺学没有形成完整的体系，从马克思、恩格斯、列宁、斯大林到毛泽东对文艺都没有专门的论述，只是一些"断简残篇"，"对文艺的内部规律，他们无暇作深入细致的理论探讨，或者说，时代还没有提供这种可能的客观条件"。[2]所以当务之急，是弥补先贤之缺漏，加大对文学"内部规律"的研究，这在相当程度上落实在文艺心理学的研究上。刘再复在1987年发表的《近年来我国文学评论界的三次变革热潮》中指出，我国近年来出现了文学研究方法论变革热，这股浪潮表现为两种不同的流向：一是科学流向，以引入系统科学、自然科学的方法论为中心；一是人文流向，"更注意文学自身特性，即注意文学的直观性、直觉性、偶然性、个别性、情绪性等。因此，他们不满足以往社会学的评论模式，而引入一些与精密科学不同的心理学方法、变态心理方法、情感现象学的方法"。这里"人文流向"指向的就是文艺心理学方法，刘再复认为它的兴起标志着文学研究方法从外部规律向内部规律的转移："人文流向的变革，深化了作家对人的认识，特别是对人的情感世界复杂性以及心理世界与物理世界所产生的错位、误差等复杂现象的认识，使我们的文学评论完成了从外到内的转移，

---

[1]　钱谷融、鲁枢元：《文学心理学教程》，华东师范大学出版社，1987年，第32页。
[2]　刘梦溪：《关于发展马克思主义文艺学的几点意见》，《文学评论》，1980年第1期。

即从对文学与政治经济的外部关系的觉悟转向对文学自身的内部规律的关注。"[1] 研究方法的转移也有着一个文学背景，即 20 世纪 80 年代初文学创作的"向内转"，"转向作家、读者以及作品中人物的心性和心灵，转向人的情绪、记忆、意识、潜意识领域"[2] 为了响应和支持"向内转"的文学创作趋势，文学理论研究领域也发生了从"外部规律"向"内部规律"的"向内转"，其直接结果就是文艺心理学的崛起。

对"文艺规律"后期讨论影响最大的是"美学规律"的提出。文学审美论则与文艺心理学有着密切的关系。我们先看童庆炳对文学审美论的回顾："随着上世纪 70 年代末和 80 年代初开始的改革开放和思想解放运动，我们……冲破了'文艺从属于政治'的思想束缚，也从长期以来就规定的文学的特性是'形象'的单一理解中解放出来，特别是 80 年代初掀起的'美学热'的滚滚浪潮，使大家在讨论中逐渐形成了文学的特性是审美的共识。这就是说，审美是区别文学与非文学的根本特征。那么什么是审美呢？审美，最简明的概括，就是情感的评价。"[3] 张婷婷和杜书瀛也认为，80 年代初的文学审美论其实是一种"情感论美学"："它常常略去了过去美学中常讲的'理性'、'认识'方面，而突出强调'感性'、'情感'方面。当现在审美文论家在反复地诉说着文艺的'审美本质'的时候，你应该理解为，他们其实是说的文艺的'情感本质'；他们在说，文艺根本上是'审美'，

[1] 刘再复：《近年来我国文学评论界的三次变革热潮》，《福建论坛（人文社会科学版）》，1987 年第 1 期。

[2] 钱谷融、鲁枢元：《文学心理学》，华东师范大学出版社，2003 年，修订版前言第 2 页。

[3] 童庆炳：《谈谈文学性》，《语文建设》，2009 年第 3 期。

其实是说，文艺根本上是'情感'。"[1] 在文学审美论看来，文艺作为一种审美活动，情感是其核心要素，文艺作为审美的世界，在很大程度上也就是情感的世界，文艺创作活动中涉及的政治、历史、道德、观念元素的审美化常常也就是情感化。那么从文学审美论出发，对文艺活动中的情感因素专门进行研究是完全必要和极为重要的，这就通向了文艺心理学的研究领域。情感是文艺心理学的核心问题，对此，无论怎么强调都不过分的，金开诚、鲁枢元、吕俊华等人的文艺心理学研究都把情感作为极重要的议题来专门探讨。

"文艺规律"讨论不仅推动了文艺心理学学科的重建，对中国当代文艺学也具有非常重要的意义：首先，这场讨论确立了文艺规律的"特殊性"，人们普遍认为政治规律不能代替文学自身规律，这推动了文学的去政治化，为合理厘定文学与政治的关系、取消文学为政治服务的不恰当提法奠定了思想和理论基础，而为了研究文学自身的"特殊规律"，对科学的文学理论的探索以及文学理论学科的建构势在必行，由此推动了文艺学学科的重建；其次，这场讨论强调文学"外部规律"与"内部规律"的严格区分，并将研究重心从"外部规律"向"内部规律"转移，遏制了文学他律论的过度扩张，拓展了文学自律论的言说空间，而文学的"内部规律"更能体现文学本身特性，对"内部规律"研究的重视有利于我们摆脱庸俗社会学、机械反映论的思想束缚，加深对文学本质规律的认识；最后，这场讨论强调文学的"美学规律"，

[1] 张婷婷、杜书瀛：《新时期文艺学反思录》，山东文艺出版社，2001年，第47页。

确认了文学的审美特性，有力地推动了文学审美论的建构，结束了由工具说、从属论所构成的认识论的文学本质观，代之以由情感论、价值论构成的审美论的文学本质观。

第二节　"共同美"与"人性论"讨论

本节考察的是新时期人道主义文艺论争与文艺心理学重建之间的关联，这主要体现在"共同美"讨论和"人性论"讨论上。

一、"共同美"讨论与文艺心理学

1977 年何其芳在《人民文学》第 9 期上发表了一篇回忆录，文中提到："毛主席谈了一个很重要的理论问题，美学问题。他说：各个阶级有各个阶级的美。各个阶级也有共同的美。'口之于味，有同嗜焉。'"[1]由此引发了长达数年的"共同美"讨论。

这次讨论像新时期开始的几次文艺论争一样，都由已故国家领导人关于文艺的较为合理的谈话、讲话重新发表为引子，目标则对针对文艺界"拨乱反正"过程中的一些理论上的"拦路虎"（如"工具论""从属论""认识论"，等等）。"共同美"讨论的主要目标是纠阶级论之偏，恢复人性与文学的关系。然而阶级论长期以来广为流布，要改变这一情况现实阻力很大——20 世纪50 年代末 60 年代初的"山水诗阶级性"讨论就是证明。所以，何其芳回忆录的发表一石激起千层浪，"共同美"讨论也随之有条不紊地展开了，检索知网初步统计，1978 至 1982 年至少发表了相关论文 40 多篇。讨论也达到了预期的目标，如邱明正所总

---

[1]　何其芳：《毛泽东之歌》，《人民文学》，1977 年第 9 期。

结的，"在讨论中，对于在一定条件下不同阶级之间存在着共同的美感，看法已经渐趋一致，根本否定共同美感的主张看来不是很多了"[1]。

但对于共同美的解释却众说纷纭，讨论非常热烈，楼昔勇曾将之总结为八种主要观点：

（一）由于对象本身并不具有鲜明的阶级性，所以能被不同阶级的人所接受。如自然美、形式美，以及一部分艺术作品。

（二）共同美是"由不同阶级的人，在一定条件下，进行积极的相对共同的社会实践所决定的"。

（三）"人民性是共同美一个重要的思想基础"。历史上，一些剥削阶级进步作家在作品中"所反映的共同美，则是由于突破了本阶级的偏见，在一定条件下向人民大众求同的表现"。

（四）民族的共同心理素质和审美习惯，造成了审美方面的某些共同性。

（五）共同美的产生，"这是因为人类用以审美的感官有其共同的生理机能，人类生活的要求也不免有共同的一面"。

（六）"在一定条件下，不同的阶级甚至根本对立的阶级，也可能在某些方面有共同的利益，因而对某些问题的看法可能是相近或相同的。"如民族矛盾或国内革命发展的历

[1]　邱明正：《再论共同美》，《复旦学报》（社会科学版），1981年第2期。

史时期，就可能出现这种情况。

（七）共同美是"被不同阶级之间在一定条件下利益的某些一致性决定的，是被文艺反映生活的特点和艺术鉴赏的特点决定的，是被文艺作品揭示生活的深度和广度所决定的"。

（八）出现共同美的审美现象，"就在于不同阶级的审美者和同一审美对象，有着某种相同相似的审美联系"。这里，"既有审美者方面的原因，也有审美对象方面的原因，更有审美对象和审美者关系方面的原因"。[1]

我们认为这些观点中大多还带有旧的观念的烙印，思想解放得不够，观点老套，缺乏说服力。比如第一种观点认为产生共同美的原因是审美对象本身不具有阶级性，然而事实证明，审美对象即使具有阶级性也常常被不同阶级的人接受。第三种观点认为"人民性"是共同美的"重要的思想基础"，但像自然美、形式美、山水诗有何"人民性"可言，但也常为不同阶级的人所共同欣赏。引起我们重视的是第四、第五种观点，它们从心理、生理基础立论，很有新意，下面我们来重点分析。

查阅文献显示，朱光潜应是最早谈到共同美的心理、生理基础的，他在《文艺研究》1979 年第 3 期上发表的《关于人性、人道主义、人情味和共同美问题》一文中指出：

人性论和人情味既然都成了禁区，共同美感当然也就不

---

[1] 易健、王先霈编：《文学概论》，湖南教育出版社，1983 年，第 483-484 页。

　　能幸免。人们也认为肯定了共同美感，就势必否定阶级观点。毫无疑问，不同的阶级确实有不同的美感。焦大并不欣赏贾宝玉所笃爱的林妹妹，文人学士也往往嫌民间大红大绿的装饰"俗气"。可是这只是事情的一个方面，事情还有许多其他方面。因为美感这个概念是很模糊的，美感的来源也是很复杂的。过去有些美学家认为美仅在形色的匀称，声音的谐和之类形式美，另外一些美学家却把重点放在内容意义上，辩证唯物主义者则强调内容和形式的统一。就美感作为一种情感来说，它也是非常复杂的，过去美学家大半认为美感是一种愉快的感觉，可是它又不等于一般的快感，不像渴时饮水或困倦后酣睡那种快感。有时美感也不全是快感，悲剧和一般崇高事物如狂风巨浪悬崖陡壁等所产生的美感之中却夹杂着痛感。喜剧和滑稽事物所产生的美感也是如此，同一美感中就有发展转变的过程，往往是生理和心理交互影响的。过去心理学在这方面已做过不少的实验和分析工作，得到了一些公正的结论，但未得到公认结论，待进一步研究的问题还很多。现在我们中间很多人对这方面的科学研究还毫无所知，或只是道听途说，就对美感下结论，轻易把"共同美感"摆入禁区，这也是一个学风问题。[1]

　　朱光潜在这里先是强调美感的来源是"很复杂的"（形式美就很容易造成共同美感），再强调"美感作为一种情感来说，它也是非常复杂的"，既是一种"愉快的感觉"，"又不等于一般

[1]　朱光潜：《关于人性、人道主义、人情味和共同美问题》，《文艺研究》，1979年第3期。

的快感"，"有时美感也不全是快感"，美感之中可能夹杂着"痛感"，"同一美感中就有发展转变的过程，往往是生理和心理交互影响的"。既然美感如此复杂，要研究共同美感该从何下手呢？他紧接着指出，"过去心理学在这方面已做过不少的实验和分析工作，得到了一些公正的结论，但未得到公认结论，待进一步研究的问题还很多。现在我们中间很多人对这方面的科学研究还毫无所知，或只是道听途说，就对美感下结论，轻易把'共同美感'摆入禁区，这也是一个学风问题。"事实上朱光潜早在 20 世纪 30 年代出版的《文艺心理学》的第四章就已经专门论述了美感与生理的关系，特别是介绍了谷鲁斯的"内模仿说"，该书最后还特地附录了"近代实验美学"。应该说，朱光潜对该领域是非常熟悉的，在这篇论文中提到的从心理学的角度（"生理和心理"交互影响）研究共同美感，给当时共同美研究提供了一条新的思路，引出了朱立元等人的研究成果。

朱立元与张玉能的论文题目就是《浅谈共同美的生理、心理基础》，他们首先指出美感的生理、心理基础："美感是一种极为复杂的生理、心理活动交替进行的过程。美感的内容当然充满着社会功利性，但是这种社会内容需要通过人的一系列错综复杂的生理、心理活动才会形成和转化为美感。"对于共同美产生的生理基础，他们认为："人们对同一审美对象，无论自然美还是社会美，之所以有时会超越时代、民族、阶级的限制，产生共同美感，首先在于人们感受外物刺激和形成主观反应的生理器官、结构和机制是相同的。口之于味有同嗜、目之于形有同视、耳之于声有同听，因为一般正常人都有相同的感觉器官如舌、眼、耳等，这是人所共知的事实。同理，人之于美有同感也在于任何一个正常健全的人都有能感受、传导客体美的大脑、中枢神经系统和周围神经系统，内部和外部的感受系统，非特异性和特异性传导系统，等等。所不同的是，单纯的味觉比较简单，而美感则异常复杂，它不仅仅是一种感觉，而且是综合了感觉、知觉、想象、思维、情感、意志等多种心理功能的活动过程，因而美感形成过程中的生理器官的活动也是极为微妙、复杂的。"对于共同美的心理基础，他们指出："'共同美'的另一种基础是人有相同的心理结构。人类的生理结构是人类的心理结构的物质基础。既然人类的生理结构是相同的，那么人们的心理结构和心理活动的规律也就必然有许多共同之处。美感作为一种复杂的心理过程，在一切正常人身上，也就必然体现出若干共同性。"[1]

从生理、心理基础来研究共同美的成果还有很多，比如洪毅然指出："人之美感的心理基础——特别是其感觉的生理机制而言，'天下之口有同嗜'，原本存在着共同性。"[2]李戎认为"共同美"应从"人的生物发展过程来揭示和说明"，"既然人的感官有共同的生理机能，人类社会又有发展的共同道路，大自然为人类提供的生活环境和基本生活条件（比如水、空气等）是大体相同的，那末，对人的审美力来说（从人类的童年时代起），难道就没有共同的地方吗？人在利用自己的感官感知外物时，难道就没有共同的交叉点吗？时间虽在推移，但所有这一切就没有一点历史继承性吗？"[3]刘正强认为，"人对现实的审美认识，是依靠视觉和听觉，在人们劳动实践过程中不断发展起来的，也

[1]　朱立元、张玉能：《浅谈共同美的生理、心理基础》，《复旦学报》（社会科学版），1981年第2期。
[2]　洪毅然：《简论美和审美意识的阶级性和共同性》，《社会科学》，1980年第2期。
[3]　李戎：《略论共同美》，《文艺报》1980年第4期。

就是说，只有通过人的视觉和听觉器官才能有美的心理反映，它是由外界的物理刺激所引起的生理基础上的心理反映"。"正因为美感有生理的、物理的性质（这是美感的物质基础）而一般人的生理机能（感觉器官）又基本相同，所以，美感才有它的共同规律。"[1]

通过以上分析，我们发现对共同美的讨论中已经有文艺心理学的身影频频出现。比如，共同美作为审美心理现象本来就是文艺心理学的研究对象；从心理和生理基础解释共同美的产生，是文艺心理学的常见研究思路；参与共同美讨论，并提供新的研究思路的朱光潜，本来就是中国文艺心理学学科的奠基人。我们认为，通过对共同美的研究引出了科学主义的文艺心理学研究方向，像金开诚及其弟子张化本，都热衷于从心理学、生理学角度解释文艺心理现象，后来的黎乔立、李志宏等人也都是沿着科学主义的研究路径对文艺心理学进行拓展的（详见本书第二章）。

二、"人性论"讨论[2]与文艺心理学

从"共同美"讨论过渡到"人性论"讨论是一个很自然的过程。共同美的解释离不开人性基础，为了研究共同美则需要对人性有深刻的认识，由此形成人性论的讨论。另一方面，共同美的讨论是为了破解阶级论，而人性论讨论的目标与之基本一致。共同美现象的广泛存在，使得人们突破阶级论的理论束缚，承认人性的存在。事实上，共同美讨论与人性论讨论基本上同步进行，两者互为倚助。这两个讨论的密切关联的直接证据是朱光潜的论

[1]　刘正强：《"共同美"断想》，《现代文艺论丛》第 2 辑，陕西人民出版社，1982，第 93 页。
[2]　一般把这次讨论称为"人性和人道主义的讨论"，但新时期人道主义的讨论多是哲学上的探讨，与文学关联较少，故本书重点关注对人性的讨论。

文《关于人性、人道主义、人情味和共同美问题》，他在文中指出："人性论和人情味既然都成了禁区，共同美感当然也就不能幸免。人们也认为肯定了共同美感，就势必否定阶级观点。"[1]

新时期的"人性论"讨论与20世纪50年代的"人性、人道主义讨论"遥相呼应。新时期开始之初，由于受到之前流行的创作谬论干扰，文艺创作方面存在的问题很多，比如政治口号太多，人物形象符号化，缺少人情味，总体上公式化、概念化的老毛病很突出，人民群众对文艺现状非常不满意。究其原因，很大程度上不得不归结到工具论、阶级论等错误的文艺观念上来。其实，早在1957年巴人发表的《论人情》一文中就批评当时的文艺作品"政治气味太浓，人情味太少"，"作品不合情理，就只是唱'教条'"。为了发挥文艺的作用，他希望文艺作品"有更多的人情味"，他强调"人有阶级的特性，但还有人类本性"，文章最后发出急切的呼唤："魂兮归来，我们文艺作品中的人情呵！"巴人这里着重强调的"人情"是什么呢？他说："人情是人和人之间共同相通的东西。饮食男女，这是人所共同要求的。花香、鸟语，这是人所共同喜爱的。一要生存，二要温饱，三要发展，这是普通人的共同的希望。"一言以蔽之，"人情也就是人道主义"。而文艺不讲"人情"，不讲"人道主义"，一味强调"阶级斗争"，怎么可能不公式化、概念化呢？[2]而之前他也在《典型问题随感》中指出，"艺术的最大使命是要把人类的灵魂从阶级束缚中解放出来"，[3]显然，就文学而言，他是把人性放在阶级性之上的。

[1]　朱光潜：《关于人性、人道主义、人情味和共同美问题》，《文艺研究》，1979年第3期。
[2]　巴人：《论人情》，《新港》，1957年1月号。
[3]　巴人：《典型问题随感》，《文艺报》，1956年第10期。

　　巴人的文章引起了强烈反响。除了一些批判"人性论"的文章外，还有不少支持或赞同巴人观点的文章。王淑明在《论人性与人情》中旗帜鲜明地支持巴人，他明确指出，尽管"在阶级社会中，每个成员的心理活动，其具体的表现形态，都不能不带有阶级的烙印"，但"并不排斥人类在一些基本情感上，仍然具有着'共同相通的东西'"，"……人性的具体表现形式，虽带有阶级的印记，但人性的每一步正常的发展，却逐渐向其本体接近。在这里，人性的本质，又可以说是具有相对普遍性的基础的"。文艺之所以能打动千千万万的读者，原因就是文艺是讲人性、有人情味的。所以，"将人性与阶级性对立起来，将作品的政治性与人情味割裂开来；说教为人性既带有阶级性，就不应有相对的普遍性，作品要政治性，就可以不要人情味，这些庸俗社会学的论调，客观上自然也助长了作品的公式化概念化的发展"。他同样指出公式化概念化的根源是文学不讲人性，"将人性与阶级性对立起来"。[1]

　　钱谷融的《论"文学是人学"》发表较晚，却是一篇论述最系统、最深刻、气势恢宏的长篇论文。他从文学的任务、作家的世界观与创作方法、评价文学作品的标准、创作方法的区别，以及人物的典型塑造等五个方面论述了"文学是人学"这一命题，试图用人道主义取代阶级论。比如，在文学的任务问题上，钱谷融认为，"一切艺术，当然也包括文学在内，它的最最基本的推动力，就是改善人生、把人类生活提高到至善至美的境界的那种热切的向往和崇高的理想"。"过去的杰出的哲人，杰出的作家

---

[1]　王淑明：《论人性与人情》，《新港》，1957年7月号。

们，都是把文学当作影响人、教育人的利器来看待的。"而要使文学真正影响人、教育人，就"……必须从人出发，必须以人为注意的中心"，所以文学的最终目的不是反映现实，钱谷融明确提出"反对把反映现实当作文学的直接的、首先的任务；尤其反对把描写人仅仅当作是反映现实的一种工具，一种手段"。他甚至尖锐地指出，"说文学的目的任务是在于揭示生活本质，在于反映生活发展的规律，这种说法，恰恰是抽掉了文学的核心，取消了文学与其他社会科学的区别，因而也就必然要扼杀文学的生命"。在作家和世界观和创作方法方面，钱谷融认为，"不仅要把人当作文学描写的中心，而且还要把怎样描写人、怎样对待人作为评价作家和他的作品的标准"。而作家"怎样描写人、怎样对待人"，"当然与作家的思想，与作家的世界观有关"。钱谷融还通过托尔斯泰和巴尔扎克的例子论证了作家对待笔下人物的人道主义精神决定了他如何去描写这个人物，使得人物更真实和更有审美价值。[1]

　　巴人、王淑明、钱谷融等人的文章推崇人性论，切中时弊，逻辑严密，合情合理，构成对阶级论的强大威胁，当时就引起很多人的激烈反应，而钱谷融的文章发表后，更是掀起了对人性论、人道主义的批判高潮。由于政治力量的介入，这次讨论的结果当然是一边倒的。直到"文革"结束，在解放思想、拨乱反正的大背景下，人性论、人道主义的讨论有了正常的交流空间，并逐渐形成了第二次讨论高潮。据统计，从 1980 年到 1983 年，有关人性、人道主义的文章多达 700 多篇。1984 年达到顶峰，一年就

---

[1]　钱谷融：《论"文学是人学"》，《文艺月报》，1957 年 5 月号。

发表有 500 余篇关于人道主义的文章。[1]

新时期"人性论"的讨论主要围绕着三个问题展开：什么是人性？有没有共同人性（普遍人性）以及人性与阶级性的关系？文学与人性的关系是什么？

关于什么是人性，主要形成了三种观点。一是认为人性是人的自然属性，代表人物是朱光潜，他说："什么叫作'人性'？它就是人类的自然本性。古希腊有一句流行的文艺信条，说'艺术模仿自然'，这个'自然'主要就是'人性'。"[2]二是认为人性是人的社会属性。王元化认为人的本质并非"人的自然属性"，而是人作为社会性动物的社会属性。[3]三是把二者结合起来，认为人性是人的自然属性和社会属性的统一。胡义成指出："人，生活在历史和现实中的具体的、有血有肉的人，首先是作为社会成员、具有社会性的人和作为动物、具有自然特性的人的对立统一体。人性，就是社会性和动物性的对立统一。"[4]通过讨论，人们对人性的认识更加深刻而全面了，也为其他问题的展开讨论奠定了理论基础。

第二个问题关注的是有没有共同人性，如果有的话，它与阶级性是何关系。毛泽东早就在《在延安文艺座谈会上的讲话》中指出：人性是有的，"但是只有具体的人性，没有抽象的人性。在阶级社会里就是只有带着阶级性的人性，而没有什么超阶级的

---

[1] 庹祖海：《关于文学与人性、人道主义的讨论综述》，《文艺理论与批评》1991 年第 3 期。
[2] 朱光潜：《关于人性、人道主义、人情味和共同美问题》，《文艺研究》，1979 年第 3 期。
[3] 王元化：《人性札记》，《上海文学》，1980 年第 3 期。据王元化《沉思与反思》，上海辞书出版社，2007 年，第 74 页。
[4] 胡义成：《人·人性·人情》，《社会科学》，1980 年第 1 期。

人性"。[1]这次讨论显然是要将之前的结论放在存疑的位置上进行严肃的学术探讨。有人认为，在阶级社会里，并没有什么"共同人性"，所谓"共同人性"，只存在阶级社会以外的社会里。而在阶级社会里，阶级性是人性的主要特征和基本内容，甚至可以说，"阶级性就是人性"，"绝对没有不通过阶级性表现出来的人性"[2]。这种观点其实是重复旧的人性观念，没什么新意。有人从生理基础论证了"共同人性"的存在："由于人的肉体组织构造一般地说是相同的，所以人类有着以共同生理构成为基础的共同的人性需要，共同的人的本质力量——物质力量与精神力量，共同的感觉、认识、活动、创造规律、心理、情感和审美规律等等。这些大体上构成了可称之为'人性'、'人类本性'、'人的一般本性'的内容。"[3]至于人性与阶级性的关系，有人指出："人性与阶级性是两个不同的概念，后者指人的思想政治方面的本质属性，它只存在于阶级社会之中；前者指人的心理、情感以及欲望等方面的本质属性，它贯穿于人类社会发展的整个历史过程。一个是指人与动物的本质区别；一个则指在阶级社会中人与人的本质区别。二者都是人的社会属性，但它们之间不是'等于'关系，而是（在一定历史阶段上的）一种对立统一关系。"[4]讨论的结果趋向于承认"共同人性"的存在，阶级性的概念则遭到否定继而被抛弃。

在文学与人性的关系问题上，学界开始倾向于认为，文学是

[1] 毛泽东：《在延安文艺座谈会上的讲话》，《毛泽东选集》第3卷，人民出版社，1991年，第870页。
[2] 胡纯生：《也谈人性和阶级性》，《辽宁大学学报》，1979年第6期。
[3] 李以洪：《人的太阳必然升起》，《读书》，1981年第2期。
[4] 汤学智：《也谈文艺创作表现人性美的问题》，《学习与思考》，1981年第2期。

以人为对象的，文学必须描写人性、表现人性，特别是普遍人性、共同人性，这是文学的固有属性和基本特征，也是文学得以存在的主要依据。一直坚持"文学是人学"的钱谷融指出："文学既然是以人为对象（即使写的是动物，是自然界，也必是人化了的动物，人化了的自然界），当然非以人性为基础不可，离开了人性，不但很难引起人的兴趣，而且也是人所无法理解的。不同时代，不同民族，不同阶级所产生的伟大作品之所以能为全人类所爱好，其原因就是由于有普遍人性作为共同的基础。马克思在《〈政治经济学批判〉导言》中关于希腊艺术的不朽魅力所说的一段话，我以为也显然指出了人性在文艺中的作用。……我认为人性是随着时代、社会等等条件的发展而发展，因阶级性、个性的不同而有其不同的表现的。……文学既以人为对象，既以影响人、教育人为目的，就应该发扬人性、提高人性，就应该以合乎人道主义的精神为原则。"[1] 朱光潜也指出："凭阶级观点围起来的这种'人性论'禁区是建筑在空虚中的，没有结实基础的。望人性论而生畏的作家们就必然要放弃对人性的深刻理解和忠实描绘，这样怎么能产生名副其实的文艺作品呢？"[2] 他认为，只有打破"人性论"的禁区，文艺才能踏上康庄大道。但是，也有人提出反对意见，他们认为文艺作品描写普遍的、永恒的、超阶级的人性是在"描绘和宣扬一种对立阶级、敌我之间的超现实的'人类之爱'"，"极力宣扬抽象的人性爱的法力，把作为世界观和历史观的人道主义和宗教道德哲学描绘成平息世间纷争、推动历

---

[1] 钱谷融：《〈论"文学是人学"〉一文的自我批判提纲》，《文艺研究》，1980年第3期。
[2] 朱光潜：《关于人性、人道主义、人情味和共同美问题》，《文艺研究》，1979年第3期。

史前进的根本动力"。[1]

通过"人性论"的讨论，学界建立了文学与人性的本质关联，"文学是人学"的观念深入人心，这又从几个方面影响或推动了文艺心理学的重建。

首先是"人性论"讨论的结果是人们认为应该把人作为文学活动的中心，这使得创作主体的作用被空前的提高了。新时期文艺心理学的主要重建者之一鲁枢元指出："人们常说'文学是人学'，这句话起码包含着三层意思：文学是写人的，文学是写给人看的，文学是人写的。然而这最后一层意思，长期以来却被我们许多文学理论家们忽略了。……用心理学的眼光看文学，文学作品必然是文学家的实践活动、生命活动、心理活动的结晶。文学作品的品位高下，总是由文学家心灵的深度和广度决定着的。文学创造的难能之处在于斯，可贵之处亦在于斯。"[2]对创作主体的研究正是新时期文艺心理学的重要研究课题，这集中体现在鲁枢元的《创作心理研究》上，而金开诚的《文艺心理学论稿》也从文艺心理学角度对文艺创作主体进行研究，比如其中的《文艺创作者的职业敏感问题》这篇文章。

其次，"人性论"讨论使得人们对人性的复杂、深刻有了更新的认识，作家艺术家的自我意识、个性意识、主体意识空前高涨，开始致力于开辟主体的内在的心灵世界，拓展文学的表现空间。孙绍振在《新的美学原则在崛起》中认为朦胧诗的出现标志着"一种新的美学原则的崛起"。他在文中对朦胧诗人称赞道："他们不屑于作时代精神的号筒，也不屑于表现自我感情世界以

[1]　陆贵山：《人性规律与人性描写》，《社会科学战线》，1984 年第 4 期。
[2]　鲁枢元：《创作心理研究》，黄河文艺出版社，1987 年，第 7-8 页。

外的丰功伟绩。他们甚至于回避去写那些我们习惯了的人物的经历、英勇的斗争和忘我的劳动的场景。他们和我们五十年代的颂歌传统和六十年代战歌传统有所不同，不是直接去赞美生活，而是追求生活溶解在心灵中的秘密。"[1]孙绍振较早地捕捉到了新时期文学的"向内转"趋势，而鲁枢元是"向内转"的命名者，他指出"向内转"是"转向作家、读者以及作品中人物的心性和心灵，转向人的情绪、记忆、意识、潜意识领域"，也就是在此文学背景下，"文学心理学应运崛起"[2]。

最后，"人性论"讨论使人们把文学书写人性放在首要位置。王蒙指出，"对于一个文学工作者来说，不论写什么样的伟人或是什么样的恶人，只有确实把他们当作活的人来写，亦即只有在他们确实像活人的时候他们才是可信的，才是能够引起读者的共鸣或者反感的，才能使读者关心、使读者热爱、使读者敬慕，或者使读者轻蔑仇恨。不把人物作为人来写，不把感情作为活人的感情来写，不把人物的善、恶、高、低渗透在人物的饮食起居、音容笑貌、喜怒哀乐、成败利钝中来表现，不敢写具体的人性，就不可避免地产生模式化、概念化，最后必然走上反文学、反艺术的死胡同"[3]。文学书写人性，就是要抓住人物的性格、个性、情感、意志等方面，去创造丰富的个性化的有血有肉的内在的精神世界，以引起读者的共鸣，在情感上打动他们。这个文学创作规律其实也正是文艺心理学所要揭示的文学基本原理。

---

[1]　丁国成编：《中国新时期争鸣诗精选》，时代文艺出版社，1996 年，第 471 页。

[2]　钱谷融、鲁枢元：《〈文学心理学〉修订版前言》，《黄河科技大学学报》，2004 年第 1 期。

[3]　王蒙：《"人性"断想》，《文学评论》，1982 年第 4 期。

正如张婷婷指出的，"新时期文艺心理学是在人本主义的宏大话语的推动下出场的，它一方面以一种普遍性、中立性的知识形态，接续了这一学科研究的血脉，另一方面又以其鲜明的主体性内涵为新时期文学中人的主体存在、价值、意义的高扬提供了实证性的理论基础，从而参与了新时期文论摆脱'工具论'、'从属论'和单一反映论模式的整体努力"。[1]我们认为"人性论"讨论对新时期文艺心理学重建功不可没，特别是促使形成人本主义的研究取向（详见本书第三章）。

第三节　形象思维讨论

新中国成立后发生了两次形象思维讨论，一次是在 20 世纪 50 年代"双百"方针时期，一次是在新时期。这两次形象思维讨论与后来的文艺心理学重建有着极为密切的联系：一方面，形象思维可以看作文艺心理学的前学科阶段，其讨论的相关问题在文艺心理学研究被继承、被转化，变成其学科领域内的一个论题；另一方面，形象思维讨论逐渐形成的认识论模式和审美论模式分别开启了新时期文艺心理学研究两个主要研究范式（或者说学科分支）——认识论的文艺心理学（审美心理学）和审美论的文艺心理学（心理美学），是当代文艺学研究范式变迁的一个表征。

一、第一次形象思维讨论

"形象思维"这个概念是舶来品，其发明者应该是别林斯基，他在《〈冯维辛全集〉和扎果斯金的〈犹里·米洛斯拉夫斯基〉》（发

---

[1]　张婷婷：《中国 20 世纪文艺学学术史》第四部，中国社会科学出版社，2007 年，第 154 页。

表在《莫斯科观察家》1938 年 7 月号上）一文中提出"诗是寓于形象的思维"，并且在写于 1840 年《艺术的概念》一文中展开论述："艺术是对于真理的直感的观察，或者说是用形象来思维。在这一艺术定义的阐述中包含着全部艺术理论：艺术的本质，它的分析，以及每一类的条件和本质。"[1] 对中国而言，早在 20 世纪 30 年代，随着别林斯基、普列汉诺夫和法捷耶夫的文学思想被译介，形象思维也得到广泛传播。在当时的文学理论家、批评家那里，形象思维是一个非常重要的文学概念。比如 1930 年胡秋原在介绍普列汉诺夫的艺术理论时提到："科学（哲学，批评，政论同样）可以认为是借演绎法的思索，反之，诗是借形象的思索。这是柏林斯基得意的思想，蒲力汗诺夫常常引用，将它做自己'美学法典'之基础。"[2] 1933 年周扬在《关于"社会主义的现实主义与革命的浪漫主义"——"唯物辩证法的创作方法"之否定》中指出："艺术的特殊性——就是'借形象的思维'；若没有形象，艺术就不能存在。单是政治的成熟的程度，理论的成熟的程度，是不能创造出艺术来的。"[3] 1940 年，胡风在《今天，我们的中心问题是什么》中认为，"文学创造形象，因而作家底认识作用是形象的思维"。[4] 蔡仪在 1943 年出版的《新艺术论》中对形象思维作了较为具体的阐释，他说艺术和科学的认识既有共同的地方，也还有不同的地方。它们的区别在于，艺术是"要以形象的思维去把握客观现实的本质、真理，而以诉之感性的方

---

[1] 别林斯基：《艺术的概念》，《别林斯基选集》第 3 卷，满涛译，上海文艺出版社，1980 年，第 93 页。
[2] 胡秋原：《蒲力汗诺夫论艺术之本质》，《现代文学》创刊号，1930 年 7 月。
[3] 周扬：《周扬文集》第 1 卷，人民文学出版社，1994 年，第 105 页。
[4] 胡风：《胡风评论集》中册，人民文学出版社，1985 年，第 113 页。

法表现出来；或者简单地说，是形象的认识之感性的表现"。[1]

　　第一次形象思维讨论的发生与反公式化、概念化运动直接相关。自从提倡社会主义文艺开始，创作上的公式化、概念化弊病就普遍地存在。第二次文代会的一个专门议题就是反对公式化和概念化，会议引起了人们对文艺创作的特殊规律的注意。周扬在1956 年 3 月 25 日《建设社会主义文学的任务》的报告中，先是批判胡风"把艺术认识和科学认识、形象思维和逻辑思维完全割裂开来，借以证明作家的创作同他们的世界观毫无关系"，接着针对文艺作品中的公式化、概念化倾向，要求重视艺术地反映现实的特殊规律。[2]此后，关于形象思维的讨论，就开展起来了。这次形象思维讨论还与苏联正在进行的形象思维论争有关，当时布罗夫、尼古拉耶娃等人提出两种对立的观点：一方认为作为一种思维方式，形象思维是不存在的；另一方则坚持认为形象思维是艺术的最基本的特征。最后还需要提到的是，我们所说的第一次形象思维讨论发生在"双百"方针实行期间，思想氛围较为宽松，许多文艺理论家、美学家纷纷加入，讨论得以深入进行，讨论的成果也较为丰富。据统计，从 1954 年初《学习译丛》译载尼古拉耶娃《论文学艺术的特征（作家的意见）》一文后，截至1965 年年底，先后有 20 篇专题论文谈形象思维问题，22 篇论文涉及这个问题，9 本文艺理论教材、8 本文艺理论著作、2 本语言学著作，对形象思维问题作了论述。[3]

---

[1]　蔡仪：《新艺术论》，商务印书馆，1947 年，第 57 页。

[2]　周扬：《建设社会主义文学的任务》，《文艺报》，1956 年第 5、6 期合刊。

[3]　刘欣大：《"形象思维"的两次大论争》，《文学评论》，1996 年第 6 期。另见王敬文等：《形象思维理论的形成、发展及其在我国的流传》，《美学》，1979 年第 1 期。

在这次形象思维讨论中，主要围绕着以下几个问题：（一）有没有形象思维？（二）形象思维的本质是什么？（三）形象思维与抽象（逻辑）思维的关系及其在文艺构思中的作用是什么？

对于第一个问题，讨论中形成的较为普遍的意见是，作为文学艺术的特征，形象思维是存在的。陈涌在《文艺报》1956年第9期上发表了《关于文学艺术特征的一些问题》，文中强调形象思维是一种独立的思维，不能被逻辑思维所代替，"对于一个艺术家的创作过程来说，抽象的科学的思维不应该看作是一个独立的阶段，一个可以代替艺术的思维的独立的阶段……它们是有着不同性质的思维方式，它们是按照不同的内容和不同的道路进行的"[1]。李幼苏指出："文学艺术的特征是形象思维。形象思维之不同于逻辑思维，表现在艺术家对事物现象的本质概括，一开始就是与对具体感性的特征和细节的选择紧密地联系着的。事物现实的本质并不是赤裸裸地以抽象的概念的形式出现，而是通过这些具体的感性特征与生动的描写，富有感染力地表现出来。"[2]而反对形象思维的人则主要是毛星和郑季翘。毛星指出："许多人认为有一种和一般思维完全不同为作家和艺术家所运用的形象思维。因此，不但文学艺术特征，连作家艺术家的思维也是十分特殊的了。我以为这种说法是不正确的，至少，形象思维这个词是不科学的。"他反对形象思维的依据是"思维是大脑的一种认识活动，离不开概念、判断和推理，不能只是一堆形象"。[3]

---

[1]　陈涌：《关于文学艺术特征的一些问题》，《文艺报》，1956年第9期。
[2]　李幼苏：《艺术中的个别与一般》，《文艺报》，1956年第10期。
[3]　参见毛星《论文学艺术的特性》，载《文学研究》（《文学评论》前身）1957年第4期，以及《论所谓形象思维》，《中国科学院文学研究所专刊（4）》，人民文学出版社，1958年。

郑季翘激烈批判形象思维的文章《文艺领域里必须坚持马克思主义认识论》发表在"文革"前夕，他在文中指出，形象思维是一个"反马克思主义的认识论体系"和"现代修正主义文艺思潮的一个认识论基础"；在政治上定了性之后，他还从逻辑上证明了，"形象思维者所说的那种不扬弃感性材料、不脱离感性形象而能认识事物本质的形象是根本没有的"。[1]这篇文章发表之后，这次形象思维讨论也画上了句号。

对于形象思维本质的探讨，意见主要有三种。第一种是想象说，认为形象思维就是"艺术的想象"或"创造性的想象"。蔡仪在《现实主义艺术论》中指出，"所谓形象的思维，也就是一般所谓艺术的想象。即由具体的概念去结合已知的东西和未知的东西，并借它和已知的东西的关联，我们可以施行形象的判断，借它和未知的东西的关联，我们可以施行形象的推理"。[2]第二种是思维说，认为形象思维是以"具体的感性的方式"进行的"形象的"思维。蒋孔阳认为，"作家在创造形象的时候，就不能运用抽象的概念的逻辑方式来进行构思，而必须运用本身就是生动而又具体的感性的方式，来进行构思。这种构思的方式，我们称为形象思维的方式"。[3]第三种是典型说。李泽厚认为，"形象思维的过程就是典型化的过程"，"是个性化与本质化的同时进行。这就是恩格斯称赞黑格尔所说的，'这一个'：典型的创造"。"形象思维所以说是思维，其意思和价值也全在此：去粗取精，去伪存真，由此及彼，由表及里，以达到或接近本质的真

［1］　郑季翘：《文艺领域里必须坚持马克思主义认识论》，《红旗》，1966年第5期。
［2］　蔡仪：《现实主义艺术论》，作家出版社，1958年，第34页。
［3］　蒋孔阳：《论文学艺术的特征》，《复旦学报（人文科学版）》，1956年第2期。

实。"[1]

对于形象思维与抽象（逻辑）思维的关系及其在文艺构思中的作用问题，也主要有三种意见。第一种意见强调形象思维必须以抽象思维为指导、为基础。蒋孔阳指出，形象思维本身是有限制的，不能代替逻辑思维，而且"形象思维根本离不开逻辑思维，它是在逻辑思维的基础上，再来进行构思的"。[2]李泽厚也说，形象思维"必须建筑在十分坚固结实的长期逻辑思考、判断、推理的基础之上，它的规律是被它的基础（逻辑思维）的规律所决定的、制约和支配着的"。[3]第二种意见则认为，形象思维与逻辑思维在艺术构思中是交替作用、相辅相成的。以群在他主编的《文学的基本原理》中指出，创作运用形象思维，"但这并不排斥在创作过程中的某一段落运用抽象思维，正如科学的著作中有时也兼用形象思维一样"，它们"并不是互相对立、互相排斥的，在一定的条件下还可以起相辅相成的作用"。[4]第三种意见认为，形象思维与逻辑思维是相互依存的："离开逻辑思维的'纯粹'的形象思维固不存在；离开具体的形象思维'纯粹'使用逻辑思维形式的科学，也不可想象。任何真正的艺术，都体现着哲理思想；任何概念，也一定要和构成它的可感触的具体形象相联系。"[5]以群也指出，"忽视形象思维，否定艺术思维的特点，就会产生创作中的概念化，而把形象思维和科学思维对立起来，乃至排斥

[1] 李泽厚：《试论形象思维》，《文学评论》，1959年第2期。
[2] 蒋孔阳：《论文学艺术的特征》，《复旦学报（人文科学版）》，1956年第2期。
[3] 李泽厚：《试论形象思维》，《文学评论》，1959年第2期。
[4] 以群：《文学的基本原理》（上），上海文艺出版社，1964，第196页。
[5] 黄吟曙：《形象思维和抽象思维的关系问题来稿综述》，《学术月刊》，1958年第11期。

科学思维，却只能导致文学创作的无思想性"。[1]

　　面对公式化概念化的创作倾向，形象思维的提出其实是在认识论框架下对文艺特性、文艺规律的肯定，这有着几个方面的重要意义。首先是对违背文艺创作规律的认识论进行调整和修改。文艺创作常被政治上要求去"写政策"，为了更好更快地服务于政治需要，创作规律被简化成"三结合"，作家居然不需要自行生产"思想"，只需要从外引入。形象思维的支持者们大都强调了艺术思维中理性因素以外还有感性因素（比如情感），艺术构思必须通过具体感性的形象来思维，进而形成对现实的本质的认识，而这种本质的认识并不是从外面植入的、强加进作品中的。其次是强调艺术思维的独特性和相对独立性。艺术思维主要是形象思维在起作用，而逻辑思维虽然与之同时发生作用，甚至会对形象思维进行指导、制约，却不能代替形象思维。形象思维相对于逻辑思维是独特的，又是独立的，某种程度上限制了政治观念对文艺的强行侵入。最后是从艺术思维的特殊性、相对独立性出发，间接地肯定了文学艺术活动的特殊性、相对独立性。这为拒斥政治对文学施加影响、控制，为文学争取生存空间创造了机会。

二、第二次形象思维讨论

　　1977 年 12 月 31 日，《人民日报》发表《毛主席给陈毅同志谈诗的一封信》，很快在《诗刊》1978 年第 1 期上转载，复刊后的《文学评论》也在 1978 年第 1 期上刊载此信，还有多家期刊也几乎同时刊载。这封写于 1965 年 7 月 21 日的信，多次谈到"形象思维"对于文艺创作的作用：

---

[1]　以群：《文学的基本原理》（上），上海文艺出版社，1964 年，第 197 页。

又诗要用形象思维，不能如散文那样直说，所以比、兴两法是不能不用的。赋也可以用，如杜甫之《北征》，可谓"敷陈其事而直言之也"，然其中亦有比、兴。"比者以彼物比此物也"，"兴者，先言他物以引起所咏之词也"。韩愈以文为诗；有些人说他完全不知诗，则未免太过，如《山石》，《衡岳》，《八月十五酬张功曹》之类，还是可以的。据此可以知为诗之不易。宋人多数不懂诗是要用形象思维的，一反唐人规律，所以味同嚼蜡。以上随便谈来，都是一些古典。要作今诗，则要用形象思维方法，反映阶级斗争与生产斗争，古典绝不能要。但用白话写诗，几十年来，迄无成功。民歌中倒是有一些好的。将来趋势，很可能从民歌中吸引养料和形式，发展成为一套吸引广大读者的新体诗歌。又李白只有很少几首律诗，李贺除有很少几首五言律外，七言律他一首也不写。李贺诗很值得一读，不知你有兴趣否？[1]

这封纯粹交流写诗经验的私人信件在十二年后被公开发表在《人民日报》，有着不同寻常的用意。1977 年底的中国正处在"拨乱反正"阶段，而主管文艺工作的高层官员正是要借助这封信，释放出文艺界思想解放的空气。鉴于形象思维具有着特殊的理论价值和现实意义，而已故最高领袖毛泽东对形象思维的肯定，成为重启形象思维讨论的现实依据。这次由上而下策划发动的文艺理论论争，铺开迅速，讨论热烈，整体规模比前次大得多。毛泽东信件发表后仅仅一个月，复旦大学中文系文艺理论教研组就编

---

[1]　毛泽东：《毛主席给陈毅同志谈诗的一封信》，《人民日报》，1977 年 12 月 31 日。

辑了《形象思维问题参考资料》，在 1978 年 5 月出版。中国社会科学院外国文学研究所编辑了近 50 万字的巨著《外国理论家、作家论形象思维》，在 1979 年 1 月出版。而据刘欣大的统计，仅 1978 年 1 月，在全国报刊上发表"形象思维"问题的文章在 58 篇以上，包括报道在 87 篇以上。自 2 月至年底，不到一年，在《红旗》《哲学研究》《文学评论》及主要大学学报和各省文艺刊物上发表的"形象思维"问题的专论在 60 篇以上。[1]

新时期的这次形象思维讨论，规模虽大，但涉及的关键问题及主要观点并未超出前次讨论。比如，这次讨论仍然围绕着形象思维存不存在、形象思维是不是独立于逻辑思维的文艺特有的思维方式、形象思维与逻辑思维的关系等问题展开。由于上面事先定了调子，加上毛泽东信件对形象思维的高度肯定，还有形象思维命题本身的理论效力，讨论中多数学者都肯定了形象思维的存在。需要指出的是，他们主要是从认识论的角度对形象思维予以肯定，仅从论文标题上就可见一斑：如周忠厚的《形象思维和马克思主义的认识论》（《文学评论》1978 年第 4 期），何洛的《形象思维的认识作用》（《社会科学战线》1978 年第 3 期），孙慕天的《形象思维与认识论》（《哈尔滨师范学院学报》1978 年第 3 期），夏虹的《形象思维——艺术创作的理性认识》（载于《形象思维问题论丛》，社会科学战线编辑部编，吉林人民出版社，1979）。形象思维的合法性很大程度上与认识论相关：坚持从认识论角度论证形象思维存在的人，认为存在着两种思维方式，一种是"逻辑思维"，一种是"形象思维"。这两种思维都

---

[1] 刘欣大：《"形象思维"的两次大论争》，《文学评论》，1996 年第 6 期。

可以从感性上升到理性，从而达到对事物本质的认识。比如曾簇林指出："形象思维是指文艺工作者在艺术创作过程中，借形象认识生活和反映生活的一种思维形式，所以，艺术形象就是对现实生活的形象思维的再现。……形象思维是一种认识活动，一种形象的认识活动。……形象思维绝不只是感性认识，跟逻辑思维一样，也经历着从感性认识到理性认识的全过程，艺术的典型形象，完全是理性认识的成果。"[1] 朱光潜也认为："形象思维也要进行抽象，也配叫作'思想'。……文艺的形象思维和科学的逻辑思维基本上是一致的。都要从感性材料出发，都要经过提炼或'抽象'的功夫，抓住事物的本质和规律，都要从感性认识'飞跃'到高一级认识阶段；所不同者科学的逻辑思维飞跃到抽象的概念或结论，文艺的形象思维则飞跃到生动具体的典型形象。"[2]

然而形象思维的反对声音还是存在的，只是调门放低了不少。比如，郑季翘在 1979 年《文艺研究》创刊号上发表了一篇自我辩护性质的文章《必须用马克思主义认识论解释文艺创作》，这篇文章虽然不再否认形象思维的存在，但坚持认为形象思维不能用于认识，而只能用于表现。在 1979 年 6 月在吉林省哲学社会科学联合会的第二次会议上，有人提出，郑季翘当年的观点是正确的。这种观点认为："从科学的含义来讲，思维或理性认识必然是抽象的，用形象不可能进行思维。至于艺术家在认识生活、反映生活过程，观察、体验、研究、分析各种形象素材，并根据这些形象素材创造艺术形象，借以表达思想，并不等于用形象来

---

[1] 曾簇林：《试论形象思维的理性认识特点及逻辑思维与形象思维的关系》，《湘潭大学学报》，1979 年第 1-2 期。
[2] 朱光潜：《形象思维在文艺中的作用和思想性》，《中国社会科学》，1980 年第 2 期。

思维。"[1]持这种观点的人，除了郑季翘本人以外，还有高凯、韩凌等人。正如高建平所指出的，从认识论角度上看形象思维命题存在严重的缺陷，这个缺陷正好被反形象思维者抓住了："按照当时被普遍接受的对认识论和心理学的理解，人的认识被区分为感性的和理性的。感性认识包括感觉、知觉和表象，理性认识包括概念、判断和推理。……这种模式决定了'形象思维'说从一开始就受到质疑。'形象'能否'思维'，这个问题讨论了许多年，写了无数的文章，但有一个问题一直没有能绕过去：一方面，按照当时所理解的'马克思主义'和'科学的''认识论'，只有概念才能思维，不存在没有概念的思维。思维就是从概念到判断再到推理，在这方面，认识论、逻辑学和心理学整合成一个体系。另一方面，'形象思维'的赞成和拥护者，主要是一些熟悉文学艺术创作实际的人。这些人深刻地感受到，他们在创作时，并没有使用在认识论和逻辑学意义上的'概念'，从'形象'到'形象'，本来就是可以通过'思维'来选择、连接、整合和提炼的。"[2]

在前次讨论时还是"形象思维"的坚定拥护者的李泽厚，在此次讨论中有了更新的认识，对形象思维的立场也有了极大的转折。他在《形象思维再续谈》一文中指出，"'形象思维'作为严格的科学术语，也许并不十分妥帖，因为并没有一种与逻辑思维相平行或独立的形象思维，人类的思维都是逻辑思维（不包括儿童或动物的动作'思维'）"。他认为，在"形象思维"这个

[1]　社会科学战线编辑部：《形象思维问题论丛》，吉林人民出版社，1979年，第395页。
[2]　高建平：《当代中国文艺理论研究（1949—2009）》，中国社会科学出版社，2011年，第159-160页。

复合词中，"思维"这个词"只是在极为宽泛的含义（广义）上使用的。在严格意义上，如果用一句醒目的话可以这么说，'形象思维并非思维'。这正如说'机器人并非人'一样"。既然"形象思维并非思维"，从认识论上被彻底否定之后，那么大家正在讨论的形象思维是什么呢？李泽厚说："我理解艺术创作中的'形象思维'与'否定说'、'平行说'者不同，并不认为独立的是思维方式，而认为它即是艺术想象，是包含想象、情感、理解、感知等多种心理因素、心理机能的有机综合体，其中确乎包含有思维——理解的因素，但不能归结为、等同于思维。我也不认为它只是一种表现方式、表现方法，而认为它是区别于'理论地掌握世界'的'艺术地掌握'世界的方式"。他指出两派的根本错误是"把艺术看作是或只是认识，认为强调艺术是认识是反映，就是坚持马克思主义认识论"。他雄辩地指出："从实际上说，我们读一本小说，念一首诗、看一部电影、听一段戏曲，常常很难说是为了认识或认识了什么。就拿读《红楼梦》来说吧，无论读前的目的、读时的感受、读后的效果，难道就是认识了封建社会的没落吗？这样，为什么不去读一本历史书或一篇论文呢？很明显，《红楼梦》给予你的并不只是，甚至主要不是认识了甚么，而是一种强大的审美感染力量。审美包含有认识——理解成分或因素，但决不能归结于、等同于认识（详另文）。要认识一个对象，特别是要把这种认识提高到理性阶段，仍然要依靠科学和逻辑思维，这不是艺术所能承担和所应承担的任务。"

李泽厚否定了"艺术是认识"之后，提出了他对艺术本质的认识。他认为艺术最重要的不是认识，而是情感，由此提出所谓"艺术情感的逻辑"："如果硬要类比逻辑思维，要求形象思维也要有'逻辑'的话，那么，我认为，其中非常重要而今天颇遭忽视的是情感的逻辑。"他在文中高度强调艺术中的情感因素："多年来，一个很奇怪的现象，就是我们的文艺理论不但对文艺和文艺创作中的情感问题研究注意极为不够，并且似乎特别害怕谈情感……其实，艺术如果没有情感，就不称其为艺术。我们只讲艺术的特征是形象性，其实，情感性比形象性对艺术来说更为重要。艺术的情感性常常是艺术生命之所在。"[1]其实早在第一次形象思维讨论时，李泽厚就已经强调了情感："形象思维还有一个主要特征：这就是它永远伴随着美感感情态度。在整个形象思维过程中，艺术家每一步都表现着自己的美感或情感态度，并把这种态度凝结体现在作品里。"[2]新时期也有人强调形象思维的情感因素，比如王世德指出："形象思维产生艺术作品，可使人们对生活有具体的感受、体验和在理解基础上产生强烈的爱憎感情。"[3]童庆炳认为，"形象思维是作家、艺术家的一种特殊的思维运动，它的基本特征是：以一幅一幅的生活图画为运动的基本单位，以强烈的感情活动为推动力量，以概念化和个性化同时并进为发展路线"。[4]但从情感因素上升到情感核心，确立文学艺术的情感性核心地位却是由李泽厚完成的。

李泽厚的《形象思维再续谈》是一篇具有历史性意义的论文，它的发表使人们对艺术本质的认识从认识论转入审美论，同时也终结了形象思维的理论生命，使第二次形象思维讨论"走下坡路

[1]　以上未注见李泽厚：《形象思维再续谈》，《文学评论》，1980年第3期。
[2]　李泽厚：《试论形象思维》，《文学评论》，1959年第2期。
[3]　社会科学战线编辑部：《形象思维问题论丛》，吉林人民出版社，1979年，第83页。
[4]　童庆炳：《再论形象思维的基本特征——兼答邹大炎同志》，《北京师范大学学报》，1979年第1期。

了"，很快降温并停止。

三、两次形象思维讨论与文艺心理学

首先，两次形象思维讨论与新时期文艺心理学重建之间有着较为直接的关系。下面我主要结合作为新时期文艺心理学重建的代表人物之一的金开诚来展开论述。

金开诚经历了两次形象思维讨论。根据其生平经历，金开诚的专业学习与研究起步阶段正好处于形象思维的第一次讨论期间，他没能参与讨论，但在当时对形象思维问题已经"有自己的独特思考"[1]，"觉得有些问题如果从心理学的角度来阐述，也许比较容易解决"[2]。金开诚积极参与了第二次讨论，他回忆道："我在学习心理学的过程中，曾经长期存在一个疑问：既然想象是改造原有的表象以创造新表象的过程，那么它主要就是一种表象的活动，为什么有的心理学著作要把它算作思维呢？过了相当长的时间，我才得到一种理解，即包括有意想象在内的一切自觉的表象活动都是思维，也就是形象思维。因此在 1978 年春天，我写了《说形象思维》一文，参加当年的北大中文系'五四'科学讨论会。"[3]金开诚还特别指出，不具备心理学知识是很难说清形象思维的："在我看来，形象思维虽然同文学艺术创作关系密切，有关这个问题的讨论也主要是在文学艺术领域中展开，但从根本上说，它毕竟是一种心理活动；关于它的各种分歧意见也主要发生在它的心理内容上（至于它在文艺创作中的地位与作用，大家都已承认了）。因此写文章参加讨论，也就应该结合心

[1] 金开诚，《金开诚文选》，北京大学出版社，2010 年，前言第 13 页。
[2] 金开诚，《文艺心理学概论》，北京大学出版社，1999 年，第 415 页。
[3] 金开诚，《文艺心理学论稿》，北京大学出版社，1982 年，第 39—40 页。

理学原理，给它下一个明确的定义，切切实实指明其心理内容；否则就会各说各的话，使讨论得不到真正的进展。"[1]从我们的分析看，两次形象思维讨论是金开诚进行文艺心理学研究的主要起因。

在形象思维讨论前期占统治地位的认识论模式启发了金开诚的文艺心理学研究。他继承了认识论的文学观念，并运用心理学知识对其进行改造，使其具有更大的现实阐释力。首先，他对形象思维进行巧妙的认知心理学化，创造出自觉表象运动的新命题。他认为形象思维就是自觉表象运动，相比形象，表象这个认知心理学术语更能与认识论的文论框架相符，表象本身带有的形象性与文学特性相关联，所以又充分继承了形象思维命题的理论价值。其次，从认识论文论的基本观点出发，他认同形象思维和逻辑思维的主要关系，又在唯物辩证法和普通心理学的启发下，将它们改造为感性与理性的关系，并确立为对立统一的关系，但在实际论述中，片面强调理性因素在文艺创作中的主导地位。最后，金开诚文艺心理学的很多观点其实出自第一次形象思维讨论的终结者郑季翘的那篇檄文，这些观点沿袭了郑文中的认识论观念。比如，针对艺术中的情感因素，郑指出："具有热烈的感情，是艺术有别于科学的特点之一。虽然如此，但艺术还是以理性认识为基础的。艺术作品所表现的作者的感情，是由理性所决定的，并为理性所统驭……只有把感情与理性结合起来，并且把理性放在第一义，才能正确地说明感情对艺术的意义。"顺便说一句，金开诚把表象作为其理论的起点，也很有可能与郑季翘有关。郑文

---

[1]　金开诚，《文艺心理学论稿》，北京大学出版社，1982年，第40页。

的文艺认识论也是从表象开始的，比如对于文学想象，郑是这样
描述的："创造性想象，是人们根据自己的思想意图，从头脑中
贮存的客观事物的表象材料中选择相应的部分，予以适当的加工
组合，构成新的表象的一种意识活动。"[1]郑季翘的这些论断，
对于熟悉金开诚文艺心理学著作的人，是如此的似曾相识。有意
思的是，郑季翘是反形象思维的，而金开诚是支持形象思维的，
金开诚对郑季翘的继承，说明了他们在文艺观念上其实是一致的，
即认识论的文学观念。

其次，两次形象思维还与新时期文艺心理学的审美形态有着
极为密切的关系。上文提到，在第二次形象思维讨论中，李泽厚
反戈一击，先是否定了"形象思维"的存在——"并没有一种与
逻辑思维相平行或独立的形象思维"，继而提出："我理解艺术
创作中的'形象思维'……是艺术想象，是包含想象、情感、理
解、感知等多种心理因素、心理功能的有机综合体，其中确乎包
含有思维——理解的因素，但不能归结为、等同于思维。我也不
认为它只是一种表现方式、表现方法，而认为它是区别于'理论
地掌握世界'的'艺术地掌握'世界的方式。"[2]李泽厚这里
既把形象思维界定为一种艺术心理的复杂存在，又认为它是一种
"艺术地掌握"世界的方式，所以形象思维仍是文艺的核心问题，
其研究仍是非常必要的，但需要跳出原先的哲学的、认识论的知
识视野，从美学的、心理学的视角去继续研究。

那么美学的、心理学的两种视角之间的关系如何呢？如果从

---

[1]　以上未注见郑季翘：《文艺领域里必须坚持马克思主义认识论》，《红旗》，
1966 年第 5 期。
[2]　李泽厚：《形象思维再续谈》，《文学评论》，1980 年第 3 期。

形象思维的第一种界定出发，则应以心理学的视角为主，研究对象是审美活动中的诸种心理因素（即美感），对此李泽厚后来指出，"美感问题属于心理科学范围，是审美心理学所专门研究的课题"[1]。如果从形象思维的第二种界定出发，则应以美学（狭义上的美学，即哲学美学）的视角为主，对此李泽厚指出，从哲学的角度研究美感就是研究人类"心理本体"特别是其中的"情感本体"，也即"建立新感性"[2]，由于生物学、生理学、心理学的不成熟，这些问题不能从真正实证科学的途径来解决，哲学（美学）研究于是成为替代方案。大概因为这个原因，李泽厚没有对这第二种研究思路专门命名，但在 20 世纪 80 年代中后期已经出现了"心理美学"的概念，如夏中义的《艺术链》（1988）明确表示以之为研究方法[3]，而童庆炳及其团队则以之建立学科新理念（详后）。

　　从以上分析我们得出的结论是：审美主义的文艺心理学当源于对形象思维的讨论，而对形象思维的不同的理解（心理学的、美学的）引出两种研究思路，导致两种学科形态的建立，即审美心理学和心理美学，这也正是审美主义文艺心理学的两个主要分支。从研究对象上看，审美心理的研究属于前者，审美体验和审美意象的研究属于后者。需要特别指出的是，这两种学科形态并不是泾渭分明的，在审美心理学的研究中可以引入哲学美学的视角，如劳承万《审美中介论》的理论基点就是康德美学；而心理美学的研究也常常需要围绕着审美心理因素展开，如夏中义《艺

[1]　李泽厚：《美学四讲》，生活·读书·新知三联书店，1989 年，第 101 页。
[2]　李泽厚：《美学四讲》，生活·读书·新知三联书店，1989 年，第 110 页。
[3]　夏中义：《艺术链》，上海文艺出版社，1988 年，引言。

术链》重点阐述的"文学想象""文学灵感"既是作家创造的核心环节，又是文学活动的关键性审美心理因素。

随着新时期文艺心理学从科学主义、人本主义向审美主义演进，文学观念从认识论转向审美论，形象思维的研究日趋没落，而对艺术情感、审美情感乃至审美心理的研究成为关注热点，并逐渐形成了审美主义的文艺心理学研究取向，这方面内容我们将在第四章详细介绍。

总之，从 1976 年到 1981 年，随着党的文艺政策的重大调整，"双百"方针和"二为"方向的新表述的提出，文艺界通过"拨乱反正"开始重建文艺理论场域，文艺本身的特征与规律得到了充分的肯定和重视，文艺理论得以打破旧的条条框框并走向深入，为新时期文艺心理学的重建提供了良好的政治环境和理论氛围。与此同时，文艺理论界对"文艺规律""共同美""人性论""形象思维"等重要问题的讨论，有力地启发和推动了新时期文艺心理学的重建，并为其研究视角与方法朝着科学主义、人本主义与审美主义等方向的展开奠定了坚实的基础。

第二章

新时期文艺心理学与科学主义

　　周宪曾分析了科学主义与人本主义在方法论上的对立："所谓科学主义，是指这样一种思潮和倾向，它要求按照自然科学的方法、观念、手段及其过程来研究审美——艺术现象，并认为唯有自然科学的研究方式才是科学的。所谓人本主义，恰与科学主义相对，反对效法自然科学，认为美学和艺术科学有其完全不同于自然科学的人文科学特点，主张特有的人文科学研究方式。"[1]在文艺心理学的研究方法上，也一直存在着这样两种思路与对立。最早的文艺心理学即费希纳的实验美学是严格按照科学实证方法来进行研究的。而弗洛伊德的精神分析文艺心理学则是偏重人本主义的。20世纪30年代，朱光潜出版了《文艺心理学》，确立了他作为中国文艺心理学学科奠基人的地位，深受克罗齐人本主义思想影响的朱光潜并不认可科学实证方法。70年代末80年代初，金开诚率先在北大开设文艺心理学选修课，推出专著《文艺心理学论稿》（下文简称为《论稿》），标志着中国文艺心理学

[1]　周宪：《科学主义与人本主义的冲突：现代美学和艺术科学方法论考察之一》，《文艺研究》，1986年第6期。

学科的重启。然而，金开诚的文艺心理学在方法论上采取了科学主义的研究路向，并且开启了生理心理学和认知心理学两种科学主义文艺心理学的研究范式。

第一节　科学主义文艺心理学的开创

作为新时期文艺心理学的重建者和主要代表人物，金开诚提出了"自觉表象运动"的独创性命题，建立了带有鲜明的科学主义色彩的文艺心理学理论体系。

一、表象、大脑与"主客观统一"

按照周宪所说，科学主义方法论可以归纳出五个特点：（1）研究对象的客体性；（2）研究取向的客观性；（3）研究结果的描述性；（4）研究方法的还原性；（5）研究目标的精确性。[1]我们认为，金开诚文艺心理学的关键命题的提出与论证，是非常符合科学主义的基本特征的。

先说"自觉表象运动"。这个概念是金开诚文艺心理学的核心命题，是其理论原创性的关键体现。那么，这个命题是如何创立的呢？这就需要回到金开诚文艺心理学理论的起点：表象。表象作为心理学基本术语，在新时期文艺心理学论著中并不鲜见，因为描述文艺心理活动根本绕不过表象环节。但像金开诚那样把它作为核心概念并确立为核心命题，则只此一家别无分店。为什么是表象而不是知觉、概念、想象与情感呢？金开诚是经过审慎思考的。他认为只有表象才能成为作家艺术家创作的原材料："根

---

[1]　周宪：《科学主义与人本主义的冲突：现代美学和艺术科学方法论考察之一》，《文艺研究》，1986 年第 6 期。

据'意在笔先'的原理，可知表象在艺术创作中的巨大作用。因为只有它才是艺术家头脑中的'蜂蜡'，在逻辑思维的指导下，可以用它在头脑中构成'蜂房'，然后通过工艺表现外化为艺术的'蜂房'。"[1] 这是说表象具有的特性决定了它最适合充当原材料："表象的这种既有一定程度的概括，又有一定程度的形象的性质，就使它最适合充当艺术创作的原材料。"[2] 所以，要探讨文艺创作规律必然从表象开始，故其成为文艺心理学的逻辑起点。然而，这个逻辑起点显然是从科学主义的认知心理起步的。

在金开诚的理论体系中，既然要以表象为理论核心，势必要排斥同样作为文艺心理核心要素的情感，所以他认为，"在审美过程中起主导作用的心理内容，始终是认识性质的，而非情感性质的"；"情感为'美感'的有机组成，当然无疑；但'美感'的'核心内容'，乃是感知之感（对客观事物的感性反映），而非情感之感，此则必须辨明"[3]。如此反复将文艺心理活动中的情感认知化，就像夏中义所指出的，"尽管金氏在《论稿》、《概论》（即《文艺心理学概论》，引者注）中一再重申'人脑整体性'原则，重申创作心理是'表象'、'思维'、'情感'的三位一体，但实际上，那柄机械解析的利刃在把艺术经验剖成若干心理单元切片的同时，又把其中的'表象'、'思维'等认知心理元素放大、泛化、拔高到统辖一切的程度，反过来挤压了'情感'的生存空间。历来被美学王国宠为公主的艺术'情感'，在金氏手下

[1] 金开诚：《文艺心理学论稿》，北京大学出版社，1982年，第3页。
[2] 金开诚：《文艺心理学论稿》，北京大学出版社，1982年，第6页。
[3] 金开诚：《艺文丛谈》，北京出版社，1985年，第143、144页。

却连'灰姑娘'也不如，倒酷似瑟缩墙角的童养媳，不仅排在'表象''思维'之后，而且处处依附于'表象'和'思维'，这就是所谓'自觉表象运动'——最后竟'自觉'到连'情感'也要被逻辑'思维'所榨干。"[1]为什么金开诚要如此排斥压制情感？可能是因为情感难以摆脱人本主义的"主体性""主观性""非描述性"，与科学主义的"客体性""客观性""描述性"难以相容吧！

再来看"从大脑说起"。翻开金开诚的《概论》，第一章是"从大脑说起"（1999 年再版时这一章改为引言），这句话带有强烈的科学主义的还原论色彩，放在如此显要的位置，则预示着它是金开诚文艺心理学体系的关键命题。金开诚指出："文艺心理学是研究文学艺术创作和欣赏中的心理活动的科学。在人类的一切心理活动中，大脑作为中枢神经系统的关键部分显然要起极为重要的作用。因此谈文艺心理学也需要从大脑说起。"[2]他由是强调："文学创作的心理活动确有种种特殊的规律，但它无论多么特殊，却不能不受大脑的物质特性和一般活动法则的制约。"[3]金开诚把大脑特性和法则概括为三条：（1）反映和创新，即大脑既能反映客观事物，又能对反映内容进行加工创造。（2）左右协作，即大脑左半球偏重抽象的理性活动，右半球偏重具象的感性活动。两个半球分工明确又互相协作。（3）上下互促，即形成认识的大脑皮层和主管情感的皮层下中枢紧密联系，

---

[1]　夏中义：《新潮的螺旋——新时期文艺心理学批判》，《文学评论》，1989 年第 2 期。
[2]　金开诚：《文艺心理学概论》，人民文学出版社，1987 年，第 1 页。
[3]　金开诚：《文艺心理学概论》，人民文学出版社，1987 年，第 3 页。

息息相通。[1]以上可总结为"大脑活动整体性原则"[2]。这就从生理层面上论证了：文艺创作是反映客观现实的创造活动，必然要受到大脑物质特性和活动法则的制约；文艺创作和欣赏中必然有感性心理活动和理性心理活动的辩证联系；文艺创作和欣赏中情感活动要受到认识活动的控制和调节。

于是，金开诚在对文艺心理现象进行阐释的时候，常常先将其还原为心理过程，再还原为生理机制，这是其坚持科学主义方法论的直接表现。比如对通感现象，他指出："通感的实际心理内容，……主要是由感觉（或表象）所引起的关于其他表象的某种'相似联想'。所以它的神经机制既是'大脑皮层中的暂时联系'，也是'主观现象之间的联系'（反映了客观事物之间某些特性的联系）；从神经生理过程上说，则是'大脑皮层各点间道路的接通'。而其所以会'接通'，首先是因为'兴奋泛化'的结果，'泛化'使大脑皮层中储存相同或相似信息的各点兴奋起来，这就使人感知事物的相通之处。同时'兴奋泛化'又与'分化抑制'相交替，'分化'的结果使人察觉事物之间的相异之处；从而又突出了特定线路的'泛化'，使个体所注意的特定的相通之处更显得清晰。所以'泛化'与'分化'的交替，就能使个体在同中见异，异中见同，而这种辩证的感受与认识，正是通感由之而生的根本原因。"[3]对于创作过程中经常出现的灵感现象，他也如此解释："在创造思维的过程中也确实会出现一种特殊的状态，这时创造者的各种心理因素（感知、记忆、联想、想象、

---

[1]　金开诚：《文艺心理学概论》，人民文学出版社，1987年，第3-7页。
[2]　金开诚：《文艺心理学概论》，人民文学出版社，1987年，前言。
[3]　金开诚：《文艺心理学概论》，人民文学出版社，1987年，第283-284页。

思维、情感、意志等）得到了相当协调的配合与发挥，大脑各中枢的兴奋与抑制正处于恰到好处的状态，那些正需要它发挥作用的潜沉细胞群突然被激活，整个意识领域中出现了符合特定创造要求的思路通畅，本来极难接通的思维'电路'因而突然接通，于是一些新的神经联系较为顺利地建立起来，概念与概念、道理与道理或表象与表象之间出现了新颖的串连与组合。这就是创造思维中的灵感现象，……"[1]

最后要说说"主客观统一"。这个命题其实也是金开诚文艺心理学的"第一个基本思想"，"即以唯物主义反映论为指导，论证文艺创作与欣赏的心理活动都是个体在反映客观世界的基础上所实现的主客观统一"。在金开诚看来，这个命题的地位相当于欧氏几何的公设。紧随其后列出的"第二个基本思想"是"根据大脑活动的整体性原则，论证文艺创作与欣赏都是以自觉的表象运动为核心而实现的表象活动、思维活动与情感活动的有机结合"，其中包含的五种辩证关系，"即客观与主观、感性与理性、情感与认识、修养与创造、创作与欣赏"[2]，说是"两个基本思想的具体表现"，其实只是"第一个基本思想"的具体表现。不过，一般认为，文艺学美学领域中的"主客观统一"的主要发明者是朱光潜[3]，他在20世纪50年代的美学大讨论中提出了这一观点，认为物甲是自然存在的，纯粹客观的，它具有某些条件可以产生美的形象（物乙）。这物乙之所以产生，却不单靠物甲的客观条件，还须加上人的主观条件的影响，所以，美是主观

[1]　金开诚：《文艺心理学概论》，人民文学出版社，1987年，第341页。
[2]　以上未注见金开诚：《文艺心理学概论》，人民文学出版社，1987年，前言。
[3]　胡风的"主观战斗精神"理论，主张主观与客观的化合，其实也是"主客观统一"论者。与朱光潜相同，他也侧重文艺创作的主观方面。

条件与客观条件的统一。那么，金开诚所主张的"主客观统一"是不是对朱光潜文艺心理学基本观点的继承呢？

金开诚在 1999 年再版的《文艺心理学概论》后记中提到："回顾我对文艺心理学的研究，也许可以说有一个特点，那就是基本上未曾学习或参考过别的文艺心理学著作；而是直接把普通心理学的一些最基本的原理与文学艺术创作欣赏中的大量事实结合起来，从而形成一些观念和论点。"[1] 其中既有几分坦诚，又有几分骄傲。不过确实如此，金开诚的"主客观统一"不是从别的著作中吸纳而来，它与朱光潜的立论甚至是截然对立的，朱光潜偏重主观，金开诚偏重客观。在《概论》第二章"客观与主观"的一开始，他就指出："文艺创作是反映客观世界的，还是表现创作者的主观世界的？正确的答案是：它既反映客观世界，也表现作者的主观世界，是在反映客观世界的基础上实现了主客观的辩证统一。这一答案早已由唯物主义的反映论深刻阐明，而唯物主义的反映论正是科学的文艺心理学的哲学基础和指导思想。"[2] 这段话告诉我们，主客观统一的基础是"反映客观世界"，而不是"表现作者的客观世界"。所以，金开诚虽然声称"主客观统一"，实际上是个"客观派"，由此带来的必然是文艺创作中的主观因素的价值和作用被低估，文艺创作中的作家主体的地位被压抑甚至被排斥。金开诚文艺心理学强调客观性、压制主观因素，这是其坚持科学主义方法论的又一力证。

二、科学主义与《普通心理学》

金开诚文艺心理学的科学主义来自何处呢？我们认为，这应

[1]　金开诚：《文艺心理学概论》，北京大学出版社，1999 年，第 416 页。
[2]　金开诚：《文艺心理学概论》，人民文学出版社，1987 年，第 8 页。

该从他长期对心理学的特殊兴趣说起。金开诚曾回忆自己幼年时
听两位中医讨论人是用心思考还是用脑思考时，就琢磨起"研究
思维的学问叫心理学"这句话。带着疑问，中学时代他就找来心
理学方面的书刊阅读。进入大学之后，他想研究理论，包括文艺
学、文艺心理学、美学和哲学。[1]金开诚在《论稿》的《致青
年读者》（相当于前言）中写道："很久以前，我就想用心理学
的原理来解释文艺创作、文艺欣赏中的一些事情。但在很长一段
时期中，我却找不到把二者结合起来的有效方法。"[2]他还提到：
"我在大学期间本来对文艺理论用力较多，同时也想要把心理学
原理引进文艺理论，以探索创作和欣赏的心理。"[3]事实上，
金开诚能够在很短的时间内开设文艺心理学课程并出版专著，与
他长期对心理学的特殊兴趣分不开，正如他所说的："我从大学
毕业到1978年的二十多年间，虽然工作多变，却也围绕着把心
理学原理与文艺创作和欣赏结合起来这个课题，断断续续地进行
了学习和思考；同时也较为广泛地涉猎了多种艺术；又从多变的
工作中随时有所感悟，并积累有用的材料。这样才能在决定研究
文艺心理学时，仅用了一年左右的业余时间，就写出了初具规模
的讲稿。"[4]

　　金开诚对心理学的特殊兴趣也与两次形象思维讨论有着紧密
的联系。金开诚的专业学习与研究起步阶段正好处于形象思维的
第一次讨论期间，他从1951—1955年间，在北大中文系读书；
1955年7月毕业后留校在王瑶门下读研究生，翌年转为王瑶科

[1]　金开诚：《金开诚文选》，北京大学出版社，2010年，前言第13页。
[2]　金开诚：《文艺心理学论稿》，北京大学出版社，1982年，第3页。
[3]　金开诚：《谈艺综录》，中国青年出版社，1993年，第1页。
[4]　金开诚：《谈艺综录》，中国青年出版社，1993年，第3-4页。

研助手，1959 年开始为游国恩做科研助手，并讲授中国古代文学课，直到"文革"爆发以前，从事的都是文学专业的教学和科研，对当时轰轰烈烈展开的文艺论争不会置身事外，只是因为还不具备相应能力故没有直接参与讨论，但已"有自己的独特思考"[1]，比如他当时就"觉得有些问题如果从心理学的角度来阐述，也许比较容易解决"[2]。我们认为，很有可能当时的金开诚就已经敏锐地意识到，要揭开形象思维之谜，必须具备一定的心理学知识，所以才会在 60 年代前期，集中心思学习普通心理学[3]。

　　第二次形象思维讨论发生在新时期，金开诚积极参与了这一次讨论，他回忆道："我在学习心理学的过程中，曾经长期存在一个疑问：既然想象是改造原有的表象以创造新表象的过程，那么它主要就是一种表象的活动，为什么有的心理学著作要把它算作思维呢？过了相当长的时间，我才得到一种理解，即包括有意想象在内的一切自觉的表象活动都是思维，也就是形象思维。因此在一九七八年春天，我写了《说形象思维》一文，参加当年的北大中文系'五四'科学讨论会。"[4]凭借超出常人的心理学修养，金开诚特别指出不具备心理学知识是很难说清形象思维的："在我看来，形象思维虽然同文学艺术创作关系密切，有关这个问题的讨论也主要是在文学艺术领域中展开，但从根本上说，它毕竟是一种心理活动；关于它的各种分歧意见也主要发生在它的心理内容上（至于它在文艺创作中的地位与作用，大家都已承认了）。因此写文章参加讨论，也就应该结合心理学原理，给它下一个明

[1]　金开诚：《金开诚文选》，北京大学出版社，2010 年，前言第 13 页。
[2]　金开诚：《文艺心理学概论》，北京大学出版社，1999 年，第 415 页。
[3]　金开诚：《文艺心理学论稿》，北京大学出版社，1982 年，第 3 页。
[4]　金开诚：《文艺心理学论稿》，北京大学出版社，1982 年，第 39-40 页。

确的定义，切切实实指明其心理内容；否则就会各说各的话，使讨论得不到真正的进展。"[1]《论稿》中的《文学艺术创作中的自觉表象运动——兼论形象思维问题》就是从心理学角度对形象思维问题的继续探讨。从以上分析足以证明金开诚的文艺心理学研究与形象思维讨论确实存在紧密联系，并且当他带着丰厚的心理学知识进入形象思维讨论时，他具有了一般研究形象思维者所不具有的优长，即能够把形象思维问题往深处说，而非简单地满足于罗列与概括文学创作中的形象思维诸现象。

金开诚上面所说的"结合心理学原理"是有确定指向的。心理学自建立以来，各流派风起云涌，你方唱罢我登场，实验心理学，构造主义，机能主义，行为主义，精神分析，格式塔，日内瓦学派，人本主义，各有各的一套原理，也各有各的一班信徒。到底是要结合哪一派心理学的原理呢？其所主要凭借的心理学资源是什么呢？答案很明确：就是曹日昌主编的《普通心理学》。金开诚并不讳言这本60年代广为流传的普通心理学教材对他的影响，他曾深情地回忆道："直到60年代前期，我集中心思学习了曹日昌先生主编的《普通心理学》，情况才有了变化。我认为这是一本很有益于人的著作，具有态度谨严、内容实在、持论通达、平易近人等优点。我由于学习此书，而在掌握基本原理上真正有了一点进步，因而也就比较能够加以运用。每当我想起当年的情况，我心里总是把曹日昌先生以及该书的其他编者当作我在心理学上的真正老师。"[2]

对于成长于特殊年代同时有着较高政治觉悟的金开诚来说，

---

[1] 金开诚：《文艺心理学论稿》，北京大学出版社，1982年，第40页。
[2] 金开诚：《文艺心理学论稿》，北京大学出版社，1982年，第3页。

这种选择是非常容易理解的。如果把心理学划分为科学主义和人本主义两大阵营，金开诚肯定要站在科学主义一边。如果把心理学划分为唯物主义和唯心主义两大阵营，金开诚毫不犹豫地要站在唯物主义一边。曹日昌主编的《普通心理学》恰好既是科学主义的心理学又是唯物主义的心理学。比如，曹日昌《普通心理学》第一章第一节是"对心理现象的理解——唯物主义与唯心主义的斗争"，开头第一句话就是："心理学是研究心理现象的科学。"[1]在这一节里还写道："对心理现象做出唯一正确的阐明的是辩证唯物主义。从辩证唯物主义看来，心理现象是脑的功能，是客观现实的反映。"[2]第五节"心理学的方法"中写道："辩证唯物主义是心理学的理论基础，也是心理学研究所应遵循的基本原则。"[3]在研究心理学的方法论方面，曹日昌的《普通心理学》显然是坚持科学主义的，书中指出"把'内省法'当作心理学唯一的研究方法，这是错误的"[4]（人本主义心理学主要采用内省法），"心理学研究的基本方法，同其他一切科学的研究方法一样，是观察和实验"。[5]在学科定位上，金开诚坚持认为"文艺心理学是心理学的一个分支"[6]，其文艺心理学又深深受惠于曹日昌的《普通心理学》，那么他偏向科学主义的研究思路也就是自然而然的了，他也因此对当时的文艺心理学研究很少运用科学主义方法感到不满："目前的研究工作也还有其不足之处，

［1］　曹日昌：《普通心理学》（上册），人民教育出版社，1980年，第1页。
［2］　曹日昌：《普通心理学》（上册），人民教育出版社，1980年，第5页。
［3］　曹日昌：《普通心理学》（上册），人民教育出版社，1980年，第17页。
［4］　曹日昌：《普通心理学》（上册），人民教育出版社，1980年，第18页。
［5］　曹日昌：《普通心理学》（上册），人民教育出版社，1980年，第20页。
［6］　金开诚：《艺文丛谈》，北京出版社，1985年，第139页。

例如严重缺乏社会调查和科学实验。"[1]

　　反观前述的几个关键命题，从理论实质到方法论取向，金开诚文艺心理学都与曹日昌的《普通心理学》脱离不了关系，甚至是亦步亦趋的。比如金开诚将文艺创作活动解释为"自觉的表象运动"，结合想象时指出："从表象活动的角度来看，有意想象也和无意想象一样，是在头脑中改造记忆表象而创造新形象的过程。"[2]曹著中的表述是："想象是在头脑中改造记忆中的表象而创造新形象的过程。"[3]一比较就会发现，金开诚简直就是照搬曹日昌的《普通心理学》。再比如金开诚常将文艺心理活动还原为生理机制，宣称文艺心理学研究要"从大脑说起"，这种论述逻辑亦来自曹日昌的《普通心理学》。曹著第一章第二节题目就是"心理现象是脑的机能"，第二章题目是"心理的生理机制"。第一章第三节中写道，"任何一种心理活动，都可以区分它的内容、过程和机制或生理机制三个方面"。[4]金开诚文艺心理学的第一条基本原理"主客观统一"同样来自曹日昌。曹著第一章第三节"心理现象是客观现实的反映"里明确地指出："人对现实的反映是客观和主观的统一。按其内容说，它是客观的。因为它是外界事物的反映，是由外界事物的作用决定的；同时是物质的脑的神经活动过程，并且通过人的各种实际的外部活动表现出来。但是它也是主观的，因为对现实世界的反映总是由一定的人或主体来进行的，总是受他所累积的全部个人经验和他

[1]　金开诚：《艺文丛谈》，北京出版社，1985年，第142页。
[2]　金开诚：《文艺心理学论稿》，北京大学出版社，1982年，第27页。
[3]　曹日昌：《普通心理学》（上册），人民教育出版社，1980年，第182页。
[4]　曹日昌：《普通心理学》（上册），人民教育出版社，1980年，第13页。

的全部个性心理特征的制约，并且通过他的活动而实现的。"[1]
这样一来，我们可以毫不犹豫地得出结论：金开诚文艺心理学的
科学主义完全来自曹日昌的《普通心理学》，而曹日昌的《普通
心理学》则混合了实验心理学与唯物主义认识论，使得自身的科
学主义不仅是指向了自然科学的一面，也指向马克思主义哲学认
识论的一面，也许正是这两个方面的结合，使得科学主义一时之
间跃升为不移的学术"正统"，而无人可以置疑。

三、科学主义与反映论

　　曹日昌的《普通心理学》虽然在 1979 年后多次再版，但其
"受哲学反映论和巴甫洛夫行为主义深刻影响"[2]的知识体系
已显陈旧过时。曹日昌早已逝世，修订更是无从说起，只得沿袭
旧论。[3]不过到了 80 年代，思想解放运动走向深入，各种心理
学流派思想纷纷涌入，金开诚会不会吸纳新的心理学资源，更新
知识结构，在文艺心理学基本观点上有所调整呢？我们发现，金
开诚似乎对曹日昌的《普通心理学》情有独钟，面对其他心理学
流派的汹涌袭来，不为所动。比如，《论稿》中的《意识流、潜
意识问题漫谈》一文中就表现了金开诚对当时大热的弗洛伊德精
神分析心理学的拒斥。这是为何呢？原因是金开诚需要用曹日昌
的认知心理学阐释乃至捍卫其反映论的文艺观，别的心理学流派
他当然也是要了解的，但绝不会轻易接受其基本观点。所以，距
离《论稿》五年后出版的《概论》只是整体结构做了改变，"一

---

[1]　曹日昌：《普通心理学》（上册），人民教育出版社，1980 年，第 11 页。
[2]　陶水平：《文艺心理学研究的价值取向》，《艺术广角》，1998 年第 3 期。
[3]　该书的编辑在 1987 年的《合订本·前言》中还认为："由于本书是二十多年
前编写的，部分材料可能陈旧，但就其观点的科学性、结构之严谨、论述之简明来说，
仍不失为一部便于教和学的好教材。"（人民教育出版社教育编辑室）

些基本论点也至今未变"[1]，这也可以从《前言》中概括的"两个基本思想"得到证实。

反映论其实已经成为金开诚的文学信仰。比如，在《论稿》的前言里他就声称自己"坚信文学艺术创作只能是在反映客观世界的基础上实现了形象、理性、情感三者的统一"[2]，他在《概论》前言里列出的第一个基本思想仍然是"以唯物主义反映论为指导，论证文艺创作与欣赏的心理活动都是个体在反映客观世界的基础上所实现的主客观统一"[3]。金开诚为了捍卫其反映论的文学信仰，试图对先前遗毒甚广的机械反映论进行修正，但是总体上没有离开反映论的以主观依附于客观的理论基础。比如，他曾提到对"文艺创作反映客观现实"这个经典的反映论命题产生了些许怀疑："从文艺心理学的角度并结合创作活动的实际情况来看，这个命题却是不精密的。因为这个命题在表述上只揭示了两个环节：'客观现实→文艺创作中的艺术形象。'因此可以称之为'二环论'。在'二环论'的公式中，创作者的心理活动及其巨大的创造作用均已不知去向；这就不仅在理论上带有朴素性；而且从其实践意义上说也是有局限的。"[4]显然，金开诚认为"二环论"剔除了作家艺术家作为文艺创作的主观因素的存在，无法"在反映客观世界的基础上"实现"主客观统一"，只有变"二环论"为"三环论"，增加"主观反映和加工"[5]的创作主体环节，文艺创作链条才得以完整。但是，将金开诚所增加的"主观反映

[1] 金开诚：《文艺心理学概论》，人民文学出版社，1987年，前言。
[2] 金开诚：《文艺心理学论稿》，北京大学出版社，1982年，第1页。
[3] 金开诚：《文艺心理学概论》，人民文学出版社，1987年，前言。
[4] 金开诚：《文艺心理学概论》，人民文学出版社，1987年，第11页。
[5] 金开诚：《文艺心理学概论》，人民文学出版社，1987年，第11页。

和加工"与同时期的刘再复的"文学主体论"与钱钟书、童庆炳等人的"审美反映论"相比较，就会发现，刘再复、钱中文与童庆炳等人，极其突出地强调人的主体性，从而不再压抑人在历史活动中的地位；极其强调情感的作用，从而不再认为情感会破坏创作秩序。如此一来，在金开诚这里，这是明确了创作离不开作家的"反映和加工"作用，而在刘再复等人那里，则是明确了创作就是人的活动，人不是反映者和加工者，而是生发者与创造者本身。由此可以推断，金开诚采取科学主义的研究思路，正是因为他不肯或不敢真正承认人的主体地位，而只有回到人本主义的研究思路，结合文学创作确认人的地位与价值，才有可能真正打破机械反映论的魔咒。

金开诚曾如是总结研究文艺心理学的方法论："社会科学中的一切学科与论点的发明也是联系与反联系。如文艺心理学便是由文艺学和心理学联系而成；但不是把二者原封不动联系起来，而是先要经过反联系，把两种学科中可以结合的内容提取出来，才能化合成一种新的学问。"[1]那么文艺学和心理学如何发生联系的呢？两种学科中可以结合的内容是什么呢？在金开诚看来就是反映论。因此可知，金开诚由于要修补文学反映论，重新赋予其合法性，所以才会想到从坚持唯物主义反映论的曹日昌的《普通心理学》中找到修补的方法和合法性的依据。这应该就是金开诚进行文艺心理学研究的初衷。而曹日昌的《普通心理学》坚持的科学主义路向也因此被金开诚的文艺心理学所继承，成为其主要的方法论。所以金开诚的科学主义方法是依附于反映论的

---

[1]　金开诚：《燕园岁月》，北京大学出版社，1998年，第285页。

文学观，并为其服务的，这使得他的科学主义新方法并未产生出足具创新性的研究成果以更新我们对文学的认识，这是非常遗憾的。

金开诚文艺思想孕育在文学高度政治化的"十七年"，文艺学与心理学在一个高度政治化的背景下发生联系，所以导致金开诚文艺心理学的科学主义里面隐藏着政治的内容。按照当时的政治常识，人本主义与唯心主义有着千丝万缕的联系，是绝对不能碰的，而科学主义与唯物主义及辩证法则有着先天的联系，不妨采用。所以，如同曹日昌主编的《普通心理学》一样，在文艺心理学研究中采用科学主义路向，就是坚持唯物主义和辩证法，就是政治正确，带来的就是政治安全。就这样，在政治正确的指示下，金开诚刻意远离朱光潜开创的人本主义传统，开创了独特的科学主义路线，在增加文艺心理学的研究维度之际，却割断了与文学审美的相接关联性，这是我们在回顾重建文艺心理学这段历史时所不得不注意的地方。

毋庸讳言，在当代文论史上，金开诚作为新时期文艺心理学的开创者所受评价并不高，究其原因主要是他对反映论的坚守以及对认知心理学的过于借重。夏中义指出："从名义上看，金开诚确乎恢复了文艺家在美学王国的公民权；然而，究其实质，由于他将艺术混同于认识，将文艺家扮饰成披上形象外套的社会学家，到头来，艺术的审美本性、文艺家的独特个性仍未得到应有的尊重或认同，充盈着艺术心血的素材和造型还是被软禁在叫作'表象'的认知圈内。是的，金开诚的'表象说'不是别的，它恰恰是在为上述旧文艺观作认知心理学注释。"[1]张婷婷也指出：

---

[1]　夏中义：《新潮的螺旋——新时期文艺心理学批判》，《文学评论》，1989年第2期。

"金开诚依据认知心理学所提出的文艺心理学理论，显然混淆了物质产品的制作与精神创造之间的区别，将艺术与认识相等同也相混同了。艺术作为与科学活动有别的审美活动，虽然它包含某些认知因素，但从本质上讲它并非认知性生产；在文学创作这一精神产品创造中发挥作用的虽然包括人的认知性心理因素，但却远不只有人的认知因素。因此生搬认知心理学去勉强解说文艺创作的精神特征，便造成了明显的方法与对象错位以及逻辑起点的偏差。"[1]

从夏和张对金开诚的批评看，他们从审美主义和人本主义的视角出发，对金开诚的反映论文学观、科学主义研究路向和认知心理学大量介入是不以为然的。我们认为，反映论作为一种文学观念不可全盘否定，金开诚的文艺心理学算是一种纠偏的努力，立论上可能存在很多争议，但文艺活动确实具有认识层面，要对此予以科学的解释，引进自然科学势在必行，比如生理心理学和认知心理学，而金开诚恰恰就是从认识论文学观出发开创了科学主义文艺心理学的两个主要发展方向。我们接着介绍的黎乔立"审美生理学"和李志宏的"认知美学"正是这两个方向的延续和推进。

第二节　审美生理学

黎乔立的审美生理学研究是新时期科学主义文艺心理学的重要成果，他所著的《审美生理学导论》（广东人民出版社，

---

[1]　张婷婷：《中国20世纪文艺学学术史》第四部，中国社会科学出版社，2007年，107页。

2000）[1] 在 1992 年初版时曾经得到四川大学王世德教授的高度评价："很多年来，我们重视审美的社会性、心理性，而忽视审美的生物性、生理性。固然，审美主要是社会心理活动，但是，这种社会心理活动是有生物生理基础的。忽视了生理基础，就架空了社会心理，也就不可能正确理解审美的社会心理性质。此书正是在审美生理学方面为审美学的发展做出了独特的贡献。"[2] 吉林大学的李志宏教授亦从美学科学化的角度对黎乔立的"审美生理学研究"充分肯定，认为黎氏学说"极具理论价值，对中国美学科学化方向的现代性进展起到了开创、示范作用，很有启发意义"，还指出黎氏理论"直接被生命美学所接受并作为自己重要的理论根据"。[3] 另外据《羊城晚报》（1997 年 10 月 14 日）和《中国新闻周刊》（2007 年 1 月 9 日）披露，中国当代生命美学的代表人物南京大学潘知常教授的美学专著《反美学》第五章第一节多处与黎乔立 1992 年出版的美学专著《审美新假说——关于审美生理学的思考》的观点和例证相同，使得潘教授两次陷入"抄袭风波"，这也从侧面证明了黎乔立的审美生理学研究确有独到之处，其理论价值不容忽视。我们认为黎乔立的审美生理学研究推动了中国当代文艺心理学的发展，特别是拓展了科学主义方法的新思路。

---

[1] 此书最早于 1992 年以《审美新假说——关于审美生理学的思考》之名在香港世界出版社出版。2000 年广东人民版前言中作者声称该书是在《审美新假说——关于审美生理学的思考》基础上完成的，笔者比较发现两书主体内容基本一致。本书依据的是 2000 年广东人民版。
[2] 王世德：《对审美生理基础探究的重大贡献——评黎乔立的〈审美新假说〉》，《学术研究》，1994 年第 1 期。
[3] 李志宏：《中国美学的现代性进展与科学化方向》，《吉林大学社会科学学报》，2003 年第 1 期。

一、审美生理学及其方法论

黎乔立在《审美生理学导论》（以下简称《导论》）前言一开始就开宗明义地指出："本书是一本美学论著。与其他美学论著比较，它的独特之处首先在于提出了一个新概念：审美生理学。"（本书引文中着重号均系原作者所加，下文不再一一注明）从生理学的角度研究美学问题，显然要遭遇很多诘难，作者也心知肚明："这似乎是过于标新立异的概念。熟悉美学的人都知道，美学是形而上学的传统领地，是哲学的一个分支；美学研究的问题是与人类精神世界最复杂多变的方面直接相关的。而生理学却是一门实证的学科。对于人类的生理，人类的所知其实仍然相当肤浅。用仍然肤浅的知识解答最复杂的课题，这会引起治学谨严的读者很多很多怀疑。"即使如此，作者也矢志不移，他认为："美学的难题并不是没有答案的，答案的很大一部分可能正隐藏在生理学里边。"[1]这正是他进行审美生理学研究的主要原因。

另一方面，进行审美生理学研究有着"时代紧迫性"。首先是传统形而上学美学因其笼统性走向没落："20世纪是美学史上的大时代，传统形而上学美学已从一统天下的独尊地位跌落下来，成为众多美学流派中的普通成员。……形而上学美学一般地仅把理论的基础建筑在一些未有经过实证的模糊概念上边。把模糊概念作为学科的出发点，就像把大厦建筑在沙滩上，大厦越高，越有倒塌的危险。"[2]从反面来看，"20世纪的美学正是不满足于形而上学美学的笼统性而发展了它的实证精神"。[3]这突

---

[1]　以上未注见黎乔立：《审美生理学导论》，广东人民出版社，2000年，前言第1页。

[2]　黎乔立：《审美生理学导论》，广东人民出版社，2000年，前言2-3页。

[3]　黎乔立：《审美生理学导论》，广东人民出版社，2000年，前言第3页。

出表现就是 20 世纪美学的心理学转向："美学家们已不满足于前人使用的替代技术语，他们决心像佛教禅宗那样'直指本心'，把美学引向对人的心理的认识。精神分析派美学和格式塔美学都是从心理学开始进行美学探索的。信息论美学、人本主义美学、自然主义美学、符号学美学也程度不同地涉足心理学的范围。"[1]然而心理学美学却面临诸多难题："今后的心理学美学应当向何处去？它和传统美学之间存在怎样的关系？心理学美学的各家各说怎样才能互相沟通、彼此了解？心理学美学如何解释尤其如何引导层出不穷的现代和'后现代'艺术？现代和'后现代'艺术的前景如何？"黎氏认为要解答这些问题，"必须有赖于心理学的基础学科：生理学的研究。心理学说到底是离不开生理学的。脱离生理学，心理学的实证仍然是有疑问的，仍然会是沙上建塔"。黎氏还指出，"近代和现代的形而上学美学的一个核心问题，仅用心理学就无法解决。这就是：审美的'非功利性'问题"。[2]"和审美非功利性问题相关的，是形而上学美学从康德的浪漫美学到海德格尔的存在主义美学之间贯穿着的一条主线，这就是审美与工业文明导致的普遍异化的对立。目前的心理学美学却未接触这一重大对立。而倘使不能解释这一对立，心理学美学就存在危机：它很可能会令审美的心理方面与审美的社会方面产生分离甚至分裂。"凡此种种，都将心理学美学引向审美生理学："在这种情况下，审美生理学作为一个与时代要求正相吻合的边缘学科便呼之欲出了。它应当对审美心理进行跨学科的研究，既立足于审美

---

［1］　黎乔立：《审美生理学导论》，广东人民出版社，2000 年，前言第 3 页。
［2］　以上未注见黎乔立：《审美生理学导论》，广东人民出版社，2000 年，前言第 4 页。

与艺术的社会性的规律，又把更多的力量放到审美心理的生理基础方面。"[1]基于我国美学的特殊情况，黎氏同样主张进行审美生理学的研究："20世纪50年代的我国美学界受到苏联美学界的影响，对重视美感生物生理的理论一概持否定态度，其实应当否定的仅是纯生物生理的遗传决定论，至于现代美学理论在承认美感社会性的同时给予美感以生物性生理性的重要地位，则是理所当然的，是我们不应轻易否定的。目前的美学最缺少的不是其他，而是对审美心理的生理基础的研究。现代美学在呼吁一门新学科的诞生：审美生理学。"[2]

黎氏对审美生理学的研究方法有着明确的表述。他反对直接引进生理学的实验、实证方法："传统科学所重视的实验手段在本书是不充分的。这不仅仅由于作者缺乏实验条件，而且更因为作者认识到对于精神性的和与生命相关的学科，实验手段只能是辅助手段。严格意义上的实验只能以静态的封闭系统为对象，而审美与生命却属于动态的开放系统。手段和目的的不对应使我们的研究不能不作相应的改革。"考虑到"审美生理学应当是一个有别于传统生理学的特殊学科。它的方法不可能是纯粹实证与简单还原"，黎氏指出审美生理学必须采用新的研究方法："应当综合实证方法和思辨方法、综合还原论和活力论。它不应排斥实验，但在实验手段无法达到对象之时，它应力求从理论上把握对象。现代科学发展的大趋势表明，科学的路子正从以往的分析法

---

[1] 以上未注见黎乔立：《审美生理学导论》，广东人民出版社，2000年，前言第4-5页。
[2] 黎乔立：《审美生理学导论》，广东人民出版社，2000年，第54页。

挂帅向综合法挂帅转变。审美生理学走的正是这么一条路。"[1]

　　具体来说，方法论上黎氏主张把审美现象的解读落实到生理层面上，比如他把其书的体系划分为四个层次"生物→生理→心理→审美"，还特别指出"这四个层次的重心落在生理上面"。[2]对于设置生理学这一层次，他解释道："任何一个学问体系都应有它的逻辑起点。这个起点或建立于公理基础上，或者要有更基础的体系的支持。审美生理学要成为一个学科，固然需要在与它同一层次的普通生理学中寻找依据，但更重要的却是直接从更基本的生物进化论寻找自己的起点。正因为这个缘故，本书两个基本原理和几乎所有审美生理观点都力求从生物进化论中得到论证。"这显然是"实证主义的还原论的方法"，要对付极为复杂的审美现象有着先天的局限，所以黎氏需要对其进行方法论的升级："'寻找更基本的起点'是实证主义的还原论的方法。这种思考方法在本书里却是和系统论、控制论的方法紧密结合的。审美生理学的方法论除需汲取还原论的实证性外，还应汲取现代科学的系统性、整体性和抽象性。"[3]黎氏还对还原论的适用范围进行严格限制："正是考虑到还原论的缺陷，本书在承认还原论的相对合理性的同时，仅把还原的层次放到生物学和生物进化论上。而进化论本身，却不完全属于还原论的领域。进化是整体的、系统的进化。它的某些方面也许将来能用分子、原子的运动加以解释。但即使能把进化的所有局部都还原为物理、化学现象，我

---

[1]　以上未注见黎乔立：《审美生理学导论》，广东人民出版社，2000年，前言第1-2页。

[2]　黎乔立：《审美生理学导论》，广东人民出版社，2000年，前言第7页。

[3]　以上未注见黎乔立：《审美生理学导论》，广东人民出版社，2000年，前言第8页。

们仍不能说已把进化的本质把握住了。局部之和并不等于整体，这是现代科学已经承认的公理。而在研究生命现象时这一公理尤其重要。"[1]

黎氏用自然科学说明审美问题，显然是科学主义的研究路子，所以最后我们还必须介绍黎氏对科学主义方法论的态度。黎氏认为"科学主义是近代理性主义的一种极化。学术界最普遍的理解是，科学主义的特点在于将科学的有限原理转换为无所不包的教条，从而使之超越了具体的知识领域"。所以从这个意义上说，科学主义是不足取的："由于科学主义夸大了科学原则和方法的适用领域。人类精神的终极寄托受到了威胁，美学家们对此提出了抗议。美学家们不能容忍科学主义的极化路线，这是必然的，无可指责的。"不过，黎氏又指出，"把一切应用科学原则和方法解释人类本性的尝试都当作科学主义而加以反对就不应该了"。针对审美生理学，他辩称，"审美生理学可以为美学的探讨提供科学的原则和方法，但只要它不超出科学原则和方法的使用领域，它是不应该被视为'科学主义'的。只要我们承认这一点我们就能为审美生理学的诞生留下足够的空间，而审美生理学在这个空间的诞生，很可能会为一些美学难题的解决铺平道路"。所以审美心理学不仅不回避使用科学原则和科学方法，而且还应该在这方面做出表率，比如"排除过去美学在运用科学原则和科学方法时存在的误差和错误"[2]。

---

[1]　黎乔立：《审美生理学导论》，广东人民出版社，2000年，前言第9页。
[2]　以上未注见黎乔立：《建立审美生理学的必要性》，《自然辩证法研究》，2001年第6期。

二、"节变律"、"缓解律"与"心理能量"说

（1）"节能——备变"原理（即"节变律"）

黎乔立的审美生理学的研究起因是一个美学难题，即审美的非功利性。这个审美特性的说法可以溯源到康德。康德认为："一个关于美的判断，只要夹杂着极少的利害感在里面，就会有偏爱而不是纯粹的欣赏判断了。"[1]自康德以来，这个命题被持不同观点的美学家所认可，且已逐渐演化成现代美学的核心问题。黎氏引用某些美学家的话指出："除非我们能理解'无利害关系'这个概念，否则我们就无法理解现代美学理论。"[2]研究美学不可能绕过这一问题。然而对于这一问题，现代美学家却已经有了不同的见解。黎氏在书中提到居约反对"审美具有非功利性"，他认为由于肌肉总与神经系统相连，感觉不可能与活动分离，因而审美知觉不可能是静观的。另一个反对这一命题的美学家是桑塔耶那，他认为鉴赏总与购买欲有密切关系，而且是购买欲望的预备性行为。我国有些论者也认为美是功利活动的产物，因而美不可能具有非功利性。黎氏也对审美的"非功利性"提出了自己的疑问："如果审美是绝对'非功利'的，人类就不会趋之而只会避之。而且，如果审美是绝对'非功利'的，人类的祖先就绝不可能把爱美的特性遗传给他们的后代。因为他们中间具有爱美基因的个体会因不适应生存而被自然界无情淘汰。"[3]黎氏由此指出，审美的"非功利性"是相对的，要真正解开审美"非功利性"之谜则需要借助审美生理学，从生物进化的角度研究其起

---

[1] 康德：《判断力批判》上卷，韦卓民译，商务印书馆，1964年，第41页。
[2] 黎乔立：《审美生理学导论》，广东人民出版社，2000年，第18页。
[3] 以上未注见黎乔立：《审美生理学导论》，广东人民出版社，2000年，第19页。

源。[1]

　　既然审美的"非功利性"是相对的，那么在其背后必然存在"本质的功利"。如此审美既具有功利性又具有非功利性，这显然是矛盾的。黎氏在书中提到，普列汉诺夫发现了这一矛盾，并试图用"实用先于审美"的观点通过强调矛盾的另一侧来解决这一矛盾。但是普氏无法回答一个问题：实用性为什么会演化为审美性？为了解决这一问题，黎氏先是探讨了动物的休息机制，以此为基础再解决人类审美的非功利性问题。黎氏指出："懂得休息，是自然界动物的力量的一个方面，是具有生存竞争意义的。"[2]"如果我们把动物的自卫、觅食及交配、育儿等生存必须活动称为功利行为，那么在功利行为与睡眠之间往往存在大幅的空白。这段空白时间是否能正确地处理，仍然是与生存斗争的胜负有关的。"对这一空白时间的正确处理就是合理的休息机制，根据黎氏的总结，就是："第一，在这段空白时间里，要保持大脑的清醒状态。第二，机体的各部分应当存在一定的能量准备，并处于一定的兴奋程度，要具有应付突发事变的能力。第三，在具备上述两原则的前提下，尽可能地减少能耗。"[3]由此启发，黎氏提出了解释非功利心理的"节能－备变"原理："非功利行为及其背后的非功利心理具有的生理基础，便是这种功利准备与节能需要的平衡。它的核心是节能，而功利因素却把它限制在现实许可的范围之内。"动物的这种"节能－备变"的积极的休息机制解释了其"前美感"（或者叫"形式美感"），"人类的审美潜力也能用

[1]　黎乔立：《审美生理学导论》，广东人民出版社，2000年，第20页。
[2]　以上未注见黎乔立：《审美生理学导论》，广东人民出版社，2000年，第21页。
[3]　黎乔立：《审美生理学导论》，广东人民出版社，2000年，第23页。

‘节能 – 备变’的需要给予解答”，黎氏进一步指出，“‘节能 –
备变’原理可以看作人类审美能力的生理基础”。[1]

紧接着黎氏运用“节能 – 备变”原理合理而便捷地解释了形
象直觉说、完形律、内模仿说和“音乐解脱”论等美学命题。对
于形象直觉说，他的审美生理学解释是：“审美过程之所以存在
这种排斥概念逻辑的特性，原因是直觉过程比逻辑过程省却了许
多中间步骤。相比之下，如果前者需要一个兴奋中心进行联系，
后者则需要两个或两个以上的兴奋中心。所以前者是节能的。节
能的步骤当然比耗能的步骤更使人轻松，因而也更容易使人产生
愉快。”[2]对于完形律，他指出：“人们喜欢规则图形，因为
对规则图形的感知要比对不规则图形的感知更加节能，所以对前
者有‘顺眼’的快感。……然而，完美的有规律的图形尽管十分
顺眼，却又十分不耐看。……它之所以不耐看，就是因为单调刺
激引起大脑皮层产生抑制而违反了‘节能 – 备变’原理的备变性。
审美活动之所以需要刻意求新，艺术作品之所以需要简约中寓丰
富、规律中含变化、对称中存不对称、平衡中含不平衡，原因即
在于此。”[3]由于篇幅所限，黎氏对后两说的解释这里从略。

（2）过度应激反应的缓解原理（即“缓解律”）

这一原理的生理学基础是“应激反应”。黎书上对此术语介
绍道：“应激反应是高等动物的体液系统和神经系统对外界刺激
作出的保护反应。它的作用是当高等动物遇到危机或对环境不适
应时释放体能，为高等动物采取消除危险或改变环境的行为提供

---

[1]　黎乔立：《审美生理学导论》，广东人民出版社，2000年，第25页。
[2]　黎乔立：《审美生理学导论》，广东人民出版社，2000年，第26页。
[3]　黎乔立：《审美生理学导论》，广东人民出版社，2000年，第27-28页。

能量前提。……在正常情况下，高等动物的肾上腺只生产低量的肾上腺素。肾上腺素的低量生产，使动物的体能与活动处于平衡状态。然而在捕食或自卫、逃避等激烈活动情况下，为了应付紧急需要，来自感官的神经把警报传到下丘脑，下丘脑的激素催使脑垂体分泌促肾上腺皮质激素，肾上腺得到这一指令，就会向血液释放大量含氢化可的松的肾上腺素。在几秒钟时间里，这些激素就把机体几乎全部能量动员起来，如果必要，还动用最后的储备。这种应急的机体反应，就是应激反应。"[1] 不过，对于高等动物来说，这一机制是把双刃剑，因为"应激反应具有保护生命的作用，也有危害生命的副作用"。[2] 黎氏在书中举了许多例证，如被捕的长颈鹿因汽车发动机轰鸣而突然死亡，恒河猴因猴舍过于拥挤而打斗致死，年老的母狼被狼群抛弃而萎靡不振，等等。针对于此，黎氏指出，"应激反应既然能给生命以威胁，按生物进化的规律，控制或缓解应激反应的本领就必然随着自然选择而产生"。[3] 他把动物缓解应激反应的方式归纳为四种：第一种对策，就是通过努力，消除或离开激起应激反应的刺激物；第二种对策是提高对求生活动所需能耗的预估精确度；第三种对策是减少求生活动的能耗；第四种对策是在应激反应已产生而无法进行攻击时，实行转向攻击。[4]

对于人类，同样依赖应激反应保护生命，也因应激反应而伤害生命，也就需要缓解应激反应。对此，黎氏指出："人类既然是动物的一个物种，动物缓解应激反应的策略对人类当然是有效

[1] 黎乔立：《审美生理学导论》，广东人民出版社，2000年，第22页。
[2] 黎乔立：《审美生理学导论》，广东人民出版社，2000年，第41页。
[3] 黎乔立：《审美生理学导论》，广东人民出版社，2000年，第42页。
[4] 黎乔立：《审美生理学导论》，广东人民出版社，2000年，第42-45页。

的。动物的进攻、逃避、妥协、转向攻击、寻求回归等等，也是人类行为中隐藏着的本能性的动机。"[1]这些缓解策略对应于人本主义心理学家马斯洛发现的人类五种基本需要中的安全需要、归属和爱的需要、尊重的需要、自我实现的需要，这些需要"因为具有缓解应激反应的作用，所以不但是人类心理的需要，而且同时就是人类的生理需要"。[2]

黎氏认为，人类在缓解应激反应过程中产生了快感和美感，并将之总结为审美生理学的又一原理，即过度应激反应的缓解原理（缓解律）："一般而言，无论快感或是恶感，强调过大都会引起失调。而美感与恶感或一般快感在能量控制上的区别，却在于它是能量控制的最佳状态，而且这种最佳状态往往是通过兴奋中心的转移，使引起失调的过度兴奋得到缓解而实现的。快感，是进化对正确行为的鼓励；而快感所包括的美感，则是进化对正确的心理能量控制的鼓励。这个对导致生理失调的过度应激反应的缓解作用，是审美活动的另一个生理规律，也即'缓解律'。"[3]

借助洛伦兹的"把遗传与环境结合起来的复杂的动物行为理论"，黎氏进一步用"缓解律"解释了人类艺术行为的出现："是社会生活对人的刺激，诱导了人类本能的审美天性，导致了艺术行为的出现。而所以能实现这一诱导，重要的关节点在于人类缓解需要这个中介。是缓解的需要诱导了社会生活向艺术的过渡。"[4]随着研究深入，黎氏发现艺术正是人类缓解应激反应的特有方式："艺术也是人类的一种转向攻击行为。人类之所

---

[1]　黎乔立：《审美生理学导论》，广东人民出版社，2000年，第49页。
[2]　黎乔立：《审美生理学导论》，广东人民出版社，2000年，第50页。
[3]　黎乔立：《审美生理学导论》，广东人民出版社，2000年，第52-53页。
[4]　黎乔立：《审美生理学导论》，广东人民出版社，2000年，第54页。

以选择这种转向攻击，是人类应激反应的复杂性和深广度所决定的。”[1]黎氏认为，人类具有比一切动物复杂得多的大脑，其应激反应的内容与形式当然也复杂得多。[2]因此可知，人类大脑的能耗远远超出其他动物的水平。如果按照动物的策略，人类为了缓解如此复杂又深入基因的应激反应，也许需要不断进行转向攻击了。但是人类社会关系的特点却抑制了他们走动物道路的可能。最后，黎氏由缓解律推出艺术产生的审美生理学解释：“人类应激反应的压力如此深重，可供选择的缓解手段又受到种种制约，缓解的需要就使人类的本能向审美的方向寻找出路。这显然是天造地设、非此莫属的。审美的非功利性使人类能创造一个既能转向攻击，又不致伤害他人和自己的世界，这个世界就是我们说的艺术。”[3]

根据缓解律，黎氏提出了判断审美质量的 5 条标准：“第一，需要提供一个外在刺激物（如艺术品）。这个刺激物应能在主体唤起一个具有一定强度的兴奋中心（即‘审美表象’）。第二，这个兴奋中心的兴奋强度应当与主体有待缓解的过度应激反应的强度相适应。第三，这个中心的兴奋强度应在主体心理承受力之下。第四，这个中心必须能被主体的文化心理结构接纳。第五，这个中心对主体的过度应激反应的缓解应当具有针对性和有效性。”黎氏认为，“倘使这 5 条标准都能实现，人们就有可能达到一种审美快感的顶峰体验”。[4]

[1]　黎乔立：《审美生理学导论》，广东人民出版社，2000 年，第 55 页。
[2]　黎乔立：《审美生理学导论》，广东人民出版社，2000 年，第 55 页。
[3]　黎乔立：《审美生理学导论》，广东人民出版社，2000 年，第 58 页。
[4]　黎乔立：《审美生理学导论》，广东人民出版社，2000 年，第 91 页。

（3）"心理能量"说

黎氏在书中前言里提到他的两个核心原理（即节变律和缓解律）"可以用'心理能量控制'来概括"[1]，也就是说节变律和缓解律统一于"心理能量控制"："节能与缓解的一致性是明显的。它们的区别，仅在于二者均从不同侧面阐述人类的心理能量外部调节问题。在人类这一外部调节的前提下，节能与缓解是统一的，节变律和缓解律也是统一的。"[2]说到底，节变律和缓解律都是通过心理能量控制来解释美学现象。不同的是，节变律强调的是心理能量的节省带来的审美快感，而缓解律强调的是缓解过度应激反应时心理能量调节达到最佳程度则产生审美快感。由此可知，艺术审美的核心问题是心理能量的调节问题，正如黎氏所言："节变律和缓解律，都是人类审美所具有的指向节能的定律。然而它们的节能不是无限的，它们都存在自己的阈限。当大脑的耗能高于一定的阈值时，人类机体便趋向于寻找一种活动，以转移的方式降低大脑的能耗；而当能耗低于某一阈值时，人类机体又趋向于寻找另一种活动，以提高大脑的活动水平。对大脑能耗的调节，是人体各种自动调节中的一个重要方面。因为这个方面与人类的审美活动关系最密切，所以本书把这一调节作为全部立论的核心。"[3]

由心理能量出发，黎氏提出关于美感的新命题。比如，他认为美感是人类机体对心理能量外部调节的鼓励："如果说快感是机体对一般外部调节的鼓励，形式快感则应当是机体对心理能量

［1］　黎乔立：《审美生理学导论》，广东人民出版社，2000年，前言第7页。
［2］　黎乔立：《审美生理学导论》，广东人民出版社，2000年，第79页。
［3］　黎乔立：《审美生理学导论》，广东人民出版社，2000年，第60页。

外部调节的鼓励。在这一点上，人类的美感是对动物的形式快感的继承。因为（笔者按：按照行文逻辑，此处"因为"应是"因此"）人类的美学也是机体对心理能量外部调节的鼓励。"[1]具体来说，就是："当客观事物作为外在刺激或外来信息引发心理活动时，这一客观事物实际上就在调动主体心理能量。这一客观事物也因此具备了对心理能量进行外部调节的可能性。如果这一客观事物的刺激或信息与主体的心理本能或从心理本能发展起来的心理结构不相适应，这一事物的刺激或信息对心理能量的作用就不同于我所说的自动调节。因为这样的刺激或信息并没有具备调节的功能。在这种情况下，刺激和信息的被感知，并不引起机体的快感。但是，当机体选择的某一客体事物能引起主体的心理能量从一般阈值向最佳阈值转移时，这一客体事物实际上就参与了主体心理能量的自动调节过程。它所引起的快感，就是机体对这一调节过程的生理鼓励。"[2]黎氏从审美生理学的立场指出美感其实是一种生理鼓励，而当心理能量调节达到了最佳状态，这种生理鼓励（美感）就产生了。总之，"'心理能量控制的最佳状态'就是审美的心理状态。审美快感，是生物进化对这种最佳状态的一种奖励性感受"。[3]

从心理能量的角度上看，他认为艺术是人类智力造成的心理能量失调的补救："艺术创造与上述的创造却有不同的性质。它不是人类智力发展的直接结果，而是智力发展的副产品。它不以智力的直接产物的形式存在，却显然是智力的一种补充。它的被

[1]　黎乔立：《审美生理学导论》，广东人民出版社，2000年，第65-66页。
[2]　黎乔立：《审美生理学导论》，广东人民出版社，2000年，第66页。
[3]　黎乔立：《审美生理学导论》，广东人民出版社，2000年，前言第7页。

称为'非功利性'的性质，正好补救了纯功利性造成的心理能量失调。"[1] 人类的高度智力因其功利性过度发展导致心理能量失调，黎氏指出："智力的功利性发展之导致心理能量失调，正是从进化赋予人类的'一点'开始的。自然给人类的是一根稻草，却不曾料到这正好是能压垮骆驼的最后一根。这一根稻草好像具有无限的魔力，它发展出了与自然面目不同的整个人类世界。也导致了人类与自然的对立。"[2] 解除人类与自然对立带来的心理失调只有走向艺术和审美："几乎所有征服自然的行为，都伴随着大自然某种形式的报复。这种种报复，都会导致人类的心理失调，而这些心理失调的调节，健康的办法只能依靠艺术和审美。人类艺术史就是和心理失调斗争的历史。人类的审美生理即使没有出现新的进化，审美活动也必然随着社会生活的内容而不断演化。"[3]

黎氏还提出，心理能量的裕余是艺术审美的重要心理前提：

人的心理能量是有限的，人类的审美生理要求心理能量得到控制，要求得到节能与缓解，这是本书的基本思想。从这基本思想出发，过分紧张的等待是违反审美原则的。但这紧张状态的产生却不仅仅是偶然的，它具有它的社会的和生理的必然性和规定性。从社会的角度看，非人化的环境是产生紧张等待的主因。当过高的生活节奏使人的心理节奏远高于自然节奏时，一个等待就相当于分成无数个，这当然是不

[1] 黎乔立：《审美生理学导论》，广东人民出版社，2000年，第70页。
[2] 黎乔立：《审美生理学导论》，广东人民出版社，2000年，第70页。
[3] 黎乔立：《审美生理学导论》，广东人民出版社，2000年，第71页。

堪忍受的。从心理角度看，心理能量是否存在裕余，则是等待心理是否健康的重要依据．也即是否存在健康的时间感的重要根据。

....

譬如被誉为"在静穆的深处敛神"的印度瑜伽功，或者中国的气功，其目标之一都是一种心理时间滞留。这种心理时间滞留是与审美生理一致的健康状态。另一方面，在今天的儿童游乐场，在快速变幻的电子游戏机前得到游戏享受的孩子，其享受的源泉却来自自愿承受的时间催逼。为什么同样是时间滞留与时间催逼，人们却能从中获得满足？关键仅在于人们存在心理能量的裕余。

现代艺术经常是节奏急骤的。如果缺乏心理能量的裕余，人们就不可能欣赏它。因此，节奏急骤的摇滚乐经常为年轻人所激赏，缺乏心理能量的老年人却往往听到摇滚乐便头疼。[1]

三、审美生理学的方法论意义

早在金开诚的文艺心理学研究中，就已经重视文艺心理的生理基础，金开诚及其弟子通过引进生理心理学原理对文艺心理现象做出新的解释（可参阅前一节）。但由于时代和眼界的局限，导致了若干问题。第一，金氏仅把生理心理学作为其反映论文艺观心理化的佐证材料，没有解决以往的美学和文艺理论上的问题，也没有提出新的理论命题；第二，金氏没有生理学方法的自觉和

---

[1] 黎乔立：《审美生理学导论》，广东人民出版社，2000年，第280-281页。

反思，他把文艺现象先是还原到心理现象，再还原到生理基础，这种论证思路由曹日昌的《普通心理学》沿袭而来，对其简单化的还原论没有反思；第三，金氏所赖以立论的文艺心理、审美心理的生理基础依据是已经过时的生理心理学理论，侧重人类的神经系统和大脑新皮质等思维和认知的生理学基础，没有注意到最新的脑科学发现的人类情感、情绪的生理学基础，而这与审美和艺术有着更直接的关系；第四，由于上述局限，金氏的文艺心理学研究对生理学的运用是相当不成熟的，对后世也没造成大的影响。

相比之下，黎乔立的审美生理学研究大大推进了生理学方法在文艺心理学研究中的运用，取得的理论成就是可观的，造成的影响是不小的。我们可以从四个方面来谈：

第一，黎乔立运用生理学方法解决了审美"非功利性"等美学核心问题，并在此基础上提出自己的新的理论命题，为美学的发展作出了贡献。为了解决审美"非功利性"问题，黎氏认为这个美学问题在现有的理论框架下无法完满解决，于是主张从生理学的角度去研究。在研究过程中，发现了"节能－备变"原理（即"节变律"）和过度应激反应的缓解原理（即"缓解律"）。这两个原理是审美生理学的核心命题，在审美领域中具有较高的理论阐释力。黎氏运用节变律较好地解释了形象直觉说、完形律、内模仿说和"音乐解脱"论等美学命题，运用缓解律解释了人类艺术行为的发生，根据缓解律，黎氏还提出了审美质量的5条标准。黎氏还发现节变律和缓解律统一于心理能量，由心理能量出发，黎氏提出关于美感的新命题。比如，他认为美感是人类机体对心理能量外部调节的鼓励，艺术是人类智力造成的心理能量失调的补救，等等。

第二，黎乔立的审美生理学研究有着自觉的明确的合理的科学主义方法论。黎氏对审美生理学的研究方法有着明确的态度。他反对直接引进生理学的实验、实证方法，主张审美生理学必须采用新的研究方法。黎氏主张从生理层面上解决审美问题，却又对简单的还原论保持警惕。于是，黎氏对还原论进行方法论的升级，把还原论与系统论、控制论的方法紧密结合，并汲取现代科学的系统性、整体性和抽象性。另外，黎氏还对还原论的适用范围进行严格限制，仅把还原的层次放到生物学和生物进化论上。对于美学研究的科学主义路向，黎氏反对一般意义上的"科学主义"，但又指出，把一切应用科学原则和方法解释人类本性的尝试都当作科学主义而加以反对是不应该的。他认为审美生理学可以为美学的探讨提供科学的原则和方法，审美生理学很可能也因此会为一些美学难题的解决铺平道路。总之，黎乔立为审美生理学建立了一套较为合理的研究方法论，从其论述看，其方法运用是相当成功的，论述合理得当，论点也站得住脚。

第三，黎乔立的审美生理学开辟了审美活动新的生理学基础。黎氏指出，以往的审美心理学基本上都未能把审美生理的特殊性从传统生理学的普遍性中独立出来，仅把基础放在对人类神经系统尤其是大脑新皮质的研究上边，把大脑新皮质的功能看作审美生理活动的复杂过程的唯一中心。但是，大脑新皮质是思维的器官而不是情感的器官，而审美的核心却是感受性的而不是思维性的。审美生理研究应当把重点转移到情感的器官上面，这个情感器官就是皮质下的大脑组织。皮质下的脑垂体和下丘脑不但是神经系统的一部分，同时又是内分泌腺，它们的分泌物与情感、情绪关系十分密切。因此，黎氏在对审美生理的探索中引进了对内分泌系统与审美心理的关系的研究，他坚持认为，"只有具备神经系统和内分泌系统这两条腿，审美生理学才能站得住，才能向前走，才能真正活起来"。[1]在黎氏的审美生理学理论体系里，下丘脑有着举足轻重的作用："（1）下丘脑是能量调节的指挥部……（2）下丘脑是关连神经系统与体液系统的枢纽……"[2]而下丘脑的这两个作用是节变律和缓解律的生理学背景。黎氏的审美生理学也建筑在对下丘脑关连神经系统与体液系统的双向组合的认识上。现代脑科学的飞速发展提供了大脑功能的进一步细分，对研究审美活动的生理基础提供了可靠依据。黎氏扬弃了先前的过于倚重神经系统的认知心理学倾向，转向密切关联情感、情绪的内分泌系统(特别是下丘脑)，是更能切近审美活动本质的。

第四，黎乔立的审美生理学产生了较大的学术影响。本节开头时提到黎的学说对中国当代生命美学的影响，"直接被生命美学所接受并作为自己重要的理论根据"。[3]这是非常令人振奋的。笔者细读潘知常《反美学》的相关章节，发现他对黎氏审美生理学不是一般的"借鉴"，黎氏所有的重要观点基本上都重现在潘氏笔下，如对审美非功利性的重新认识，重视内分泌系统对审美活动的作用，美感来自动物的形式快感，缓解过度应激反应原理，心理能量最佳调节产生快感。[4]黎氏的心理能量说的影响也很大，有人对此发挥成"心理能量文艺学"的理论体系，其实主体

---

[1]   以上未注见黎乔立：《审美生理学导论》，广东人民出版社，2000年，前言第5-6页。
[2]   黎乔立：《审美生理学导论》，广东人民出版社，2000年，第84页。
[3]   李志宏：《中国美学的现代性进展与科学化方向》，《吉林大学社会科学学报》，2003年第1期。
[4]   潘知常：《反美学》第五章第一节，学林出版社，1995年，第313-325页。

部分就是黎氏提出的节变律、缓解律、心理能量调控制理论、转向攻击说等。[1]该论者还发表多篇心理能量理论相关论文，如《心理能量视角下的网络原创文学探析》（《辽宁工程技术大学学报（社会科学版）》2008年第6期），《心理能量视角下的文学艺术》（《渤海大学学报（哲学社会科学版）》2009年第2期），《网游文学心理能量范式研究》（《渤海大学学报（哲学社会科学版）》2011年第4期），《心理能量视角下的文学传播与社会和谐心理构建》（《辽宁师范大学学报（社会科学版）》2011年第6期）。

最后需要指出黎乔立审美生理学研究的缺陷与不足。第一是实证性的不足。黎氏的专业背景和研究条件使得他不具备生理学研究所需要的实证研究条件，加上他认为审美生理学研究作为精神性的和与生命相关的学科，实验手段只能是辅助手段。但是实验手段虽是辅助手段，也不能完全放弃，他只引用别人的实证研究成果，缺乏第一手的实证材料。我们坚持认为，审美生理学研究不能没有第一手的实验室研究内容。第二是情感性的偏颇。黎氏以为审美活动的关键是情感活动，于是将审美生理的基础从神经系统转移到内分泌系统。重视审美活动的情感方面无疑是正确的，但审美活动中认知方面的重要性也是不可忽视的，而且情感活动也正是以认知活动为前提的。第三是人文性的缺失。黎氏的审美生理学将审美活动还原到生理层面，认为美感是人类机体对心理能量外部调节的犒励。我们想追问的是，人类审美的意义仅仅是缓解过度应激反应吗？审美活动的社会性、文化性、精神性、人文性在哪里呢？

---

[1] 百里清风：《心理能量文艺学论纲》，《渤海大学学报（哲学社会科学版）》，2010年第3期。

第三节　"认知美学"

李志宏近些年提出"美是什么"命题存在逻辑错误，认为关于美的本质研究已经没有任何积极意义，应该即时终结。在否定美的本质研究的基础上，李志宏提出了"认知美学"理论，主张应用现代认知科学的最新成果，对人类审美活动的性质、特征等问题做出以科学实证材料为根基的阐释。李志宏的"认知美学"是当代文艺心理学的最新成果之一，其坚持的科学主义研究路向在当代文艺学格局中别树一帜，非常值得重视。

一、"美学科学化"

李志宏对美学研究有着科学主义方法论的自觉，他提出"美学科学化"的理论和方法论主张："美学要走科学化的道路，有着充分的根据。一切研究都要从实际出发，有坚实可靠的切入点。美学研究面对的是审美活动和审美现象。审美现象中有众多的疑团和不确定性，但审美是同人的知觉和情感体验相关联的活动，至少有两点是可以肯定的：一是美的事物确实存在，一是美感确切可知。为此，要想认识审美时人的体验中发生的运动及其过程，必须以关于人身体的科学认识为根据，不能仅靠聪明智慧做形而上的想象。"[1]李志宏所说的"美学的科学化"内涵包括："一是指美学理论要具有客观性，论证要严谨，能合理解释审美现象；二是指美学理论要以事实和科学材料为支持。只有做到后一点才能做到前一点，所以后一点更重要。"[2]李志宏既然主张美学

[1]　李志宏：《陌生而有效的科学化美学研究》，《美与时代》，2012年第4期。
[2]　李志宏：《中国美学的现代化进展与科学化方向》，《吉林大学社会科学学报》，2003年第1期。

的科学化，势必要反对美学的哲学化，他指出仅凭思辨哲学的"形而上"的研究思路是无法根据解决美学问题的："美学探究自诞生之日起，一直处于哲学的影响之下。人们只能依靠想象和推理来把握审美活动的内在联系，缺少科学的根据。这种'形而上'的方法使美学研究如同没有根基的浮萍，总是随着哲学思潮的更迭而漂浮，至今不能科学地、合理地对审美现象做出解释。"[1]

　　针对长久以来"科学主义"所受的指责，他试图为其辩护："试想，离开了心理学，仅以哲学能说清知觉和直觉吗？离开了认知神经科学，凭空想能说清情感和体验吗？不仅是美学，众多的人文领域都离不开科学。在今天，离开生理解剖和基因科学就不可能透彻地研究人学；离开对大脑认知加工机理的科学揭示，就不能深刻地了解意识和潜意识；就连最为形而上的哲学本身也要建立在科学基础之上，哲学中的自然辩证法就完全是对自然科学现象和规律的观察、归纳和提取。同样道理，今天如果离开多门科学，不可能深刻地阐释审美活动和审美现象。如果这些借鉴都是科学主义，那就说明科学主义是非常必要的、合理的。"[2]李志宏认为美学的科学主义研究方法具有非常重要的意义："美学研究中的实证科学方法是对人文社会科学方法的必要补充"，"科学化方法为中国美学的现代性进展提供了建设性的新思路"，"正确的科学化方向可以纠正错误的科学主义应用"[3]，等等。

　　李志宏提出美学科学化有着充足的理论依据。首先他彻底否

---

[1]　李志宏：《现代认知科学的发展对美学创新的启示：认知美学论纲》，《社会科学战线》，2000 年第 1 期。

[2]　刘兆武、李志宏：《认知美学究竟为何物——答新实践美学》，《河北师范大学学报（哲学社会科学版）》，2015 年第 3 期。

[3]　李志宏：《中国美学的现代化进展与科学化方向》，《吉林大学社会科学学报》，2003 年第 1 期。

定了美的本质论研究取向："没有叫作'美'的事物，当然不能有美本质的问题，也不能有'美是什么'的问题。其实，人们以前一直是在代名词的意义上使用着美概念，只是没能形成清楚、自觉的认识而已。正是由于人们缺少正确的认识，才把实际上充当代名词的美概念当成了名词，并且形成了错误的美学命题，形成了错误的美学研究方向。"[1]那么美学研究的出路何在呢？李志宏指出："在谬误的行进方向上，不可能从研究结果上自然地找到解脱的出路。只有借助于'反思'才可以恢复到坚实的原点，重新开始正确方向上的探索。对几千年的错误加以反思所得出的积极成果，就是认识到，现代性的、科学化的美学研究必须转换思路和设问命题，不是不加批判地从先期概念出发追问概念的本质，而是从现象出发对概念加以辨析，追问现象的本质。美学的第一设问命题不应是'美是什么'，而应是'美字的内涵是什么'或'美概念表示什么'。当我们发现美概念不是名词而是形容词或代名词时，就可以知道，美学研究中没有美本质的问题，只有'审美活动的本质'问题。"[2]李志宏进一步明确提出美学研究从美本质向审美活动的转换："美本质问题研究的结束并不是美学研究的结束。审美活动是确实的存在，是实际发生的过程。美学研究应该以审美活动为研究对象，探讨审美活动的本性或内在机制。"[3]

李志宏把审美活动分为两个层次——自然层次和观念层次：

————————

[1]　李志宏：《认知美学原理》，光明日报出版社，2012年，第14页。
[2]　李志宏：《认知美学原理》，光明日报出版社，2012年，第30-31页。
[3]　李志宏：《认知美学原理》，光明日报出版社，2012年，第33页。

　　"如果以系统论的眼光看待审美活动，则审美活动是一个整体，由两大子系统构成：一是由机体的结构和功能构成的自然子系统，一是受到社会－文化因素影响的意识－观念子系统。或者说，整体的审美活动有两个层次，一个是自然层次，一个是观念层次。审美活动的层次性及层次构成的多重因素，使得审美活动呈现出复杂状况。自然层次主要由审美的认知方式所构成，受制于生物、生理和心理活动的机制，相对而言是个'常数'；人在进行审美认知活动时要依赖具体的审美知觉，审美知觉的建立是以生存利害性特别是社会利害性为基础的，构成了审美活动中受制于社会－文化发展状态的观念层次，相对而言是个'变数'。审美活动就由这种'常数'和'变数'交织而成。其中，以审美认知方式为表现的自然层次决定了审美活动最终形成的情感反应，从而决定了审美活动不同于一般利害性实践活动的特殊性质，也使审美活动呈现出人类的一致性。观念层次则决定了具体审美活动所必须依赖的审美观念、审美眼光的形成，从而使审美活动带有时代性、民族性、文化性乃至政治性等等。审美活动就由这两大层次交织而成，是以非利害认知方式为智能基础的社会精神性活动。仅仅强调实践的社会性或仅仅强调生命的自然性，都不能合理说明审美活动的整体性质。"[1]

　　鉴于目前"审美活动的自然层次还没有得到合理的解

---

[1]　李志宏：《认知美学原理》，光明日报出版社，2012年，前言第3-4页。

释"[1]，而对其进行研究则属于科学化美学的研究对象："科学化的美学不是机械地对待复杂多样的审美经验，而是解释审美经验得以形成的内在机制，揭示审美活动赖以进行的自然的机体条件。"[2]李志宏进一步指出，要研究审美活动的自然层次必须借鉴认知科学的研究成果，"一切审美活动都以对事物的知觉为起点，以形成美感体验为终点。知觉和情感是审美活动中非常明显的重要环节，要弄清审美活动的性质和机制，必须首先弄清知觉和情感的性质和机制。知觉和情感都是人类机体的心理性功能，以一定的生物性和生理性结构为物质基础。对知觉和情感从心理学、生理学和生物学方面进行细致的研究和说明，正是当今认知科学的重要内容。美学研究要走向科学化，应该借鉴认知科学的研究成果。"[3]显然，这其实是从心理学角度对美学的研究，众所周知文艺心理学先前就早已存在，目前已经陷入沉寂，而认知科学的引入能改变这一现状吗？李志宏指出："从心理学等科学的角度探讨审美活动，是以往美学研究心向往之而又无法实现的目标。近一百多年来，美学史上曾经多次出现过以心理学方法研究美学的尝试，其中最近的也是最被认可的是格式塔心理学美学。当然这些尝试都不成功。这些尝试的不成功被一些学者当作美学研究不能走科学化道路的根据。其实，哲学化的美学研究时间更久，学派更多，也没有哪一个学说是成功的。过去这些年中科学化美学研究道路的不成功主要根源于科学发展的不充分，随着科学的发展，科学化的美学研究必将得到充分的发展。近20

[1] 李志宏：《认知美学原理》，光明日报出版社，2012年，前言第4页。
[2] 李志宏：《认知美学原理》，光明日报出版社，2012年，前言第3页。
[3] 李志宏：《认知美学原理》，光明日报出版社，2012年，前言第1-2页。

年来，认知科学取得了飞速发展，已经能深刻而清晰地揭示大脑的奥秘，为我们认识审美活动的奥秘提供了科学的根据。"[1]李志宏对认知科学引入美学研究抱有很高的理论自信："知觉、情感、意识等等，过去一直被视为妙不可言、深不可测的现象，在认知科学的剖析之下，其本来面目已经清晰地显露出来；人类心理、思维、意识的内在机制和联系，过去只能依靠猜测、推理、想象去把握，现在可以凭借实证材料加以把握。可以说，以认知科学为手术刀，完全可以解开大脑黑箱，发现审美活动的奥秘。"[2]因此，为揭示审美活动的奥秘，李志宏决定创建"认知美学"："多年来，我们借鉴认知科学的成果及材料，结合着审美活动的具体现象，对美学研究中重要的核心理论问题加以分析、思考，已经形成较为完整的理论阐释，并姑且称之为'认知美学'。"[3]

二、"认知美学"

李志宏彻底否定了美本质论，指出美学研究应以审美活动作为研究对象，那么审美活动研究应该从何起步呢？他认为应该先研究审美发生："世间没有一个客观的、实际存在的叫作'美'的事物，因此，人不可能像知觉到客体事物那样知觉到'美'，也不能像产生颜色感、形状感那样产生美感。如此，只能有一种可能：所有美的事物，所有可以成为人的审美对象的事物，本来都是一般事物。一般事物之成为美的事物，不能是由于含有了美属性或美本质的缘故，而人的美感既然不能由本来具有的美本质、

---

[1]　李志宏：《认知美学原理》，光明日报出版社，2012年，前言第3页。
[2]　李志宏：《陌生而有效的科学化美学研究》，《美与时代》，2012年第4期。
[3]　李志宏：《认知美学原理》，光明日报出版社，2012年，前言第2页。

美属性所引起，就只由能一般事物所引起。这就形成这样一些问题：一般事物怎样成为美的事物？美感怎样在对一般事物的感受中形成？或者说，世上原本没有美的事物，美的事物怎样形成？世上原本没有美感，美感怎样形成？世上原本没有审美，审美怎样形成？原先没有的，后来有了，就是一个从无到有的过程。人类的审美活动是怎样从无到有的？这些问题都要靠审美发生研究来回答。"[1]

　　审美发生研究仍然是一个很大的课题，那么如何入手呢？李志宏认为："审美发生研究是认识审美活动本质特征的必要途径。任何一门学科的研究都要有自己的研究对象和研究起点。研究对象是这门学科所涉及范围内的现象，研究起点则是对这些现象特征的认定。美学的研究对象是人类社会中的审美活动及审美现象，它有什么特征？什么样的活动才算得上是审美活动呢？"[2]要研究审美发生就必须先弄清审美活动的特征，这样，李志宏又把研究起点确定为审美活动的特征问题。在这个问题上，李志宏给出了自己的答案：审美活动的特征是"对事物外在形式、形象相对独立地加以知觉并因此而产生愉悦性情感体验的过程。由于审美活动带有形式知觉的特征，不是实用需要得到满足的活动，因此具有非常鲜明的特点——非利害性。"[3]这样，从审美活动的特征出发，李志宏把握住了审美发生的本质："所谓审美发生，就是非利害性形式知觉活动的发生。"[4]

　　鉴于"非利害性"是"认知美学"的核心概念，也赋予了其

[1]　李志宏：《认知美学原理》，光明日报出版社，2012年，第41页。
[2]　李志宏：《认知美学原理》，光明日报出版社，2012年，第41页。
[3]　李志宏：《认知美学原理》，光明日报出版社，2012年，第41-42页。
[4]　李志宏：《认知美学原理》，光明日报出版社，2012年，第42页。

新的内涵，李志宏对它进行了解释说明："……把人的需要分成两大类，一类是与生存活动相关的实用性的需要，一类是不与生存活动相关的非实用性的需要即审美需要。对生存实用性需要及其满足叫作功利性的或利害性的，对非生存实用性需要及其满足叫作非功利性的或非利害性的。"当然审美活动有利于人类的健康发展，有利于社会的进步，也具有功利性、利害性，但是"这种情形表现的是审美活动对社会的反作用，是人在完成审美活动之后所形成的效用。审美活动完成之后所具有的社会功用是毋庸置疑的，理当具有实用的利害性，与一般实用性活动的社会作用没有区别。但审美活动完成之后的社会功用不能等同于审美活动本身的性质，我们可以把它归结为审美活动的社会功用问题，不归于审美活动本身的利害属性问题"。[1]对于生存需要和审美需要的区分，李志宏指出生存需要大致分为三类：生理性需要（与人的自然属性相关的，如饮食、睡眠、安全等）、社会性需要（如对社会地位、社会关系的等社会存在性需要）和精神需要（如荣誉感、道德感、幸福感、亲情、爱情、尊严、自我价值实现等），这些需要以外的需要才是非利害性需要，在当今人类社会主要指审美需要。[2]

在明确非利害性的内涵后，李志宏给出了美感的定义，并将之与快感严格区别："由于事物的外形不具有特定的利害作用，对事物形式的知觉基本上不能满足实用利害性的需要，因而通过形式知觉获得的愉悦感被称为非利害的快感，也被称为美感。美感来自对事物外形的相对独立的知觉，快感来自事物内质对利害

［1］　以上未注见李志宏：《认知美学原理》，光明日报出版社，2012年，第42页。
［2］　李志宏：《认知美学原理》，光明日报出版社，2012年，第43页。

性需要的满足，这是人体中性质不同的两种评价性感受或'情感体验'。"[1]对于美感和快感，李志宏进一步解释道："事实上，到目前为止，利害性快感与非利害性美感的区别都只能是凭借的主观感受来划分的。在人体内部，凡是利害性的需要及其满足都会被体验为同一类感受，可称之为'生存感受'；审美需要及其满足则被体验为另一类感受，即'审美感受'。在人们还不知道什么是'美感'，也不知道审美活动的本质特征时，已经可以凭借自身体验而把快感和美感大致地区分开来，知道吃饱睡足之类活动引发的快感不同于对自然物的审美及艺术欣赏活动引发的快感。这里，是否有'生存感受'是一个重要的鉴别点——凡是因生存感受而形成的愉悦感都被体验为利害性快感，凡是没有生存感受而单凭形式知觉而形成的愉悦感都被体验为非利害的美感。"[2]在明确美感的本质之后，李志宏给审美下了一个定义："审美，就是这样一种经由对事物外形加以知觉并形成非利害性愉悦快感的活动。"[3]

根据李志宏给审美发生、美感、审美做出的界定，在弄清"非利害性"这个关键词后，还需要对"形式知觉"这一核心概念作出具体说明，特别是厘清它与人类审美之间的关系。李志宏先以翔实可靠的资料和雄辩的逻辑论证了一系列挑战前人的观点：早期人类社会没有审美，早期人类社会的艺术也不具有审美性，而早期人类社会没有审美的根本原因是"智能的不发达"，即"当时的人类还不会审美"，"还不具备基本的审美能力"。[4]由

[1]　李志宏：《认知美学原理》，光明日报出版社，2012年，第44页。
[2]　李志宏：《认知美学原理》，光明日报出版社，2012年，第44-45页。
[3]　李志宏：《认知美学原理》，光明日报出版社，2012年，第45页。
[4]　李志宏：《认知美学原理》，光明日报出版社，2012年，第45-54页。

此李志宏提出了审美能力的问题。李志宏指出："从早期人类不会审美而现代人类才会审美的事实出发，审美能力首先是指人类由自然机体结构所决定的进行审美活动的一般可能性，与人的生理结构等自然因素相关联，可以称之为审美活动能力。在这一基础之上才能进而形成由经验、文化观念构成的审美判断能力或欣赏能力，可称之为审美鉴赏能力。即审美能力区分为一般审美活动能力和具体审美鉴赏能力。人类首先要具备对事物加以审美的一般基本能力，然后才能具备把具体事物当作审美对象的能力（即欣赏能力）。"[1] 李志宏认为，审美能力的关键是具备形式知觉力："所谓审美发生，就是非利害性形式知觉活动的发生。要能进行非利害性的形式知觉活动，最基本的条件是具备着形式知觉力。只有在具备了形式知觉力的前提下才能对事物的形式加以相对独立的知觉，进而引发由形式知觉而来的非利害情感体验。""形式知觉力是人类特有的智能，不具备这种程度的智能就不会具有审美活动能力。"

接着李志宏对形式知觉力的内涵作了详细说明："形式知觉力是对于'形式'的知觉能力，'形式'是相对于'内容'或'内质'而言的。事物都是外形与内质的统一体，外形与内质不能抽象地存在。外形与内质的相对分离只能存在于大脑的抽象思维之中。即，当我们说到形式和内容时，已经是在大脑中对事物的形式因素和内容因素进行了抽象，'形式'和'内容'只能作为概念而相对独立地存在，这种概念只能在抽象思维中形成。动物不具有发达的大脑和高度的思维能力，不能形成概念，其知觉力只

[1]　李志宏：《认知美学原理》，光明日报出版社，2012年，第54页。

是形状知觉力而不是形式知觉力。形状知觉力是对事物外在表现的笼统的感知能力，可在头脑中形成表象或意象；形式知觉力才是对事物形式的抽象把握能力，可在头脑中形成概念。形式知觉力以'形的概念'的形成为条件，是在形状知觉力基础上的质的发展转变，只能在现代人类身上存在。"[1]而早期人类和动物不具备形式知觉力，他们是不可能有审美行为的。

　　形式知觉力本质上是一种认知能力，而情感的产生是以认知为前提的："发生在大脑高级部位的认知活动可以支配大脑低级部位的情绪中枢，形成受到认知和观念影响的情感反应。这种高级认知活动的出现及同情感状态的连接，使得人的所有情感体验都以机体状态和认知状态为基础。其中，机体状态是人类产生行为和动机的自然根据，认知状态是行为、动机的具体决定因素，也是情感态度和情感体验性质得以形成的重要方式。无论是情感的种类还是情感的性质，都受到认知的制约，有什么样的认知就会有什么样的情感。"[2]李志宏认为，形式知觉力使得人们对事物外在形式的认知也可以产生不同的利害性反应（即情感反应），这其中的原因在于："事物外形本来没有直接的利害作用，之所以能够引起利害性反应，在于外形同内质的联系，外形成为内质的信号、表征。这种信号、表征作用通过认知过程就形成了类似于内质的作用，可以像内质一样引发一定的利害性反应。"[3]也就是说，以完全抽象思维能力为基础的形式知觉力使事物外形与情感能够发生稳固联系："当事物的内质和外形可以被完全地

[1]　以上未注见李志宏：《认知美学原理》，光明日报出版社，2012年，第55页。
[2]　李志宏：《认知美学原理》，光明日报出版社，2012年，第83页。
[3]　李志宏：《认知美学原理》，光明日报出版社，2012年，第86页。

抽象开来时,人才可以分别地看待事物的内质和事物的外在形式。这时,原有的情感仍然分别地同事物的内质和外形相连接。……事物内质与其外形的联系是稳固的,事物内质功用性同情感反应的联系也是稳固的,由此造成事物外形同情感的联系同样是稳固的。"[1]审美情感由此产生:"情感同事物内质的联系是直接的,同外形的联系则是经过了内质的中介。所有可引发知觉性快感的外形,都附属于对人有利的事物内质之上。因而,凡是于人有害的事物都引起否定性情感,在审美上就是丑恶感;凡是于人有利的事物都引起肯定性情感,在审美上就是美感。"[2]

李志宏在以上论证的基础上,把他的审美发生理论总结为"形式知觉模式"说(李志宏还用过审美知觉模式、审美形式知觉模式、审美认知模块论、认知模块说等说法,内涵上没有差别):"具有特定利害价值的事物内质是以事物形式为信息表征的,事物形式因此与事物利害性有直接的联系。事物形式被人所知觉时,会在知觉中留有与形式表现相对应的神经反应痕迹,这种痕迹达到一定强度而被记忆时,就形成较稳定的形式知觉模式。由于事物形式是事物利害性的信息表征,形式所表征的利害性意义可以经由知觉而与形式知觉模式建立起联系,再经由形式知觉模式的中介而在情感中枢引发相应的反应,形成主体的情感体验。……如果以形式知觉模式为核心,则形成内外两方面的联系:外在方面,形式知觉模式与事物形式有直接的联系,继而同事物内质及其利害性间接联系;内在方面,同特定的情感反应有直接的联系。于是,事物内质的利与害可以通过形式的表征而引起知觉中以形

[1]　李志宏:《认知美学原理》,光明日报出版社,2012年,第87页。
[2]　李志宏:《认知美学原理》,光明日报出版社,2012年,第87-88页。

式知觉模式为体现的好与坏的感觉，好与坏的感觉在审美状态下被体验为美感或丑感。……在形式知觉模式已经建立的条件下，一旦知觉到与此相契合的事物及其形状，就会自然地由于这种契合关系而引发相应的情感反应，表现出审美的直觉性。"[1]

单纯从"形式知觉模式"上看，无法解释粪肥有利而人不以为美、罂粟有害而人以为美的审美现象。为了解决这个难题，李志宏提出了"形式知觉模式类"的补充命题："形式知觉模式的形成既然是对事物外形的反映，事物的存在样态就可以对形式知觉模式的形成样态产生影响。当许多于人有利的事物因其特征的相似而形成类群时，相应的形式知觉模式也可以形成类群，即形成'形式知觉模式类'。"对于粪肥不美，他的解释是："农用粪肥就其自身而言是于人有利的，但粪便作为一类事物具有普遍的不利性，在人们的日常生活中是肮脏的、有害的、令人厌恶的，使人形成了否定性的形式知觉模式类。日常生活的普遍性使得人们对粪便的不利性感觉更强烈，对粪肥的有利性感觉不很强烈，因而个别的、本来于人有利的粪肥被类化到否定性的知觉模式类之中，不能被审美。"按照此逻辑，罂粟之所以美是因为："在人的知觉经验中，罂粟花的有害性并不明显而强烈，与这种有害性相比，罂粟花的外形与花朵形式知觉模式类的一致性反倒更为明显而突出。……因而可以被人所欣赏，成为美的。"[2]

三、"认知美学"的方法论意义

我们知道金开诚的文艺心理学是以"认知"为显著特色的，他的心理学主要资源——曹日昌主编的《普通心理学》，其实是

---

[1]　李志宏：《认知美学原理》，光明日报出版社，2012年，第108页。
[2]　以上未注见李志宏：《认知美学原理》，光明日报出版社，2012年，第112-113页。

一部认知心理学的教材，他的理论起点是认知心理学的基本范畴"表象"，他的关键命题"自觉表象运动"是移植自认知心理学对想象的描述。金开诚之所以立足于"认知"，是因为他觉得心理学上的"认知"与哲学上、文学上的"反映论"有着天然的内在联系，也就是为了维护他所信仰的"反映论"，他把文学创作过程解释为"自觉表象运动"，把表象作为其文艺心理学的核心概念，同时压制情感在文艺活动中的核心地位。而曹日昌的《普通心理学》却是 20 世纪 60 年代的认知心理学，知识结构严重滞后于现代认知科学的步伐，"反映论"因固守旧的文学观念早已显现理论窘境，亟待修正，在国门重新开启、新的心理学学说、文艺理论思潮蜂拥而至的新时期，这种以心理学旧学说包装文学旧观念构成的既不科学也不文学的文艺心理学从刚问世就已经没落。但无疑值得肯定的是，金开诚开创了从认知心理探索文艺活动奥秘的研究方向，他的失败的尝试仅仅说明了更新知识结构、文学观念的重要性，并不证明这个研究方向是走不通的。金开诚因为借鉴了认知心理学解释文艺活动而常被人所诟病，我们却以为在这一点上他是无可厚非的。

明确金开诚文艺心理学的得与失之后，再来看李志宏的"认知美学"，我们对他的贡献有以下认识：

1. 方法自觉。李志宏明确提出"美学科学化"的方法论，主张采用科学主义的方法研究美学。他指出仅凭思辨哲学的"形而上"的研究思路是无法根据解决美学问题的，长期以来思辨哲学仅凭想象和推理把握审美活动的内在联系，缺乏科学的依据，不能真正科学地、合理地对审美现象做出解释。是时候抛弃哲学化的研究方向了，于是他言辞激切地为"科学主义"辩护。另一方面，李志宏从逻辑上彻底否定了美的本质论研究取向，进一步明确提出美学研究从美本质向审美活动的转换，而根据李志宏的发现，审美活动存在两个层次：自然层次和观念层次，要研究审美活动的自然层次必须借鉴认知科学的研究成果。近20年来，认知科学取得了飞速发展，已经能深刻而清晰地揭示大脑的奥秘，为揭开审美活动的奥秘提供了科学的根据。由此可以说明科学主义方法不仅是必要的，而且是可行的。

2. 理论创新。李志宏认为美学研究应该以审美活动作为研究对象，并将审美活动的发生作为研究起点，而要研究审美发生就必须先弄清审美活动的特征。李志宏对于审美活动的"非利害性"从认知科学的角度做出了新解释，他认为审美活动是"对事物外在形式、形象相对独立地加以知觉并因此而产生愉悦性情感体验的过程。由于审美活动带有形式知觉的特征，不是实用需要得到满足的活动，因此具有非常鲜明的特点——非利害性"。[1] 鉴于将认知科学引入美学研究可以凭借实证材料把握人类知觉、情感、思维、意识的内在机制和联系，从而发现审美的奥秘，因此李志宏把自己的理论创新成果命名为"认知美学"，并提出了"形式知觉力""形式知觉模式"说等新概念、新命题，比较理想地解释了审美活动的发生原理，相比金开诚的脱胎于认知心理学的"自觉表象运动"，确实要高明很多。

3. 意识超前。李志宏的美学研究是立足现实的，但也是面向未来的。他所赖以成说的认知科学是有着良好前景的充满未来想象的一门学问，在插上认知科学的双翼后，李志宏也为美学的未来使命展开了丰富的想象，这体现在他写的两篇论文上：《深层

---

[1] 李志宏：《认知美学原理》，光明日报出版社，2012年，第41-42页。

审美机制的科学阐释与审美机器人设想》（《华夏文化论坛》，
2008 年）、《认知科学美学与审美机器人》（《晋阳学刊》，
2012 年第 2 期）。他提出了"审美机器人"的奇异设想："从
现代信息科学的角度看，审美机制的状况就相当于：所有的人都
有共同的审美程序；而构建出不同知觉模式的人生经验则相当于
具体的数据。在同样的程序下，输入数据的不同自然会造成运算
结果的不同。根据这一原理，我们有可能在现代技术条件下开发
出会审美的机器人。在给机器人设定好程序和知觉模式的数据后，
它就可以对特定的事物作出审美反应。"[1]李志宏试图把他的
认知美学用于人工智能的开发，造出"审美的机器人"，这样做
在理论和实践上都有重要意义："一是，证明了我们对审美活动
机制的认识和把握，有利于形成正确的美学理论；二是，将其应
用于艺术创作及产品制作，形成实用价值或商业价值。"[2]

　　综上所述，李志宏借鉴认知科学创建"认知美学"致力于"美
学科学化"，为中国当代的文艺心理学做出了重大贡献，但他的
"认知美学"也存在局限与不足。首先，"认知美学"与西方最
近兴起的"神经美学"有着密切的关联，可以说"神经美学"是
"认知美学"的生理基础，"认知美学"要真正实现美学的科学
化，走向"神经美学"并与之融合是未来之路。然而李志宏对此
当今美学的最新成果未能及时吸收。不过，他最近将"认知美学"
改称"认知神经美学"，算是迈出了关键一步。[3]其次，李志

[1]　李志宏：《深层审美机制的科学阐释与审美机器人设想》，《华夏文化论坛》，
2008 年。
[2]　李志宏：《深层审美机制的科学阐释与审美机器人设想》，《华夏文化论坛》，
2008 年。
[3]　李志宏等：《认知神经美学：一个新兴的学派》，《上海文化》，2019 年第 4 期。

宏主张"美学科学化"，却仅是吸纳了现代认知科学的研究成果，在科学方法上则依然非常保守，特别是没有基本的实验室研究条件，不能独立进行实证研究，不能直接获取第一手实证材料，这使得他的"认知美学"缺乏坚实的实证基础，也使得他提倡的"美学科学化"有凌空蹈虚的危险。

科学主义范式是新时期文艺心理学中极易被忽视的一条发展线索。沿着金开诚开辟的认知心理学与生理心理学方法，新时期文艺心理学在 20 世纪 90 年代和新世纪分别结出了丰硕的果实，即黎乔立的"审美生理学"和李志宏的"认知美学"。新时期文艺心理学的科学主义范式之所以会形成，不外乎以下几个原因：一是社会文化领域兴起科学主义思潮，并由此引发自然科学方法大举进入文学研究；二是心理学学科本身具有科学主义属性，无论是认知心理学还是生理心理学，都是将心理学视为自然科学而进行研究；三是原有的反映论缺乏科学性，不能对文艺心理现象作出合理的解释，而心理学可为之提供科学思维和科学理论；四是文学审美活动本源上是认知活动，也不能脱离生理基础，所以有必要借鉴生理学和认知科学的研究成果。从文艺心理学的科学主义范式看，当前风头正劲的"神经美学"正是其表现形态，它在新的技术条件下对费希纳"实验美学"进行了升级，实现了"审美生理学"与"认知美学"的融合统一，这也预示着科学主义的文艺心理学将具有非常广阔的发展前景。

第三章

新时期文艺心理学与人本主义

新时期伊始，人道主义文艺思潮浩浩而至，而文艺心理学亦于此时重启，两者具有相同的时代背景和学术背景，前者强大的精神能量无法不波及后者的研究取向和研究内容。正如新时期文艺心理学研究的代表之一王先霈所称，"文艺心理学是人学"。[1]张婷婷在《中国20世纪文艺学学术史》中也认为"新时期文艺心理学是在人本主义的宏大话语的推动下出场的"[2]。鉴于此，本章试图以金开诚、刘再复、鲁枢元、吕俊华为中心，考察新时期文艺心理学发展进程中的人学线索。

第一节　人本主义文艺心理学的萌芽

前文我们指出金开诚的文艺心理学研究是坚持科学主义路向的，对人道主义文艺思潮理应是相当疏离的，然而细读文本后我们发现，金开诚文艺心理学思想体系中已经含有人本主义的萌芽，

---

[1]　王先霈：《文艺心理学读本》，华中师范大学出版社，2009年，第7页。
[2]　张婷婷：《中国20世纪文艺学学术史》第四部，中国社会科学出版社，2007年，第154页。

主要表现在"主体"论和情感论两个方面。其实，金开诚文艺心理学既是科学主义的也是人本主义的，这并不令人感到特别突兀，文学、心理学自身都包含人学属性，作为两者的交叉文艺心理学亦无法将人本主义完全排除，金开诚的文艺心理学虽是科学主义的表述，却在客观上支持了人本主义（如"三环论"），而文艺心理学的重要概念（比如情感）本身既是科学主义研究的重要范畴，也是人本主义研究的重要范畴，在探求其本质特性时很难仅从科学角度切入而与人本主义完全隔离。

一、"主体"论

金开诚是相当信奉反映论的文学观的，以至于常因此受到指责。但在我们看来，他不是个反映论的原教旨主义者。比如他多次指出："文艺创作是反映客观世界的，还是表现创作者的主观世界的？正确的答案是：它既反映客观世界，也表现作者的主观世界，是在反映客观世界的基础上实现了主客观的辩证统一。"[1]从上述言论看，金开诚并不排斥文学的表现性和主观性，所以，他要强调"主客观统一"：仅仅反映客观现实是不够的，还须表现主观世界；仅仅强调创作的客观因素是不够的，还必须重视创作的主观因素（比如作家的主体地位）。于是他一方面承认"文艺创作反映客观现实这个命题，在揭示文艺创作的根本性质和根本方向上是完全正确的，是应当继续坚持的"，另一方面指出，"从文艺心理学的角度并结合创作活动的实际情况来看，这个命题却是不精密的"。原因是这个命题在表述上只揭示了两个环节——"客观现实→文艺创作中的艺术形象"。金开诚将之总结成"二

---

[1]　金开诚：《文艺心理学概论》，北京大学出版社，1987年，第8页。

环论"，并指出在"二环论"的公式中，创作者的心理活动及其巨大的创造作用均已不知去向，这就不仅在理论上带有朴素性，而且从其实践意义上说也是有局限的。进而金开诚提出"三环论"，认为创作活动应包含"客观现实→主观反映和加工→文艺创作中的艺术形象"三个环节。[1]就这样，金开诚把机械反映论的从生活到文艺的"二环论"改成了"三环论"，即在"生活"与"文艺"之间嵌入了"文艺家"这一中介枢纽。[2]于是，文艺家在创作过程中的主体位置得以合法化，长期被排除于研究视野之外的创作主体由此呼之欲出。这无疑是非常令人振奋的。

金开诚特别强调创作者的巨大作用："一切真正的艺术创作，无不要经过创作者的艺术构思；艺术构思是一种极为复杂的、具有综合性的特殊心理活动；而艺术作品所直接表现的也就是这种特殊心理活动的成果。"[3]因此文艺反映现实必然具有主观性："人类对客观世界的反映受到人类'肉体状况和精神状况'的限制，就个体来说，各人的'肉体状况和精神状况'又千差万别。所以，人在实践、认识的过程中所得到的对客观世界的'思想映象'都是既有客观内容，又有主观特点的。……由于在文艺创作过程中，人的心理活动高度集中指向富有感性的艺术创造，为此而对储存在大脑中的客观世界的映象进行高度自觉而又颇为特殊的加工，由此而得到的心理活动成果，比之非感性的、抽象的思维成果，肯定是更为显著地表现了主观色彩和个性心理特征。"[4]

---

[1]　以上未注见金开诚：《文艺心理学概论》，北京大学出版社，1987年，第11页。

[2]　夏中义：《新潮的螺旋——新时期文艺心理学批判》，《文学评论》，1989年第2期。

[3]　金开诚：《文艺心理学概论》，北京大学出版社，1987年，第13页。

[4]　金开诚：《文艺心理学概论》，北京大学出版社，1987年，第14-15页。

由此金开诚非常重视文艺创作的"主观因素"："……个体神经系统的生理机能特点和他在各种情景中的特定心理状态却都会对刺激的接受、信息的传送以及反映的形成产生一定的影响，使客观的'物质性的东西'得到程度不同、状况各异的'改造'，而变成主观上的'近似'的反映。这就是个体的主观因素在反映中的最初介入。这种介入对文艺创作来说是尤其值得注意的，因为文艺创作者在认识客观世界的时候并不满足于懂得种种抽象的道理，更要求'把现实世界的丰富多彩的图形印入心灵里'。而正是在富于感性的形象的反映中，个体的神经生理特性和特定心理状态能起到更为显著的作用。"[1]金开诚所说的"主观因素"包括"理想、信念、性格、意志、兴趣、能力、思维、想象、感知、情感以及个人生理特点"等诸多方面，他指出，这些"主观因素"只有得到充分的表现，才会产生主客观高度统一的艺术创造，使活生生的艺术形象呈现在人们眼前。[2]

金开诚还提出文艺创作的"情意化"和"个性化"，这些都体现了文艺活动的人学特征。金开诚认为，文艺创作作为一种特殊的反映和创造，是高度"情意化"的，"必须把作者的情感和意愿熔铸在创作的成果之中，使人看了之后能够动情。为了充分表达情感和意愿，文艺创作反映客观事物还可以'遗貌取神'，甚至于运用超现实的想象，以起到强烈表达情意的作用。"[3]文艺活动的"情意化"和其他认识活动与创造活动都不一样，只有文艺活动中的作者会把情感和意愿熔铸到创作的成果中，并以

---

[1]　金开诚：《文艺心理学概论》，北京大学出版社，1987年，第17页。
[2]　金开诚：《文艺心理学概论》，北京大学出版社，1987年，第30页。
[3]　金开诚：《文艺心理学概论》，北京大学出版社，1987年，第25页。

此感动别人。对于文艺创作的"个性化",金开诚指出:"几乎在人的一切实践、认识活动中,个性都要积极活动并发挥作用。但情况正与以上所讲的'反映的情意化'相似,个性虽然在各种活动的过程中起了作用,却不一定在活动的最终结果上打下烙印。然而真正的艺术创作却必然在其独特风格中表现了作者的个性,并且它直接关系到作品在思想和艺术上的创新,从而成为整个创作质量的有机组成。"[1] 由此可知,金开诚根据文艺心理学增加的创作者一环本身就包含对创作者艺术个性的尊重,金开诚认为"文艺创作对客观世界的反映必然经过作者个性的折射",若抹去作者个性,则"三环论"沦为"二环论"矣:"'二环论'舍弃了包括个性折射在内的全部主观能动作用……不能视为对反映论的精确的运用。"[2]

金开诚从六个方面(形成、选择、加工、情意化、个性化、外化)论述了他在"三环论"新理论框架下文学反映论的主要内容,他的结论是,"以上六点合到一起,就使文艺创作成为一种创造"。他紧接着指出反映和创造的区别和联系:"创造要在反映的基础上进行,如果不能由表及里地正确反映客观世界,那是谈不上创造的;但创造毕竟是要造出客观世界中原先所没有的东西,所以从反映到创造是实践、认识过程的一个飞跃,后者实际上是人类能动地改造客观世界的问题。"而文学创作正是一种创造,"凡属创造之事,都特别突出地表现了人在反映客观世界和改造客观世界中所发挥的主观能动作用",他据此批判"二环论":"从创造学的角度来看文艺创作的'二环论',它的粗略就尤其

---

[1]　金开诚:《文艺心理学概论》,北京大学出版社,1987年,第26-27页。
[2]　金开诚:《文艺心理学概论》,北京大学出版社,1987年,第28页。

明显。"[1] 从金开诚对文艺创作的情意化、个性化、创造性的强调看，他的文艺心理学有着明显的人本主义指向是确定无疑的。

　　既然金开诚已经在文艺创作的"三环"中预留了艺术家的位置，客观上承认了艺术家的主体地位，那么其主体性必将会在适当时候突显，甚至会在冷静的逻辑推演间隙不自觉地冲击机械反映论框架下僵硬的文学观念。比如他在《抽象思维与自觉表象运动的关系》一文中指出，"抽象思维通过种种方式对表象运动进行指导、配合、制约、渗透，但它们之间也会出现矛盾，这是抽象思维与表象运动发生关系的又一重要表现"。他在下文论述道："表象虽然不能深刻反映事物的本质，但它是在实践中直接产生的，是客观事物的直接反映，直接与无比丰富复杂、无比生动多变的客观世界紧密地联系着。因此表象的运动一方面受到概念活动的制约，另一方面又可能反过来同比较稳定的概念性认识发生矛盾，进行挑战，从而成为人类发展真理性认识、修正错误认识的一个重要契机。"字里行间呈现出敢于挑战俗见、坚持真理的主体形象，虽然仍是偏向于认知性方面。由此推演到文艺创作领域，金开诚紧接着指出："概念性认识与表象运动发生矛盾，是在一切认识过程中都可能出现的，但在文学艺术创作中往往有突出的表现。其之所以会突出，一方面是由于人们在一般认识中并没有必要把头脑中出现的这种性质的矛盾公之于众，而艺术创作则往往会把作者的细致复杂的思想变化表现出来。另一方面，也就是更为重要的一方面，艺术创作中的表象活动是自觉的表象运动。艺术创作的最终结果要落实到典型表象的形成及其工艺技能

---

[1]　以上未注见金开诚：《文艺心理学概论》，北京大学出版社，1987年，第30-31页。

表现上，而这种典型表象的形成又必须是表象本身运动的直接结果。因此艺术创作中的表象运动特别激烈而紧张，持久而深入；它与原有的概念性认识发生矛盾，并导致某种突破的可能性，也就比在一般认识过程中大得多。"[1]金开诚一反常态，花费大量笔墨（下文用了很多例证）论证文艺创作中概念性认识与表象运动的矛盾，甚至不惜用"突出的""尖锐的"等字眼，比先前强调的自觉表象运动的"特殊性"[2]"独立性"[3]已经大进一步，几乎把一个坚持艺术真理、抒写内心真实的创作主体推上了前台！

　　不过金开诚对作家主体性的态度又常常是暧昧，甚至是矛盾的。比如他在论述表象的不稳定性时指出："由于表象的不稳定以及随之而来的不鲜明的特点，因此当其在创作构思中凝成艺术表象之时，不管作者的主观愿望如何，它总是经过了或大或小的加工，才得以外化为艺术形象；而在这种加工中，不管作者主观上是否意识到了，他也总是或多或少地把自己的感情倾向、美学趣味融化了进去。……创作者的主观因素总要渗透于这两个阶段之中，这甚至是不以作者的主观意志为转移的。"这明显从"感情倾向""美学趣味"等"主观因素"方面论证了创作主体的客观存在性。然而紧接着却又说，"唐人张璪提出'外师造化，中得心源'，这说明他是在一定程度上认识到了艺术创作的规律，因此根据这个规律来要求创作者发挥更大的主观能动作用，在艺

---

［1］　以上未注见金开诚：《抽象思维与自觉表象运动的关系》，《文艺心理学论稿》，北京大学出版社，1982年，第63-64页。

［2］　金开诚：《文学艺术创作中的自觉表象运动——兼论形象思维问题》，《文艺心理学论稿》，北京大学出版社，1982年，第42页。

［3］　金开诚：《文学艺术创作中的自觉表象运动——兼论形象思维问题》，《文艺心理学论稿》，北京大学出版社，1982年，第45页。

术创作中实现主客观的高度统一，以便更为本质、更为完美地反映客观世界"。[1]创作家主体性灵光一现，随即淹没在反映论、工具论的汪洋大海中了。无独有偶，金开诚也充分认可欣赏者的主体性存在："……欣赏者通过创作能够体会作者的感情，甚至引起情感的共鸣。但是文艺创作所包含的客观内容是极其丰富的，尽管它出现在创作中已经带上了作者的感情色彩，却仍然会成为相对独立的认识内容而引发欣赏者的更为复杂的感情。……文学艺术作品还往往唤起欣赏者的广泛联想，在这种情况下，欣赏者由于认识内容的扩大以至于变异，其情感活动也就可能产生出乎作者预料的发展和变化。"[2]"所谓艺术感受并不只是消极被动地接收艺术形象，而是一种表现了不同程度的主观能动作用的积极心理活动。"[3]但他又"特别指出"："艺术欣赏作为一种特殊的认识，必然受到一般认识的制约，因此一个人的思想感情和世界观的正确程度，对于艺术欣赏，对于欣赏中的各种心理活动，都有着巨大的影响。欣赏者一定要对生活本身怀有饱满的热情，取得较深的认识，并不断提高世界观的正确程度，才会以进步的观点与理想、健康的情操与趣味，去兴致勃勃地欣赏艺术，通过感受、理解、联想、想象等积极心理活动，准确地识别美丑，区分善恶，受到教益。"[4]这种打上旧时代烙印的论调无疑抹杀了文学接受者的主体性，就像刘再复所批判的，"过分地强调

---

[1]　以上未注见金开诚：《表象的特性及其在文学艺术创作中的作用》，《文艺心理学论稿》，北京大学出版社，1982年，第5页。

[2]　金开诚：《文学艺术创作中的情感活动》，《文艺心理学论稿》，北京大学出版社，1982年，第125页。

[3]　金开诚：《艺术欣赏中的积极心理活动》，《文艺心理学论稿》，北京大学出版社，1982年，第174页。

[4]　金开诚：《艺术欣赏中的积极心理活动》，《文艺心理学论稿》，北京大学出版社，1982年，第179页。

文学作品的宣传作用、教育作用、制造舆论的作用，因此，读者便以被教育者和被训诫者的资格去接受文学作品，这样，一方面文学作品就不尊重艺术接受主体多方面的审美要求，另一方面接受主体也未能意识到自身对文学作品进行补充和审美再创造的使命，从而造成接受过程主体性的丧失"[1]。

从金开诚的"主体"论看，其中的人学脉络是不明朗、不连贯的，甚至是矛盾的、分裂的。主体偶有浮现突显，而更多时候被压抑、被隐藏。究其原因，主要是金开诚的文艺心理学总体上采用的是反映论框架的认知范式，不能真正地走向人本主义，所以也就不敢光明正大地承认文学的主体性，只能围绕着主观因素作文章，"于是，创作主体所拥有丰富微妙的精神个性和奇幻心灵因素被排除在论者的视野之外，艺术主体这一充溢着个体精神、心灵想象的创造者被抽取榨干，成为理性认识的科普标本"。[2]

二、情感论

我们在上一章讲到，金开诚的文艺心理学理论体系是以表象为理论核心的，对同样作为文艺心理核心要素的情感就必然要压制，所以他指出："在审美过程中起主导作用的心理内容，始终是认识性质的，而非情感性质的。""情感为'美感'的有机组成，当然无疑；但'美感'的'核心内容'，乃是感知之感（对客观事物的感性反映），而非情感之感，此则必须辨明。"[3]金开诚对情感元素的刻意贬低难免遭到后人的指责："尽管金氏

[1]　刘再复：《文学研究应以人为思维中心》，《文学的反思》，人民文学出版社，1986年，第49-50页。
[2]　张婷婷：《中国20世纪文艺学学术史》第四部，中国社会科学出版社，2007年，第106-107页。
[3]　金开诚：《艺文丛谈》，北京出版社，1985年，第143、144页。

在《论稿》、《概论》（即《文艺心理学概论》，引者注）中一再重申'人脑整体性'原则，重申创作心理是'表象''思维''情感'的三位一体，但实际上，那柄机械解析的利刃在把艺术经验剖成若干心理单元切片的同时，又把其中的'表象''思维'等认知心理元素放大、泛化、拔高到统辖一切的程度，反过来挤压了'情感'的生存空间。历来被美学王国宠为公主的艺术'情感'，在金氏手下却连'灰姑娘'也不如，倒酷似瑟缩墙角的童养媳，不仅排在'表象''思维'之后，而且处处依附于'表象'和'思维'，这就是所谓'自觉表象运动'——最后竟'自觉'到连'情感'也要被逻辑'思维'所榨干。"[1]

平心而论，金开诚并不是没有意识到情感在文艺心理学的理论价值，也并不是一概压制、贬低情感在文艺活动中的作用，相反，很多时候他也重视情感的地位和作用。比如他一直强调"表象"、"思维"、"情感"三者的统一，他认为"如果撇开创作者的个人特点，一般地来看文学艺术创作的心理活动，那么它总是主要包含表象运动、抽象思维和情感活动，三者融为一体。任何人想要把三者之一绝对化，或排斥其中的任何一个，事实上都是行不通的"[2]；在《论稿》中有一篇《文学艺术活动创作中的情感活动》，《概论》有一章"情感与认识"，都对文艺心理学中的情感问题专门进行深入探讨。他对情感在文艺创作中的作用也持论公允："只有在文学艺术的创作中，情感的活动不但作为一种推动力量在起作用，而且它们本身也在创作的成果中鲜明

[1]　夏中义：《新潮的螺旋——新时期文艺心理学批判》，《文学评论》，1989年第2期。
[2]　金开诚：《文艺心理学论稿》，北京大学出版社，1982年，第93页。

生动地表现出来，成为文艺创作感动欣赏者、发生预期社会作用的一个不可缺少的因素。"[1]

文艺活动中的情感不仅是重要的，而且是极为复杂的："人对于客观事物和自身状况持有肯定或否定的态度，这还不等于通常所说的情感；必须是这种态度引起了个体的以某种生理感觉为其特征的体验，这才成为情感。与这种体验相关的心理和生理过程极为复杂，专业的心理学工作者对此作了大量的研究和解释。"[2]在金开诚看来，情感的复杂性主要体现在它与认识的关系上："文艺心理学对于大脑在情感活动中所起的作用应予以充分的重视，因为它从心理活动的生理基础上证明了情感绝不是超意识的存在，而是必然同一定的认识相联系的。"[3]情感活动与认识活动相互影响使得情感复杂化了："情感与认识有密不可分的关系，而认识又由于实践的深浅和大脑加工程度的不同而表现为种种形态（感觉、知觉、表象、思维等）。各种认识形态都可能成为引起情感活动的'缘故'，同时情感活动也会反过来给认识活动以影响。"[4]因此"往往出现情感与多种认识形态、多项认识内容相联系的情况，从而构成了情感与认识的复杂关系"[5]。而且情感的强度并不与认识的深度成正比："……情感是同人的需要（包括天然需要和社会性需要）有关的；需要，以及由需要转化而成的愿望、追求与意向的强度直接决定了情感的强度，某个事物如果不同个体的强烈需要（包括积极的获得和

---

[1]　金开诚：《文艺心理学论稿》，北京大学出版社，1982 年，第 93-94 页。
[2]　金开诚：《文艺心理学论稿》，北京大学出版社，1982 年，第 96-97 页。
[3]　金开诚：《文艺心理学论稿》，北京大学出版社，1982 年，第 97 页。
[4]　金开诚：《文艺心理学论稿》，北京大学出版社，1982 年，第 98-99 页。
[5]　金开诚：《文艺心理学概论》，北京大学出版社，1987 年，第 201 页。

消极的排除）有关，那么即使他对这个事物认识很深，也不见得能产生强烈的感情。"[1]金开诚特别指出："……不能把情感与认识之间的关系简单化，否则就难以深入理解创作中情感活动的复杂与微妙。"[2]

文艺接受活动中的情感具有个体差异性和变异性。金开诚先是说："由于艺术欣赏中的认识对象（艺术作品）本身都是带有情感色彩和倾向的，所以欣赏者对此而生的情感活动事实上都是受到诱导的。"[3]接着思路一转："艺术欣赏中的情感活动虽然是受到引导的，但欣赏者本人的经历处境、思想性格和情绪状况也是起作用的。"[4]这点出了艺术接受活动中情感的个体差异性。金开诚以看电影为例论述道："有时一个普通的情节，大多数观众对此都无明显反应，个别观众却深有感触，热泪盈眶，这显然是'伤心人别有怀抱'。反之，一个普通的情节又能使个别人偷偷发笑，这显然也是另有会心之处。"[5]金开诚还指出，艺术接受中创作者和欣赏者的情感交流常会发生逆反和变异，其原因在于："……文艺创作所表现的主要不是抽象的情感，而是富于情感色彩的具体认识内容；这种认识内容必须为人们所接受，才会导致作者所预期的情感共鸣。然而人们的认识活动都受到各种社会因素和心理因素的制约，由于人与人之间在民族传统、阶级利益、生活遭遇、思想观点、个性特征以及特定的心理状态等方面会有种种区别，所以某一文艺创作所提供的与情感相联系的

---

[1]　金开诚：《文艺心理学概论》，北京大学出版社，1987年，第201-202页。
[2]　金开诚：《文艺心理学概论》，北京大学出版社，1987年，第201页。
[3]　金开诚：《文艺心理学概论》，北京大学出版社，1987年，第428页。
[4]　金开诚：《文艺心理学概论》，北京大学出版社，1987年，第429页。
[5]　金开诚：《文艺心理学概论》，北京大学出版社，1987年，第429页。

认识内容，就未必能为所有人接受，并由此引发情感的共鸣。"[1]

金开诚还认为艺术活动中的情感具有舒泄性："艺术欣赏中的情感活动，有使被蓄藏或压抑的情感得到宣泄的作用。"金开诚引述了苏联心理学家维果茨基的一段话，认为维氏在艺术欣赏中只强调"痛苦的和不愉快的激情"得到舒泄不够全面，"事实上表现为欢乐激情的神经能量也是要求释放的"。[2] 金开诚虽对维氏的论述颇有不满，但对他指出情感活动是"神经能量的舒泄"这一点非常肯定，他对此发挥道："在人们心中，无论蓄积的是悲哀或欢乐，都是可能使精神失去和谐平衡的神经能量，所以人们总是自发地寻求抒发宣泄之道，以求得到必要的神经松弛。艺术欣赏正是情感舒泄的有效手段之一，特别是对那些比较潜藏的情绪来说更是如此。"[3]

不难发现，金开诚对情感的地位、作用、特点的论述是对前三十年文论的巨大突破。而在前三十年的文论中，情感因为通向人性论所以是排除在文学本质之外的，这也正是从新时期开始人道主义文艺思潮兴起的原因。我们可以通过当时流行的文学定义进行分析。巴人指出："文学艺术就是上层建筑之一。文学艺术虽然不像政治思想和理论那样更直接地反映着社会经济制度，但它是以描写人们的生活为职务的，而人们的生活，不可能不是'社会生活''政治生活'以及一般'精神生活'，因之也不可能不为物质生活底生产方式所决定，亦即为一定的经济制度的产物。"[4] 蒋孔阳认为："文学就其本质来说，和其他的社会意

[1]　金开诚：《文艺心理学概论》，北京大学出版社，1987年，第233页。
[2]　以上未注见金开诚：《文艺心理学概论》，北京大学出版社，1987年，第430页。
[3]　金开诚：《文艺心理学概论》，北京大学出版社，1987年，第431-432页。
[4]　巴人：《文学论稿》，新文艺出版社，1956年，第45-46页。

识形式一样，都是人类社会生活的反映，具有思想认识的作用……
就在这个意义上，文学具备了上层建筑的性质，它从思想上来替
基础服务，来帮助基础的形成和巩固。"他对文学特征的看法是：
"文学最主要的特征，就在于它是用语言来创造形象，并通过创
造形象的方式，来反映人类社会的现实生活。"[1]以群主编的
《文学的基本原理》中对文学的界定是："文学是一种社会意识
形态"，"用形象反映社会生活"，"文学是语言的艺术"[2]，
即文学是一种以语言为载体、通过形象反映社会生活的社会意识
形态。前三十年文论不仅把情感排除在文学定义之外，还要对文
学的情感特性大加挞伐。比如针对胡适主张的文学定义"语言文
字都是人类表情达意的工具，达意达得好，表情表得妙，便是文
学"[3]，因为胡适没有从"上层建筑""意识形态""反映现实"
出发去界定文学，而只强调文学的"情"和"意"，便有人批判
他"否定文艺和现实的关系，把文学的内容归结为主观的情和意"，
"是一种抽象的人性，实际上就是资产阶级的个人主义"。[4]

　　而重视文学的表情达意的情感特性，恰恰是人本主义的文学
观。提出"人的文学"口号的周作人说："特文章为物，独隔外尘，
托质至微，与心灵直接，故其用亦至神。言，心声也；字，心画也。
自心发之，亦以心受之。"[5]周作人重视文学的表情达意特性
与胡适一般无二。出于对文学抒情特性的捍卫，周作人对孔子删

［1］　蒋孔阳：《文学的基本知识》，中国青年出版社，1957年，第12、18页。
［2］　以群：《文学的基本原理》（上），上海文艺出版社，1964年，第20-50页。
［3］　胡适：《什么是文学》，见姜义华主编：《胡适学术文集：新文学运动》，中华书局，1985年，第87页。
［4］　湖南师范学院中国文学系文学理论教研组编：《文艺理论（上册）》，湖南人民出版社，1958年，第60页。
［5］　周作人：《论文章之意义暨其使命因及近时论文之失》，《河南》，1908年第4-5期。

诗大为不满："删《诗》定礼，夭瘀国民思想之春华，阴以为帝王之右助，推其后祸，犹秦火也。夫孔子为中国文章之正宗，而束缚人心至于如此，则后之零落又何待夫言说欤。"[1]周作人提出的"人的文学"的核心亦是情感："个人以人类之一资格，用艺术的方法表现个人的感情，代表人类的意志，有影响于人间生活幸福的文学。"[2]我们再来看人本主义文学观的另一代表人物刘再复，他说："就最深刻的意义上说，文学是人的形象心理学。文学，最深刻意义在于表现人的心理，人的情感，人的灵魂。因此文学史固然也是人的社会风俗史，人的时代风貌史，但就其最深刻的意义上说，它是人的心理发展史，人的灵魂发展史。"[3]"研究文学的规律，最重要的是研究人的情感活动、心理活动，主体的审美方式、表现方式等等，也就是要特别注意文艺心理学、文艺价值学、主体情感论等学科的研究。"[4]刘再复还指出，"'文学是人学'命题的深化，就不仅要承认文学是精神主体学，而且要承认文学是深层的精神主体学，是具有人性深度和丰富情感的精神主体学"。[5]可见不管是"人的文学"还是"文学是人学"的命题，其中的情感都是作为文学的核心构成出现的。

再来看金开诚情感论的人本内涵。情感之所以重要，是因为它是人性的最核心的部分。情感之所以复杂，是因为人本来就是非常复杂的。情感具有个体差异性，是因为人作为个体本来就相

---

［1］　周作人：《论文章之意义暨其使命因及近时论文之失》，《河南》，1908 年第4-5 期。

［2］　周作人：《新文学的要求》，《艺术与生活》，岳麓书社，1989 年，第 23 页。

［3］　刘再复：《文学的反思》，人民文学出版社，1986 年，第 49 页。

［4］　刘再复：《文学的反思》，人民文学出版社，1986 年，第 51-52 页。

［5］　刘再复：《文学的反思》，人民文学出版社，1986 年，第 59 页。

互差异，彼此不同。情感具有舒泄性，是因为人本身就有抒发宣泄的本能需要。金开诚的情感论虽然导向了人本主义，但其局限也非常明显。首先是金开诚重视情感，却回避人性；认识到情感的复杂，却回避人性的复杂。于是，情感的重要性就不能落在实处。金开诚著述中涉及情感的论述很多，对情感的重要性也充分强调，却不能给人以人性的温暖，给文学以人性的光辉，不免令人遗憾。其次是金开诚将情感认识化，对情感的独特性以及在文艺活动中的特殊作用重视不够。金开诚强调情感总是和认识相联系的，是以认识内容为发生条件的，甚至情感本身也是要受认识控制和调节的。这样下去，情感的特殊价值势必被认识性所取代，而情感的独立地位也将不保。最后金开诚总是强调情感的理性方面（比如与认识的联系），对情感的非理性方面非常排斥。这是对人性的割裂，因为人是兼具理性和非理性的。文艺作品中的情感常常表现出非理性的特征来，而这往往正是符合人性的。由此得知，金开诚对人的复杂性、人性的深刻性认识是相当肤浅的，也可能是受到思想资源的限制和知识偏见的影响。比如在心理学资源上，他也能第一时间接触到探幽非理性、欲望、潜意识的弗洛伊德精神分析学，但对其学说始终敬而远之[1]。

第二节　主体论的文艺心理学

金开诚对文学的主体性和情感性虽然也非常重视，但终究坚守在反映论的僵硬框架下，知识陈旧，格局太小，步履维艰，行

---

[1]　金开诚：《意识流、潜意识问题漫谈》，《文艺心理学论稿》，北京大学出版社，1982年，第194-206页。

而不远，早已经跟不上时代日新月异的脚步，满足不了文学现实发展的迫切要求。于是在人道主义文艺思潮的浪涛涌来之际，文艺心理学随即搭上了主体论的快车，更加自觉地开始了人学视角的重建，这主要体现在刘再复和鲁枢元身上。

一、"性格组合论"

众所周知，刘再复的文论是以人本主义为核心的，"文学是人学"是其必彰显发扬之命题。他在《性格组合论》自序中交待了自己写作这本书的缘由："人的内心世界确实是一个神奇的宇宙。今天，人可以在遥深的第一宇宙中去探求奥秘，不也可以在自身的第二宇宙中探求更多的未知数吗？……在一段历史时期中，我们的土地上发生了种种奇异的精神现象，其中有一种就是竟然把天底下最复杂、最瑰丽的现象——人，看得那么简单，英雄像天界中的神明那么高大完美，'坏蛋'像地狱中的幽灵那样阴森可怖。这种人为地把人自身贫乏化，导致了文学的贫困化，也导致了民族精神世界的僵化。想到这里，我感到心里难以安宁。这段心灵的历程，正是我最初写作《性格组合论》的动因。"[1]进而言之，刘再复因不满于"阶级论"对人性的极度抽象和有意扭曲，才着手进行文学人物的性格研究。而"阶级论"的要义在于否定人的主体性，以阶级属性代替人性的全部，使文学人物成为阶级关系的图解，而文学活动沦为阶级斗争的工具。刘再复对人物性格的探索正是对文学主体性的呼唤："我写这本书，正是以微弱的声音呼唤文学的灵魂，寻找文学的轨迹，探求人的真实世界。我以我的努力，为恢复人在文学中的主体性地位而努力。"

---

[1]　刘再复：《性格组合论》，安徽文艺出版社，1999 年，自序第 4 页。

刘再复对"主体"下的定义是："所谓主体，在文学艺术中，包括作为创造主体的作家，作为对象主体的人物，作为接受主体的读者。所谓主体性，就是人之所以为人的那种特性，它既包括人的主观需求，也包括人通过实践活动对客观世界的理解和把握。"刘再复认为文学人物必须具备主体性才会有审美价值，为此必须坚决反对"物本主义"和"神本主义"的"阶级论"人物性格模式："在这本书中，我所研究的是人物形象。我相信，作为作家笔下的人物，只有当它获得主体性的地位时，它才是活生生的充满着血肉的形象。应当把人当作人，不应当把人降低为物，降低为工具和傀儡，这种物本主义只会造成人物的枯死。也不应当把人变成神，这实际上又把人变成理念的化身，这种神本主义必然剥夺人的丰富性。我相信，物本主义和神本主义只能把文学艺术引向末路。"[1]

《性格组合论》是刘再复研究文学性格的重要成果，其实也是当代文艺心理学的意外收获。刘再复在这本书里首先在纵向上勾勒出了小说历史进化的一般轮廓，并把它高度概括成三个发展阶段："生活故事化的展示阶段""人物性格化的展示阶段""内心世界审美化的展示阶段"。在这三个阶段中，刘再复最为重视"内心世界审美化"，将之视为小说发展的最高形态。"内心世界审美化"有两个形式："一种是未从传统叙述体小说的母体中独立出来的形式，一种是从传统叙述体小说的母体中完全摆脱出来的形式，即意识流小说。"刘再复指出："前一种形式，处于传统叙述体小说的范围内，但在塑造人物形象，特别是在塑造审

---

[1]　以上未注见刘再复：《性格组合论》，安徽文艺出版社，1999 年，第 4 页。

美价值很高的典型性格时，已向内心世界发展，发掘人物性格深层结构中的矛盾内容，写出'灵魂的深'，把人物内在世界作为自己的审美对象和表现对象。他们所展示的内心世界，是一个不安、骚动、拼搏的世界，但又是一个诗意化了的生气勃勃的世界。"所以"人物性格化"阶段同样可以追求"内心世界审美化"，他以陀思妥耶夫斯基的小说为例指出："这种小说准确地说，是'人物性格化'阶段和'内心世界审美化'阶段的交叉形式。首先，它的重心仍然放在塑造典型性格上，它的各种手段，都围绕这个重心，因此它可以说是属于人物性格化展示阶段的历史范畴。但是，它又把性格深化到人的内心世界，并充分地展示人物内心的感觉、幻觉、冲突、痛苦等等，因此，它又步入内心世界审美化的阶段。"[1]

　　刘再复把"内心世界审美化"作为小说发展的第三阶段形态，却又认为第二阶段"人物性格化"也可以做到"内心世界审美化"，这犯了归纳概括不够严密的失误，但我们看到刘再复把"内心世界审美化"作为小说审美、人物美学的最高法则，并由之推衍出"性格二重组合原理"，这是他对当代文艺心理学的重要贡献。在我们看来，刘再复的"内心世界审美化"的奥秘正是"性格二重组合原理"，刘再复对前者的阐释正是为了推出后者。人的内心世界是怎样的？又是如何审美化的？这些问题都要通过"性格二重组合原理"来解释：

　　　　内心世界的审美化，并不是要求作家表现人物的内心世

---

[1]　以上未注见刘再复：《性格组合论》，安徽文艺出版社，1999年，第42页。

界时都是至真至善至美的。……真实的内心世界的审美化，是让文学作品的接受者看到真实的人的感情，真实的人的内心世界，看到人的内心世界中善与恶、美与丑两种心理能量的互相碰击，互相转化，即看到任何一个人的内心活动都是一种矛盾状态，它的活动形式，都是一种双向逆反运动，都是一种活生生的不断变化着的二重组合运动。不论是传统叙述体小说中写出来的深邃的灵魂，还是现代优秀小说作家笔下所显示的人物的灵魂，其所以有较高的审美价值，恰恰不是在于他所展示的是一种单一化的、刻板化的人的灵魂，绝对化的善的化身或绝对化的恶的化身，而是展示人的各种内在的性格元素、心理元素所组合的复杂图景，在这种复杂图景中，我们可看到人的灵魂深处，善与恶，美与丑，悲与喜，崇高与滑稽，圣洁与鄙俗，伟大与渺小，天使与魔鬼，光明与黑暗等的激烈拼搏，这种拼搏使小说中的人物的内心世界不是一潭死水，而是波澜起伏的江河，它不断地动荡，不断地突破平衡态，又不断地回归到平衡态，这种二重因素互相拼搏、互相转化，便成为人物性格多样性和复杂性的内在机制。[1]

刘再复进一步指出"性格二重组合原理"的根基是人的性格的"两极性"：

任何一个人，不管性格多么复杂，都是由相反两极所构

---

[1] 刘再复：《性格组合论》，安徽文艺出版社，1999年，第52页。

成的。这种正反的两极，从生物的进化角度看，有保留动物原始需求的动物性一极，有超越动物性特征的社会性一极，从而构成所谓'灵与肉'的矛盾；从个人与人类社会总体的关系来看，有适于社会前进要求的肯定性的一极，又有不适应社会前进要求的否定性的一极；从人的伦理角度来看，有善的一极，也有恶的一极；从人的社会实践角度来看，有真的一极，也有假的一极；从人的审美角度来看，有美的一极，也有丑的一极。此外，还可以从其他角度展示悲与喜、刚与柔、粗与细、崇高与滑稽等等的性格两极的矛盾运动。任何性格，任何心理状态，都是上述两极内容按照一定的结构方式进行组合的表现。性格的二重组合，就是性格两极的排列组合。[1]

　　性格的二重组合具有"整体性"。刘再复指出："人物性格的二重结构，是一个有机的整体。它既不是单一结构，凝固结构，也不是分裂结构。性格二重组合原理，一方面要求作家应当表现人物性格的丰富性、复杂性，另一方面又要求性格的整体性，即在性格的二重组合中保持一种统治的定性，一种决定性格运动方向的主导因素。"[2]也就是说性格的"两极性"是真实的状态，但是，性格的两极并不是随意组合、任意发展的，而是要在性格两极的排列组合、发展运动中保持"相对性、稳定性、一贯性"，即"性格的一元化"。做到"两极性"和"一元化"的和谐统一，就实现了性格二重组合的整体性，只有这样"才完整地把握了二

[1]　刘再复：《性格组合论》，安徽文艺出版社，1999年，第60页。
[2]　刘再复：《性格组合论》，安徽文艺出版社，1999年，第113页。

重组合的美学原理，也才能达到性格美的和谐"。[1] 所以，刘再复提出文学性格的"两极性"并不是主张文学上的人格分裂，他将文学性格的二重结构归为"性格的常态"，"是经过自我分化和自我克服而有机组合成的一个完整人格，即整一性的全人格"，而与之相对的是"性格的精神病态"，"只能自我分裂，却不能自我克服和自我联结，无法组合成一个完整人格"。[2]

在刘再复看来，"性格二重组合"不是表层意义上的"性格二重因素的简单组合"，这种简单组合"没有展示人物性格深层结构中的矛盾拼搏的动态内容"[3]。这种表层意义上的二重组合很容易被庸俗化或简化为性格公式，脱离了整个性格的有机系统，强加在人物外在特性上，比如"写英雄脚上的癣疾，汉奸头上的光环"。相对表层意义上的二重组合，"二重组合的深层意义，则是指性格内部深层结构中，即人的内心世界中的矛盾搏斗，以及这种拼搏引起的不安、动荡、痛苦等复杂情感"。这就要求作家在表现人的性格的时候，"不仅要写出人的性格表层静态性质的二重因素，而且要写出人的各种性格因素在性格内部世界中的复杂动态过程，写出人的灵魂前进和退却以及堕落时，受到社会关系和反映这种关系的其他心理因素的牵制而发生的矛盾交织状态和矛盾运动历程"。深层意义上的二重组合才具有美学价值："一个丰富的性格，仅仅表现在横向上的'杂多'是不够的，更重要的是表现在纵向上的'深邃'，即表现出性格深层结构中的矛盾内容。能够写出人物性格深处的动荡、不安、痛苦、搏斗，

[1]　刘再复：《性格组合论》，安徽文艺出版社，1999年，第114页。
[2]　刘再复：《性格组合论》，安徽文艺出版社，1999年，第126页。
[3]　刘再复：《性格组合论》，安徽文艺出版社，1999年，第149页。

特别容易使性格丰满，特别容易使人物形象富有感染力。"只有掌握了深层意义上的二重组合，才能创造出人物的"灵魂的深邃"，才会让人惊叹"深不可测"，感受到"不可言传，不可理喻"的深奥。[1]

刘再复发现，有些作家在克服性格单一化的恶劣倾向之后，又发生机械拼凑的倾向，而"产生机械拼凑的原因，是作家还没有真正地理解复杂万分的人；还未了解人的性格世界并不是'优点加缺点'那样分明，那样确定"，针对于此，刘再复提出人的性格世界带有很大的模糊性特征。而模糊性既是艺术形象的本质特点之一，也是人物形象的本质特点之一。[2] 所以性格二重组合过程也是具有模糊性的：

> 人物性格的模糊性，既是构成性格的各种元素不确定性在整体上的总和，又是各种元素不稳定性在整体上的总和。众多的性格参数形成性格的复杂性，从而也形成性格内涵的不确定性；众多的变量（性格元素的变动流迁）形成性格的流动性，从而也形成性格的不稳定性。而复杂性与流动性的不断综合，便使人的性格运动形成一种极为复杂的动态过程，从而使人物性格不可能获得科学概念那种精确性。[3]

提出人物性格的模糊性有助于克服人物类属的机械划分及其弊病。刘再复指出："人物性格的二重组合过程就表现为一种模

---

[1] 以上未注见刘再复：《性格组合论》，安徽文艺出版社，1999年，第151-153页。
[2] 以上未注见刘再复：《性格组合论》，安徽文艺出版社，1999年，第288-289页。
[3] 刘再复：《性格组合论》，安徽文艺出版社，1999年，第289页。

糊集合过程，人物形象也是一种模糊集合体。一些具有较高审美价值的典型性格，就是这种模糊集合体，因此，人们就很难用'好人'、'坏人'等明确概念来规范他们，甚至也很难用'正面人物'、'反面人物'、'中间人物'这种现实语言来规范他们。"[1]

　　通过性格二重组合原理，刘再复重点阐释了人物性格的"两极性""整体性""深层性""模糊性"，而这四个方面其实围绕着一个核心展开，那就是人物性格的"复杂性"，以往我们犯的主要错误就是把人看得太简单了，降低为物或抬高成神，都是对人的内心世界的简化和歪曲，导致人物性格虚假难以动人，人物形象单薄缺少血肉。在性格复杂性的基础上，刘再复重申"文学是人学"；同样，在性格复杂性的基础上，刘再复试图恢复人在文学中的主体性地位：

　　　　文学是人学，这个命题永远不会过时。人，这个宇宙间最辉煌、最瑰丽的生命现象，也是最神奇的现象。当我们看到人可以制造出宇宙飞船，把自己的本质力量伸延到无穷的星空时，当我们看到托尔斯泰的思想活水凝聚成九十卷本的《托尔斯泰全集》时，我们总是禁不住要赞叹，人呵人，真是不可思议。这个不可思议的辉煌世界，是一个充满着偶然性的世界，是一个充满着无限可能性的世界，正是这种展示无限可能性的生命，才是人的生命，才是人的本质必然。人是那样聪明地认识客观世界，那样敏锐地意识到客观世界的变幻无穷，但是，人对本身中所蕴藏的一个神奇的世界，却

_____

[1]　刘再复：《性格组合论》，安徽文艺出版社，1999 年，第 307 页。

往往遗忘了，疏忽了，看得太简单了。人竟然常常忘记自己是万物之灵，是宇宙中各种奇丽现象中最奇丽的现象。中外文学史上的大文豪，他们的成功，他们的杰出之处，恰恰就在于没有忘记这一点，没有把人看得太简单。我想，我们也应当有一个巨大的觉醒，不要再为任何简单化、概念化辩护，而应当大胆地打开人的世界，展开人的内心世界的万千图景，研究这个最伟大、最神秘、最复杂的内在自然，研究这个自然界的各个曲线和各种微妙的组合，感受这个世界的无限可能性。那种只会沿着一种可能性，一种形式逻辑方向去塑造艺术形象的作家，绝不会获得真正的成功。[1]

上面这段激情四射的文字表现了刘再复的主体论文学观，但我们也感到刘再复似乎把人抬得太高，"最辉煌""最瑰丽""最神奇""最奇丽""最伟大""最神秘""最复杂"，七个"最"无以复加，而"无限可能性"把人的生理、时空局限性打翻在地，"万物之灵"更导向"人类中心主义"的自大与狂妄，凡此种种使得刘再复的人本主义成了另一种形式的"神本主义"。我们认为，文学解放了人的主体性，但不是要就此创造新的神，文学不仅要解决人的身心、灵肉冲突，也要致力于人与自然的和谐共处，而在刘再复笔下常常暴露出现代生态观念的某种匮乏："人的自然欲求在很大程度上还反映着人受自然的支配，而人的文化欲求则力图摆脱这种支配，而要支配自然。因而，人在大自然面前实际上是双重身份，即是自觉主动追求的主体，是有目的、有意识、

[1]　刘再复：《性格组合论》，安徽文艺出版社，1999年，第374-375页。

永远向往着明天的特殊生命，它表现出主宰自然的性格，显示出支配自然、改造自然的力量。因此，人在自然面前表现出伟大性。另一方面，人又常常表现出渺小性，他不能不受制于自然律，无法超越某些自然界的支配，也无法摆脱某些莫名其妙的命运的支配，他必然按自然律的强制去求得某种本能的满足，有时简直是自然的奴隶。"[1]

二、"创作主体"论

如果说刘再复的《性格组合论》侧重在对文学人物主体性的阐述，鲁枢元的《创作心理研究》论述重心则是作家主体性在文艺心理学上的证明。

就像刘再复在论证文学人物主体性时提出的"内心世界审美化""性格二重组合""双向逆反运动"等新概念，鲁枢元在论证作家主体性时也阐述了若干令人感觉一新的概念，如"情绪记忆""艺术知觉""心理定势""创作心境"等。对此，我们一方面惊叹于它们的理论潜力并不逊色于刘再复的"性格二重组合原理"，另一方面我们在理性的锋刃背后同样触摸到了浓郁的人本主义情怀。不妨以最为人称道的"情绪记忆"为例进行分析。在鲁枢元看来，情绪记忆"包含下述两方面的含义，即：对于记忆对象的性质而言，它是对于人类生活中关于情感、情绪方面的记忆；对于记忆主体的心理活动特征而言，它是一种凭借身心感受和心灵体验的记忆，体现为主体的一种积极能动的心理活动过程"。[2]上述界定中"情感""情绪""身心感受""心灵体验""积极能动"这些富有主体特征的关键词纷至沓来，屡屡传递出人性

[1]　刘再复：《性格组合论》，安徽文艺出版社，1999年，第387页。
[2]　鲁枢元：《创作心理研究》，黄河文艺出版社，1987年，第47页。

温暖和人文关怀。正如张婷婷所指出的，"'情绪记忆'的提出，相对于认知心理学的'表象'，由于增添了一个文学家心灵情感的维度，而为文学素材的积累注入了一种特殊的审美素质，它不再是文学家列于现实生活的理性的反映与认识，而带有强烈的感性体验的意味，成为一种刻骨铭心地存留在浓浓情绪之中的昔日印象，一种文学家对自身曾经有过的深切心灵体验的回味和顾盼。于是，这个文学创作准备阶段的审美心理胚胎，便为整个文学创作中那个具有独立个性的艺术生命体的诞生提供了基础"[1]。鲁枢元通过"情绪记忆"等概念告诉我们："在社会生活和文艺作品之间横亘着的并不是一面什么'镜子'，而是一个人，一个活生生、有血有肉、有思想、有感情、有意志、有创造性的人，一个为任何具备复杂物理属性的'镜子'也远莫能比的人。"[2]当然这个"人"不是物，不是工具，不是对象，人没那么简单，人必须是一种主体的存在。由此出发，作家作为创作主体的地位必须被承认。

鲁枢元在《艺术表现的中介》一文中阐述了创作主体在创作过程中的四个关键作用："创作冲动的勃发萌生于创作主体的需求和欲望"；"作品素材的选择受制于创作主体的兴趣和意向"；"审美意象的呈现有赖于创作主体的记忆和经验"；"作品主题的确定在很大程度上服从于创作主体的信念与理想"[3]。不仅如此，鲁枢元还从更高的层次上论证了作家在创作活动中的主体地位。首先，文艺创作过程是以创作主体为中介的。创作主体是

［1］　张婷婷：《中国20世纪文艺学学术史》第四部，中国社会科学出版社，2007年，第109页。
［2］　鲁枢元：《创作心理研究》，黄河文艺出版社，1987年，第188页。
［3］　鲁枢元：《创作心理研究》，黄河文艺出版社，1987年，第215-220页。

"一切艺术表现活动过程中的一个关键性的中间环节"，"是创作流程中物质与精神、外部与内部、自然与社会、生活与艺术的一个交汇点"，"外界生活中的一切，只有经过文艺家这个主体心灵的陶冶，才能变成艺术的；而艺术中的一切，又总是经过文艺家这个主体心理之光的扫描与透射、辉映与浸洗的"。[1]
其次，文艺创作过程是以创作主体为主导的。"文学作品也不应该被看作是对某种外界事物毫无生气的'忠实'反映。而应该看到，在文学创作中，文学家不但对外界事物进行了反映，同时也对客观外界事物进行了'人化'，进行了人的审美意识化。文学作品中所反映的社会生活同时也融注进了文学家自己的心血和生命、意志和感情，这样，文学作品才具备了真正的艺术生命。因而，文学不能看作社会生活的直接反映，而应该看作一种物质世界和文学家心理世界（如资禀、气质、人格、性情、思想、才学等）的有机结合体，而且，在这一精神产品的生产过程中起主导作用的，还应该是文学家的创作实践活动。"[2] 再次，文艺作品的感染力来自创作主体的心灵。"文艺家如何才能拨动欣赏者那心灵的琴弦呢？只能用他自己的那颗颤抖的心，文艺家如何对世人那心灵的海洋进行无微不至的勘测呢？他只有把自己的心和世人的心紧紧地贴在一起，融和在一起。文学家在作品中写人物的心，也是在写自己的心，用自己的心去换读者的心。……写心灵，就要用文艺家的心来写，不仅是写人，文艺家对他所描绘的一切对象，都应当融化进自己的心灵。"[3] 最后，文艺作品的

[1] 鲁枢元：《创作心理研究》，黄河文艺出版社，1987年，第221页。
[2] 鲁枢元：《创作心理研究》，黄河文艺出版社，1987年，第34页。
[3] 鲁枢元：《创作心理研究》，黄河文艺出版社，1987年，第197页。

独创性来自创作主体的独特个性。"对文艺创作来说，透过文艺家的'自我'这块晶体折射出某个方面的社会生活，通过文艺家自己的心胸来描绘客观的外部世界，通过文艺家的个性展现出社会生活中某种共性的东西，是一个基本的艺术规律。在成功的文艺作品中，表现作家艺术家的个性与表现社会生活总是有机统一着的，文艺家自己的人格存在，总是他的作品独创性的一个心理方面的基础。"[1]

　　从以上论述不难发现鲁枢元的文艺心理学关键词：尊重文学，尊重作家，尊重人性。这是他进行文艺心理学研究的人学初衷，也是他的鲜明的人本特色。究其思想渊源，鲁枢元继承和发扬了现代以来的以周作人、胡风、钱谷融为代表的人道主义文学传统，比如他在一次文艺心理学研讨会上强调："文学和心理学都是人学，应该突出人，人的生命存在。文艺心理学研究应当有益于健全和丰富人的精神品格，改善人的生存状态。"[2]很明显，这种观点在文学观念上非常类似于周作人首倡的"人的文学"："……个人以人类之一的资格，用艺术的方法表现个人的感情，代表人类的意志，有影响于人间生活幸福的文学。"[3]正如刘锋杰所指出的："至80年代崛起人本主义的'主体论批评'，它与20年代的人的文学遥相呼应，更证实人的文学原是一个世纪的批评之梦。"[4]鲁枢元强调文艺创作中作家需要对反映对象融注"自己的心血和生命、意志和感情"，[5]胡风同样主张："一个诚

[1]　鲁枢元：《创作心理研究》，黄河文艺出版社，1987年，第212页。
[2]　杨文虎：《一九八九年全国文艺心理学研讨会综述》，《文艺理论研究》，1989年第6期。
[3]　周作人：《艺术与生活》，岳麓书社，1989年，第23页。
[4]　刘锋杰：《人的文学及意义》，江苏人民出版社，2005年，第10页。
[5]　鲁枢元：《创作心理研究》，黄河文艺出版社，1987年，第34页。

实的作家所爱的是活的人生真实。他所追求的也正是这个。用他自己的五官和思考认真地体识了的，成了他自己的东西的东西，才能够使作家在描写过程上和他的对象融合，才能够使作家所表现的是他自己的肉体和心灵把握到了的真实。"[1] 鲁枢元借文艺心理学突显创作主体的地位，指出："人们常说'文学是人学'这句话中起码包含着三层意思：文学是写人的，文学是写给人看的，文学是人写的。然而这最后一层意思，长期以来却被我们许多文学理论家们忽略了。……用心理学的眼光看文学，文学作品必然是文学家的实践活动、生命活动、心理活动的结晶。文学作品的品位高下，总是由文学家心灵的深度和广度决定着的。文学创造的难能之处在于斯，可贵之处亦在于斯。"[2] 鲁在此处强调"文学是人写的"，显然是对钱谷融的"文学是人学"从对象主体（借用刘再复的说法）到创作主体的自然延伸。

从研究思路来看，鲁枢元打开了文学、心理学、人学三者的通道，把人学作为联结文学与心理学的中介，以此作为新时期文艺心理学重建的理论基础和价值取向。鲁枢元称"文学和心理学都是人学"[3]，那么，从文学的角度看心理学，其人学意义是什么呢？答案在《心理学与文学观念的变迁》一文中。鲁枢元指出，心理学改变了我们对人的简单化认识："仅从心理学的角度来看，人，原来竟是这样复杂！其实，人本来就是这样复杂，而且我们中国人和西方人一样复杂，甚至比西方人更复杂，简单了的只是我们的关于人的理论。"其文学意义在于，"一个时代的

---

[1] 胡风：《七年忌》，《胡风评论集》上册，人民文学出版社，1984年，第164页。
[2] 鲁枢元：《创作心理研究》，黄河文艺出版社，1987年，第7-8页。
[3] 杨文虎：《一九八九年全国文艺心理学研讨会综述》，《文艺理论研究》，1989年第6期。

文学观念，总是立足于一个时代对于人自身的认识水平之上的。人的观念复杂起来，文学开始自觉地表现人的这种复杂性，心理学不时地为印证人的这种复杂性提供着种种理论上的根据"。[1]心理学还论证了创作主体心理世界的相对独立性："现代心理学证实，在人的生活中，不但存在着一个物理的世界，还存在着一个心理的世界。二者并不完全吻合，其间存在着'距离'、'差异'、'倾斜'、'错位'。而这种距离、差异、倾斜和错位在常规的科学研究或技术操作中，可能属于一个有待排除的障碍或有待攻克的难关，而在文学艺术中，它们则完全可以是一个合理的存在、必要的存在。这种距离、差异、倾斜、错位，恰恰体现了文学艺术家心灵的创造。"[2]最后，心理学论证了创作主体的能动性，"从心理学的角度看，文学对生活的反映，也只能是一种主观的反映。在文学作品与实际生活之间横置着的并不是任何一种意义上的镜子，而是一个活生生的，独立自主的人。文学的反映，不能没有文学家个人在审美注意方面的选择性，在艺术知觉方面的需求性，在文学体验方面的情绪性。这些，当然也可以说是文学反映的主观性，偏颇性，但是，没有它们，就没有艺术作品的个性与独创性"[3]。由此可知，人学乃是文艺心理学的题中应有之义，无怪乎王先霈也称"文艺心理学是人学"了。

不过，鲁枢元文艺心理学的人学范式虽然较金开诚的认知范式更为先进，但也未必无可指摘。夏中义曾指出金开诚方法论之失，"艺术作为有别于科学的审美活动，它本是一种非纯认知性

---

[1] 鲁枢元：《创作心理研究》，黄河文艺出版社，1987年，第19页。
[2] 鲁枢元：《创作心理研究》，黄河文艺出版社，1987年，第21页。
[3] 鲁枢元：《创作心理研究》，黄河文艺出版社，1987年，第22-23页。

的精神创造，故也就不可能与认知心理学全部接壤，准确地说，
艺术中会夹缠某些认知因素，但认知绝非是艺术的本体属性"。[1]
同理，对于鲁枢元人学取向的文艺心理学，我们是不是也可以断
定，文学中会夹缠人学因素，但它并非文学的本体属性呢？毕竟
文学并不是以人学区别于其他精神领域而自立的。

第三节　情感论的文艺心理学

吕俊华是我们的"新时期"文艺心理学之旅不能错过的一站。
他的《艺术创作与变态心理》一书出版于 1987 年，与金开诚的《文
艺心理学概论》几乎同时。吕俊华对情感这一文艺心理核心问题
的研究采取了新的研究视角，得出了与金开诚大相径庭的结论，
是新时期人本主义文艺心理学的重要成果，但他的研究也在一定
程度上推动了人学范式的解体。

一、变态心理与艺术创作

吕俊华在研究情感问题采取了非常独特的视角，即从文艺活
动中的变态心理入手。吕俊华在前言一开始就引述了精神病学对
变态心理的界定："所谓变态心理，其最显著的特征就是虚实不
分，真假莫辨，混淆现实与想象或幻想的界限，把想象或幻想当
成真实，把心理的东西当成物理的东西。他们在内心里建立一个
现实世界。在这个世界里，他们似乎觉得有充分的信心；他生活
在自己的世界里，人们所理解的现实的共同因素对他来说是不真
实的。他根据自己的感觉来解释一切事物，而不顾也不了解实际

---

[1]　夏中义：《新潮的螺旋——新时期文艺心理学批判》，《文学评论》，1989 年
第 2 期。

的情况。总之，对精神病人来说，真正的现实被抹杀了，而代之以内在的现实，所以精神病患者实际生活在想象或幻想的世界中……过着一种梦幻的生活。"[1]那么文艺活动与精神病范畴的变态心理有何关联呢？吕俊华通过大量的例证指出心理上的常态与变态并没有绝对的界限："世界上没有绝对常态的人，也没有绝对变态的人。任何常态的人都有几分变态，而任何变态的人也都有几分常态。就心理内容来说，变态心理与常态心理是没有区别的，变态并没有特殊的不同于常态的心理内容。两者只是表现形式不同。……变态行为和心理过程是常态功能的扩大或缩小。在常态中，更多的受现实的逻辑法则支配，在变态中则主要受生物—社会本能支配。任何人都不可能不同时受这两种法则支配，只是轻重有所不同而已。"[2]只有在打破世俗偏见后才可能从心理变态的角度研究艺术创作规律，吕俊华在前言最后总结道："所谓变态心理并不那么神秘，也并不那么'反常'。这样我们就可以谈谈艺术创作中的变态心理了。"[3]

艺术创作中的变态心理首先表现在"人我不分，物我一体"[4]。对文艺理论稍有了解都会知道，在文艺创作中，人我不分、主客一体、物我两忘是很自然、普遍的心理现象。吕俊华把它作为一种变态心理，这应属他的创见。为什么在文艺创作中会发生人我不分的变态心理现象呢？吕俊华指出："人我不分即推己及人，设身处地或易地而处，也就是以己之心度人之腹。"[5]

---

[1] 吕俊华：《艺术创作与变态心理》，三联书店，1987年，前言第1页。
[2] 吕俊华：《艺术创作与变态心理》，三联书店，1987年，前言第2页。
[3] 吕俊华：《艺术创作与变态心理》，三联书店，1987年，前言第5页。
[4] 吕俊华：《艺术创作与变态心理》，三联书店，1987年，第1页。
[5] 吕俊华：《艺术创作与变态心理》，三联书店，1987年，第17页。

表现在艺术创作活动就是："艺术家不仅在想象中，在心理上与对象合而为一，而且在生理上都引起了反应，达到与所创造的人物感同身受的境地。"[1] 显然，诗人、作家、艺术家若处处与笔下对象人物划清界限、保持距离则无法进行创作，即使勉强创作也无法达到要求。艺术创作中的人我不分是一种心理变态现象，却是符合艺术规律的，对此吕俊华解释道："艺术家在创作过程中必然生活在自己虚构的场景中，虚构的人物脱离他而独立存在，并左右作者的笔锋，好像幻觉的强度成为真实性的唯一源泉。对他来说，整个世界都不存在了，他忘了他自己，他的人物反而成了真我。"[2] 人我不分是推己及人，物我一体则是推己及物："艺术家在创造中还常常把无灵魂、无生命的东西看成有灵魂、有生命的。也就是说，他不但人我不分，还常常物我不分或物我两忘，即把物看成自己，或把自己看成物。"[3] 由此可知，当艺术创作的对象是无灵魂、无生命的东西时，人我不分就推衍为物我一体。就像非人我不分不可写人，非物我一体则不可写物，物我一体虽是心理变态现象，却也是符合艺术规律的。吕俊华指出："艺术家对宇宙万物主要不是自觉地用理智去分析、宰割，而是非自然地用感情，用变态心理去综合、把握。"用情于物，进而"把万物都看成像自己一样有生命、有灵魂，有喜怒哀乐之情的精神实体"[4] 而亲近之与融入之，进而主客一体、物我两忘，这就是艺术创作中的"物我一体"。

　　艺术创作中的变态心理的另一种表现是发生错觉和幻觉。吕

[1]　吕俊华：《艺术创作与变态心理》，三联书店，1987年，第18页。
[2]　吕俊华：《艺术创作与变态心理》，三联书店，1987年，第22页。
[3]　吕俊华：《艺术创作与变态心理》，三联书店，1987年，第24页。
[4]　以上未注见吕俊华：《艺术创作与变态心理》，三联书店，1987年，第29页。

俊华指出："错觉和幻觉在艺术创作中是常见的，甚至是必然出现的现象。""艺术家在创作中，也每每发生错觉和幻觉，仿佛丧失了自我意识的指导而陷入迷妄混茫状态，有如精神病患者一样。""所谓错觉，即对客观物象的一种错误的知觉。在错觉里，还有一种实际的感觉刺激物，只是被错误地知觉了，或在经验中被歪曲了；幻觉则是没有外物刺激而出现的虚假的知觉，即知觉到某种东西好像存在，而实际上并无感觉刺激来自哪个地方，但也和那种有实在物象刺激的真实知觉一样真实。"不过，"错觉和幻觉很难明确划分"，所以后文中吕俊华常将之统称为"幻觉"。其实在"人我不分，物我一体"的创作状态中已有错觉和幻觉的因素，但主要还是主体与对象间的融合，还没有发展成错觉和幻觉。[1]艺术家在创作过程中常会出现幻视、幻听等各种幻觉现象，吕俊华对此强调道，幻觉不仅是创作过程的副产品，还是创作的源泉，艺术家常常要借助幻觉来创作。[2]所以，"在某种意义上，艺术作品就是艺术家的幻觉系统"。[3]文艺创作中的幻觉有两种产生机制。一是"虚静致幻"，即"感官倦怠或身心闲逸之际"，"处于又睡又醒、半睡半醒的状态时，这时最容易陷入沉思冥想、忘却现实而进入幻境"。"当我们心地空明之时，小立窗前，远望外界实景往往不知不觉间忽觉渺渺茫茫，宛如置身上界清都，忘却尚在人世。这也是虚静致幻。"[4]吕俊华指出，虚静之所以致幻"是因为在虚静中，意识的控制力减弱，因而潜意识得以涌现；自觉性消弱，非自觉性提高；常态心理放松，变

---

[1]　以上未注见吕俊华：《艺术创作与变态心理》，三联书店，1987年，第78-79页。
[2]　吕俊华：《艺术创作与变态心理》，三联书店，1987年，第84页。
[3]　吕俊华：《艺术创作与变态心理》，三联书店，1987年，第88页。
[4]　吕俊华：《艺术创作与变态心理》，三联书店，1987年，第89页。

态心理增强。这就为感情的充分自由的活动创造了条件"。[1]
艺术创作需要与现实世俗功利隔离而进入自由的境界，而虚静的
实质正是脱俗忘利，虚静产生的幻觉也正因此与艺术真谛相合，
成为艺术创作的常备或必需品。幻觉的另一种产生机制是"炽情
致幻"："处在某种强烈的情绪的支配之下，也可以使人发生偏
见，使知觉模糊，进而产生幻觉……在激情或痴情和炽情的推动
下，想象会完全歪曲或夸大事物，强烈的感情会产生真实的事件，
即真切的幻象。"[2]而艺术创作是强烈的感情活动，就此而言，
"艺术创作中，幻觉的出现更为普遍和经常"。[3]吕俊华认为
这两种产生机制是"殊途同归，各尽其妙"的，不管是虚静致幻
还是炽情致幻都是"非自觉或不自知的"，而艺术创作中"如果
承认错觉、幻觉是普遍存在的，也就必须承认非自觉状态，不但
是必然的，而且也是必需的"。[4]

吕俊华通过变态心理解释艺术创作规律是颇具美学意味的。
吕著中列举了艺术创作中的变态现象后指出："在艺术创作中，
感情活动的非自觉性，意味着自我意识的完全的或一定程度的丧
失。而自我意识的丧失又意味着主客一体或人我不分物我两忘。
这很类似精神病患者误把幻想当现实的那种心理状态。"[5]吕
俊华告诉我们，正是由于变态心理，弱化了主体的自我意识，才
使得创作主体进入主客体融合为一的心理状态，这也正是进入创
作状态的心理前提。至于主体在创作中还经常出现的错觉、幻觉

[1] 吕俊华：《艺术创作与变态心理》，三联书店，1987年，第94页。
[2] 吕俊华：《艺术创作与变态心理》，三联书店，1987年，第102-103页。
[3] 吕俊华：《艺术创作与变态心理》，三联书店，1987年，第110页。
[4] 吕俊华：《艺术创作与变态心理》，三联书店，1987年，第116页。
[5] 吕俊华：《艺术创作与变态心理》，三联书店，1987年，第16页。

等认知上的"错乱"现象，吕俊华指出："错觉和幻觉在艺术创作中是常见的，甚至是必然出现的现象。"[1]吕俊华甚至提出，"只有通过幻象才能写出真实"。[2]而当主体在创作中获得极大的精神满足时出现的"高峰体验"，在吕俊华的解读下也是以变态心理为表现的："马思罗（马斯洛）认为，高峰体验是生活中最奇妙的体验。只有在出奇的关键时刻或伟大的创造时刻才会产生。在高峰体验中，……我们通常列入认知范畴的那些知觉或者暂时消失，或者属于从属地位，即对其他物象听而不闻，视而不见，注意力只被一种知觉对象全盘吸引。有时达到把知觉者和被知觉的事物融为一体的感觉。人一旦进入这个境界，就会失去自我意识而与宇宙合而为一。"[3]从以上引述可知吕俊华深谙艺术三昧，尤其对艺术家对世界的独特把握方式有着深刻认识。

二、"情是本体"

吕俊华所说的变态心理是以情感为核心的。变态是抒发感情的必然结果："正如饥思食、渴思饮一样，人有情就要宣泄、抒发，否则便活不下去。这是人的生物、生理—心理要求，是普遍的自然—社会现象。而宣泄、抒发就要有点反常或变态；不反常、不变态则感情无由宣泄和抒发。变态的深浅、久暂是与感情的强度成比例的。"[4]心理状态上常态与变态的分界线是情感："常态是实用的，变态是抒情的。"[5]变态心理表现的正是人情和人性："发狂和变态是情的王国，人情和人性往往在狂态中才可

[1]　吕俊华：《艺术创作与变态心理》，三联书店，1987年，第78页。
[2]　吕俊华：《艺术创作与变态心理》，三联书店，1987年，第80页。
[3]　吕俊华：《艺术创作与变态心理》，三联书店，1987年，第51-52页。
[4]　吕俊华：《艺术创作与变态心理》，三联书店，1987年，第5-6页。
[5]　吕俊华：《艺术创作与变态心理》，三联书店，1987年，第118页。

以淋漓尽致他（地）表现出来，……"[1]吕俊华认为情感活动
的自发性、非自觉性是导致变态心理状态产生的主要原因，"感
情活动也是这样，正当抒发之际，他总是不自觉在抒发，他当时
不能反思自己的感情，一旦自觉或反思自己的抒发，抒情活动将
立即停止。愈是不自觉，愈是陷入变态，也就愈能充分抒发；而
愈是充分抒发，愈是变态，也便愈不自觉"。"在艺术创作中，
感情活动的非自觉性，意味着自我意识的完全的或一定程度的丧
失。而自我意识的丧失又意味着主客一体或人我不分、物我两
忘。"[2]而艺术创作中错觉和幻觉的产生归根到底也是由情感
推动的。虚静能够导致艺术幻觉的产生，所以虚静"并不是一个
消极的概念，而是一种高度平衡的心理状态，是一种积极的最富
于创造性的情态"，根源在于"虚静并非无情而是更深沉更强烈
的情，是更高级的情，或情的升华"[3]。至于"炽情致幻"更
是不用说了，强烈的感情活动直接推动了幻觉的产生。

　　如果说变态心理抓住了艺术创作的本质特征，那么感情则抓
住了艺术创作的核心要素，考虑到艺术创作是一种人类特有的高
级精神活动，对人类的情感的地位和作用就需要做出重新评估。
吕俊华因此指出："情感是人类生命的本质力量，是人类创造力
量的源泉。……人愈是有情便愈具有人的本质，愈富有创造力
量。……古往今来的英雄豪杰和一切杰出人物都是至情至性之士，
冷血动物、薄情之人是不足取的。一个感情枯窘的人，不能成为
创造者；为了创造就必须是自己事业的热烈而执着的追求者，必

［1］　吕俊华：《艺术创作与变态心理》，三联书店，1987年，第124页。
［2］　吕俊华：《艺术创作与变态心理》，三联书店，1987年，第14、16页。
［3］　吕俊华：《艺术创作与变态心理》，三联书店，1987年，第101页。

须体验着一切喜悦和痛苦。感情冷淡便没有行动的愿望和力量，一切真正伟大的人都具有伟大的情感。"[1] 所以，就算是在科学研究活动中，情感因素也是极为重要的："即使在科学研究中也要懂得和承认感情的作用，也要懂得和尊重研究者个人的兴趣和爱好。科学家从事科学研究，追求真理，主要也是出于情感的需要，在很大程度上也是感情活动。就是纯数学，这个高度抽象领域的研究也不例外。"[2] 就这样，吕俊华把情感的地位进行空前的抬高，压倒别的所有心理因素，比如金开诚最为重视的理性。在情与理的关系上，吕俊华的态度与金开诚正好相反。比如吕俊华认为情具有特殊的优势，对于艺术比理更为重要，所以不能简单将之归于理的制约："理性与感情比较起来，理性趋向'单相度'而感情却是多相度的。在艺术创作中感情是不能也不应该简单地为理性所范围，而也正因为如此，艺术才能使人突破理性单值性的界限，向人展现理性认识无力解答的谜。"[3] 相反，理是决定于情的："必须承认情感决定理性，是潜意识决定意识，是变态决定常态。"而且，理性是源于情感的："理性离开了情感就成了无源之水，无根之木，那就不成其为理性了。"理性对情感虽然也有反作用，"但从根本上说，理还是决定于情的"。吕俊华据此断言，"人类一切行为的根源是情感而非思辨的理性"。"……情欲的力量，或非理性的力量是最深刻、最顽强的力量，是人类行为的最强大、最持久的内驱力。承认这个事实，<u>丝毫无损于人类的尊严，而只能提高人类的尊严</u>。"[4]

---

[1]　吕俊华：《艺术创作与变态心理》，三联书店，1987年，第6页。
[2]　吕俊华：《艺术创作与变态心理》，三联书店，1987年，第190页。
[3]　吕俊华：《艺术创作与变态心理》，三联书店，1987年，第159-160页。
[4]　以上未注见吕俊华：《艺术创作与变态心理》，三联书店，1987年，第223-226页。

　　吕俊华还提出更惊人的命题："情就是理。"他断言："在社会科学领域，特别是在艺术领域，情与理根本上是一个东西，不是两个东西。……可以说有情即有理，合情即合理；无情即无理，逆情必背理。"[1]他以"文革"为例论证道："人们常说'十年动乱'是情感迷狂与理性冲突的时代，好像人们一时都丧失了理性，但仔细想来，是人们首先丧失了人情、人性，才丧失了理性的，没有人的感情，六亲不认，那（哪）里会有什么理，所以没有理性正是没有人情的结果及其表现。"[2]如果说无情就是无理，那么至情就是至理："情到痴处，便再见童心，物我混一，由常态转入变态。以常理揆之，迹近疯狂，确实不可以理喻，但深入研究就会发现，在这痴情之中却自有至理在。"[3]这个至理就是人必须满足自己的生理—心理的基本需要，为了这种需要，可以不顾一切，不顾利害，不顾后果。抒情就是这样一种心理的，甚至是生理的需要。而"情就是理"中的"理"只可能是生理—心理之理、伦理之理，而不是物理之理和逻辑之理。人在高兴之极会哭，悲痛之极会笑，在极度思念、沉迷于某人或某物而想入非非的时候难免会说出一些违反事理的"痴语""疯话"，做出一些疯狂的举动。从这个意思上说，吕俊华的情理关系的命题倒也并不惊世骇俗了，可以概括为："在艺术领域，理必然也必须来自情，符合情，代表情。说到底理就是情，情就是理，区别只在有意与无意、自觉与不自觉罢了：情是不自觉之理，理是自觉之情。"[4]

[1]　吕俊华：《艺术创作与变态心理》，三联书店，1987年，第203页。
[2]　吕俊华：《艺术创作与变态心理》，三联书店，1987年，第203页。
[3]　吕俊华：《艺术创作与变态心理》，三联书店，1987年，第207页。
[4]　吕俊华：《艺术创作与变态心理》，三联书店，1987年，第244页。

　　把吕俊华的情感观推衍到文艺领域，自然不难得出以下的论断来："艺术创作是强烈的感情活动"，"艺术是情感的自然流露"，"在艺术创作中尤其要承认情欲、情感的作用和力量"，"作家应听从感情的支配而不要企图支配感情"，"最好的艺术作品都是遵从情感之理，在最自然的状态下创作出来的"；"在很多情况下，使艺术家走入歧途的不是感情，而是错误的认识，是离开或违背情的所谓'理'。在艺术创造中，如果头脑用得太多，感情用得太少，这本身就不是遵从理性而是违反理性"。"情贯穿创作的全过程，情是起点也是终点。"[1]因此，我们可以把吕俊华的文艺观总结为"情是本体"。于是，从"情是本体"文艺观出发，吕俊华勾画出一幅以情感为核心、潜意识为基础、非理性为主导的变态心理美学（姑且称之）的奇异画卷来，从《艺术创作与变态心理》一书后半部分的小节标题上可见一斑："潜意识是心灵中最本质的东西""不用理性反而更好""非理性是更高的理性"……吕俊华告诉我们，"潜意识是心理的深层结构，它包括一个人的先天遗传、种族特质、长期形成的内心愿望、情欲、创伤的回忆、遗忘、追念、忏悔等细微复杂的隐藏在内心最深处的心理活动，构成内在的个人人格的一部分。如果意识只触及表面，则潜意识就是心灵中最本质的东西，或是决定人的本质的东西"，[2]所以"潜意识是艺术创作的源泉"。[3]何以"不用理性反而更好"呢？吕俊华引述叔本华的话说："在生活的紧急关头，需要当机立断，敢作敢为，需要迅速和坚定地对付事故

---

[1]　吕俊华：《艺术创作与变态心理》，三联书店，1987年，第110、174、227、227、228、229、244页。

[2]　吕俊华：《艺术创作与变态心理》，三联书店，1987年，第140页。

[3]　吕俊华：《艺术创作与变态心理》，三联书店，1987年，第142页。

时，虽然理性也是必要的，但是如果理论占了上风，那反而以心情迷乱妨碍直觉的、直接的、纯悟性的洞见和正确地掌握对策，从而引起优柔寡断，那就会很容易把全局弄糟。"所以，"人类虽有好多地方只有借助于理性和方法上的深思熟虑才能完成，但也有好些事情，不应用理性反而可以完成得更好些"。[1]这些事情中当然包括艺术创作。至于"非理性是更高的理性"其实是想说："潜意识之中有潜在理性，只是没有意识到。……所以我们强调潜意识的作用，绝不等于反理性，我们反对的只是那种通过自觉的形式强加给潜意识或情感活动和创作心理的外在的所谓理性。"[2]由此可知，非理性因为是"内在的"理性，所以才"更高"。

三、超越"人学"

应该说吕俊华文艺心理学研究的人学色彩也是相当浓厚的，夏中义对此赞赏不已："吕氏对新时期文坛的独特贡献在于：是他第一个从变态心理学、生理学乃至病理学角度，全面论证了人必须释放天性即自由抒情，抒情自由不仅是创作之亟需，更是生存之亟需……他对情感抒发的神圣性之阐释，其雄辩，其痛快，不啻是国内第一篇豪气冲天、掷地有声的艺术人权宣言。"[3]吕俊华确实是有意识地把先前对人情的压抑、对人性的摧残作为论述的突破口的，他在余论中愤激地指出"一味强调理性和自觉性，必然忽略甚至否定人情，以及人性，而忽视人性和人情就会导致对人本身的忽视和否定"，结果导致"人愈是没有人情就愈

---

［1］　吕俊华：《艺术创作与变态心理》，三联书店，1987年，第150页。
［2］　吕俊华：《艺术创作与变态心理》，三联书店，1987年，第192-193页。
［3］　夏中义：《新潮的螺旋——新时期文艺心理学批判》，《文学评论》，1989年第2期。

先进；而愈先进就愈要没有人情。实际上是培植、制造矫情，迫
使人做违心、昧心的伪君子"。[1]正因如此，他在具体论述中
难免矫枉过正，全力压制理性和自觉性，一味抬高非理性和情感。
当吕俊华发现变态心理这一概念恰好有助于实现论述目标，于是
将其引入创作心理论述中，并作为核心概念贯之以终。另一方面，
变态心理在其内蕴上正好直接与人性相通，也就是说变态的才是
人性的，变态心理是人性的体现！吕在引述了契诃夫的《苦恼》
后总结道："如同对牛弹琴一样，把老鼠和马当作同类，视为知
音因而人畜莫辨。这也是把想象当真实的表现，也是一种虚幻、
迷妄的心理状态。这种变态现象，在人们感到孤独无依、百无聊
赖之际是容易发生的。这是情感抒发的要求，而情感是不能区分
自我与外界事物的。"[2]变态心理的根源可能正是人的抒情天性，
而感情却是难以纳入规范的："宣泄、抒发就要有点反常或变态；
不反常、不变态则感情无由宣泄和抒发。变态的深浅、久暂是与
感情的强度成比例的。"[3]抒情也常常是自发的，"感情活动
也是这样，正当抒发之际，他总是不自觉在抒发，他当时不能反
思自己的感情，一旦自觉或反思自己的抒发，抒情活动将立即停
止。愈是不自觉，愈是陷入变态，也就愈能充分抒发，而愈是充
分抒发，愈是变态，也便愈不自觉"。[4]与金开诚把认知心理（常
态而又理性的）作为立论点相比，吕俊华的变态心理显然更能逼
近人性的核心地带，更具有人学意味。

　　吕俊华的变态心理美学是具有丰富的"人学"内涵的。表面

[1]　吕俊华：《艺术创作与变态心理》，三联书店，1987年，第247页。
[2]　吕俊华：《艺术创作与变态心理》，三联书店，1987年，第2页。
[3]　吕俊华：《艺术创作与变态心理》，三联书店，1987年，第6页。
[4]　吕俊华：《艺术创作与变态心理》，三联书店，1987年，第14页。

上看吕俊华以变态心理连接美学和人学，其实吕俊华的心理学和美学都以情感为核心（情感在变态心理和艺术中都表现为"激情"），而情感同样是美学和人学的中介。所以他在书中始终强调情的核心地位，提出"情是本体"，"理必然也必须来自情，符合情，代表情"，"情贯穿创作的全过程，情是起点也是终点"。如果说"情就是理"，那么无情即是无理，至情就是至理："理推到最后仍然是爱人之情，是善。"而由情到爱的转化，艺术是最好的催化剂："想象是使感情升华的伟大力量。想象激发人情"，"最好的艺术作品总是那些表现人性美和人情美的作品。艺术家都是具有这种人性美和人情美的人。他们最能够爱人，最富有同情心。他们总是以爱的眼光去看，去听，去感受体验，去抒写"。所以吕俊华在书中指出艺术本质上应是"爱的科学"："在艺术领域，生命科学的基本内容就是把个人的爱和关怀之心推广到他本身以外去，生命本质科学是爱的科学。一个人内心里充满了对整体的爱，充满了对别人的爱和关怀之情，就会获得充实的生命。"[1] 这种炽热的人道主义情怀在刘再复的《论文学的主体性》中有类似的表述："作家主体力量的实现，必须使自己的全部心灵、全部人格与时代、社会相通，必须'推己及人'，把自己的精神世界中一切最美好的东西推向社会，推向整个人类。作家的自我实现归根到底是爱的推移，这种爱推到愈深广的领域，作家自我实现的程度就愈高。爱所能达到的领域是无限的，因此自我实现的程度也是无限的。"[2]

---

[1] 以上未注见吕俊华：《艺术创作与变态心理》，三联书店，1987年，第243、244、244、214、218、218、223页。
[2] 刘再复：《论文学的主体性》，《文学的反思》，人民文学出版社，1986年，第76页。

　　然而，吕俊华的变态心理美学某种程度上又超越"人学"范式。首先是吕俊华对人性有了更全面而深刻的认识。正如张婷婷所指出的，"思维水平上超越了金开诚式的自觉理性的意识层面，而去深入探讨文学心理活动的'潜意识''非自觉'及'非理性'内涵"[1]，吕俊华在书中充分论证了艺术的人是非理性的，相比先前单调的理性主义的人学界定，这种非理性主义或者说情感主义的人学界定更符合文艺的本质特性，丰富了文艺的人学内涵，使其更为完整和圆满。另外，吕俊华还认为，艺术的人也是非主体化的，只有人主动放弃了与自然对立的主体地位，才有可能进入更高的人生境界："觉'万物皆备于我'，'宇宙即是吾心，吾心即是宇宙'，对宇宙起一种息息相通、痛痒相关之感，才是人的最高觉解和人的价值的最完满的实现。"[2]从这两点足以看出以刘再复为代表的旧"人学"的思想局限：思想止于16世纪欧洲文艺复兴运动对理性的人的定义、19世纪人类征服自然的主体观念。最后，我们还惊奇地看到吕俊华提供了人性的更高层次的实现方式，即"天人合一"。这种实现方式，从"非主体化"上说是审美方式，从反"人类中心主义"上说则是生态方式。如果说前者预示了文艺心理学从"人学"范式向审美范式的转向（详见本书第四章），那么后者则预见了文艺心理学的生态转向以及生态文艺学、生态美学的兴起（详见本书第五章），在新时期文艺心理学的发展史上，吕俊华正是起着弘扬人学、开启美学、转向生态的重要作用。

---

[1]　张婷婷：《文艺心理学：内向视野的开拓——"新时期"文艺学20年的回顾与反思之一》，《文艺理论研究》，1999年第2期。
[2]　吕俊华：《艺术创作与变态心理》，三联书店，1987年，第36页。

　　20世纪70年代末，人道主义文艺思潮蓬勃兴起，文学的人学属性得到广泛认同，学界试图抛弃以反映论为代表的工具论认识论文艺学，致力于构建主体论价值论文艺学。在此背景下产生了阐发文学的人学内涵、论证文学的主体特性的人本主义文艺心理学。人本主义是新时期文艺心理学的第二种方法论形态，其思想可追溯至"人性论"讨论，其理论来源主要是主体性哲学、精神分析心理学和人本主义心理学。人本主义文艺心理学通过对人性的更深刻全面的认识，肯定了人的存在价值，证明了文学的人学属性。但是人学不能独立说明文学的本质特性，主体的高蹈则易步入"人类中心主义"的陷阱，于是新时期文艺心理学不得不告别人本主义范式而转向审美主义和生态主义。

第四章

新时期文艺心理学与审美主义

中国的文艺心理学从建立之初就与文学上的审美主义有着千丝万缕的联系。比如早期的代表人物王国维、朱光潜皆是文学审美论的信奉者，又如胡风提出的"主观战斗精神"亦从文艺创作的美学规律着眼。回顾新时期以来金开诚、鲁枢元、刘再复、吕俊华等人的文艺心理学研究，其中的审美元素也随处可见。金开诚虽是科学主义文艺心理学的代表，固然在文学观上还是以认识论为主，却也对文学的审美法则尊重有加。而鲁、刘、吕等人提出的文艺心理学命题本身就常常是审美主义指向的，比如"情绪记忆""创作心境""内心世界审美化""人我不分，物我一体""情是本体"等等。所以新时期文艺心理学本体中就有审美主义的血液。

结合新时期文艺心理学的发生背景，我们认为，文学审美论首先是为否定、修正反映论应运而生的，其理论工具之一就是文艺心理学，即通过文艺心理学维护文学的审美本质，其直接的证明则是钱中文、王元骧等人提出的"审美反映"论。当修复反映论的阶段性任务完成，在文学审美论的影响下，文艺心理学的美学内涵被大大加强，也是在此背景下胡经之、童庆炳、王一川等人分别提出"文艺美学""心理美学""美学"的学科新理念，"审美体验""审美意象"等作为核心命题开始被深入探讨。

第一节 审美反映论

一、从反映论到审美反映论

新中国成立以来，反映论作为国家指定的文学根本规律的经典表述不断地进行话语复制和增殖，在领导人讲话、文学批评、文论教材中重复着同样的声音："文学是现实生活的反映。"从逻辑上看这句话没有明显错误，甚至可以说高度概括了现实主义文学创作法则。但是在特殊的历史时期，为了服务于政治的现实需要，反映论中合理的成分则常常被置换掉，以至于作家们忙于改造世界观、学习各级政策条文，而文学沦为了"阶级斗争的工具"，却连现实生活的真实情况都没有表达的空间。于是粉饰太平、图解政策的"假、大、空"文学泛滥，而反映论则庸俗化、简单化，变成了机械反映论。到了新时期，人们开始清理"左"的文艺思想带给文艺事业的灾难性后果，对机械反映论的反思自然也势在必行。而机械反映论的弊病不得不归结到传统的反映论缺少对中介环节的分析，忽视创作主体的主观能动性和精神需求，对创作过程中的情感、想象、无意识、灵感等重要心理因素也一概排斥，认识不到反映过程中的主观因素与客观因素间的复杂关系。1985年末到1986年初，刘再复发表的重磅论文《论文学的主体性》在文末列举了机械反映论的四大"罪状"，这也是对传统反映论弊端的较为全面的总结，这里我们不妨照录如下：

（一）没有解决实现能动反映的内在机制。机械反映论在论述文学反映客观世界的时候，往往只强调反映，而忽视了反映的各种不同的方式以及实现反映的创造机制，也就是说，把反映论片面化，只注意了客观的实在体而忽视了对客观实在体进行能动反映的感受体。这个感受体就是人的主体审美心理结构。感受体，是千差万别的，它充满着差异、充满着变化、充满着奇观。每一种感受体都是一个具有自主能力和创造能力的特殊世界。文学的丰富性，不仅导源于实在体的丰富性，也导源于感受体的无限丰富性，忽视了后者，忽视了文学的创造机制，就会使文学削弱其光彩。

（二）没有解决实现能动反映的多向可能性。机械反映论只认识到反映的正确与错误之分——正确的反映就能推动客观事物的前进，错误的反映就会影响对客观世界的认识而阻碍客观事物的前进。但是，仅仅认识到这点还是不够的。还应当看到，任何反映，包括正确的反映，都是相对的。它往往只能反映事物的某一侧面，不可能把握事物的全体。而被认为是误差的反映（如错觉、夸张、怪诞、变形、变态等），也可能反映事物的部分本质，甚至往往会更深刻地反映事物的本质。文学艺术正因为有这种误差，才形成千姿万态的动人的美世界。人的想象力也正是在创造这种艺术世界中显示出自身的无限壮丽。

（三）机械反映论只注意了自然赋予客体的固有属性，而往往忽视了人赋予客体的价值属性。这种机械反映论往往割裂了主体对客体的认识、反映和评价，从而忽视了客体与人的联系，即忽视了客体于人有用的程度——与人的需求相适应的程度，即客体的价值程度和价值属性。价值观念是在主客体的联系中建立起来的。反映论只解决了人的认识，不能解决人的价值选择和情感意志的动向。机械反映论从客体上强调了事物的固有属性，忽视了价值属性，从主体上则强调了人的认识方面，忽视了人的情感意志方面。这种忽视是偏颇的。人既是实践主体，又是精神主体。人的主体性是历史实践范围内的主体性。人的物质实践是历史实践的外形式，人的精神实践是历史实践的内形式，人的历史实践是两者的统一，艺术实践活动也是两者的统一。因此，文学艺术不仅是对客体（现实世界）的再现、模仿和反映，也是主体精神的外射，不仅是一种认识活动，也是一种需要和评价活动。

（四）机械反映论在强调客体的客观性时，忽视了客体的主观性，而在说明人的时候，又只注意了主体的主观性，忽视了主体的客观性。机械反映论常常忘记了人既是主体，又是客体，特别是人的精神世界（即人的心灵自然，人的内宇宙），也是一种客观存在。人的情感意志系统既带有主观性，也带有客观性。因此，文学艺术对客观世界的反映，应当包括两个方面：一方面是对纯客观世界的反映，一方面是对人的主体世界的反映。主体论在把握世界过程中更注意人的精神世界的自主性、能动性、创造性，而不是把再现现实生活变成"摄像式"的再现，避免机械决定论。[1]

随着反思的逐步深入，人们对文学本质规律的认识也不断刷

---

[1]　刘再复：《论文学的主体性（续）》，《文学评论》，1986年第1期。

新，但反映论的地位却因之一落千丈，似乎反映论成了落后、守旧、僵化、机械的文论的代名词而不得不被扫进历史的垃圾堆里。传统反映论的理论缺陷非常明显，但这不是可以彻底否定和完全剔除的理由，关键是如何保留其合理的理论内核而适当加入些新的元素，使之恢复对文本、现象的阐释力和影响力，这是摆在坚持反映论的学者面前亟须解决的理论难题。我们认为，这部分的工作至少包括三个方面：首先是在哲学上恢复反映论的主观能动性，承认反映主体的主观条件对反映过程的决定性作用，这是对反映论的哲学改造，目的是找回文学主体，把机械的反映论改造为能动的反映论；其次是在本质上承认文学的审美特性，大力提升文学的情感性的地位，同时将文学的认识性、工具性融入情感性之中，这是对反映论的美学改造，目的是找回文学本性，把庸俗化的反映论改造为审美的反映论；最后是深入探究文学反映的具体过程，把握文学创作过程中主体与客体互相作用的心理机制，这是对反映论的心理学改造，目的是找回文学规律，把简单化的反映论改造为科学的反映论。这三方面工作紧密结合，缺一不可，其中哲学改造是前提，美学改造是目标，心理学改造是关键，也就是说，哲学改造也好，美学改造也好，最终都要落实到心理学的层面上来实现。

在此背景下，钱中文、王元骧等人提出"审美反映"论，出发点是仍然坚持文学反映论，但对它进行必要的修复，使得它重新获得对文学文本、现象的阐释力。先前的反映论过多地强调文学的教化功能而强行将文学纳入认识论的框架，在认识论中又忽视了主体的主观能动作用，导致了机械反映论、庸俗反映论的发生，对文学事业造成了深重的灾难。修复先前的反映论，首先就要承认文学的审美功能，乃至文学的审美本质，在此基础上把传统反映论改造为审美反映论。其中又有两种不同的研究思路：钱中文的审美反映论侧重在对文学反映的主观性的阐发，我们将之概括为"主观化"的审美反映论；王元骧的审美反映论侧重在对文学反映的情感性的阐发，我们将之概括为"情感化"的审美反映论。他们都以心理学作为主要理论工具，使得他们的审美反映论都具有了浓郁的文艺心理学的味道，而审美反映也因之进入了文艺心理学的研究视域，成为文艺心理学的概念。

二、"主观化"的审美反映论

钱中文的长篇论文《最具体的和最主观的是最丰富的——论审美反映的创造性本质》（刊载于《文艺理论研究》1986年第4期，下文简称《最》）最集中地体现了他的审美反映方面的研究成果，下面的分析主要依据此文。

论文一开始提出两个问题，第一个问题是："反映论是一个哲学原理，它适用于文学创作吗？"钱中文的答案是肯定的，他认为文学艺术的创作是意识的一种形态，从根本上说是一种反映，所以作为一个哲学原则，反映论是适用于文学创作的。第二个问题是："反映论是否等于机械的反映论，僵死的反映论，即排斥主体剥夺主体创造性的那种反映论。"针对这个问题，钱中文首先是承认过去对反映论的表述存在简单化的倾向，特别是忽略了文学反映过程中的中间环节，"对其中的主客观关系，主体在融化客体中的创造性转化与新的构建作用，往往视而不见，或以为是次要的东西"，但是钱中文强调，把反映论一概说成简单的反映论、机械的反映论，其实也是一种简单化的表现。反映论从本义上说就不是简单的反映论、机械的反映论。接着钱中文通过分析马克思主义经典作家（马克思、列宁）对"反映"的论述，挖掘出了"反映"的本义："一、辩证唯物反映论承认事物是一种客观存在，但是一旦进入实践，它们也进入了主体的把握之中，就不再成为纯客观的东西，纯客观的现实。二、在把握现象、事物过程中，人绝不是一面僵死的镜子，他对事物的描述与认识，绝不是僵死的反映，而是加入了主观因素的，会成为曲折的、二重化的反映。三、当主观因素进入反映过程时，主观因素中的十分突出的幻想，发生着积极的作用。这时主体使用的概念，会向幻想转变。四、反映是一种创造活动，创造新的现实的活动。"所以，反映论原本并不是简单的、机械的，相反是具有主观性、能动性、想象性和创造性的，而这也正是文学创作的特征。通过对反映论哲学的追根溯源式的重新阐释，以往反映论对文学创作主观方面的忽视得到了全面纠正，这就为恢复文学反映论的合法性奠定了哲学基础。

　　文学作为一种意识形态，反映论可以从哲学层面上予以一般性的说明，但文学毕竟又是一种特殊的意识形态，所以还需要进一步找出文学反映的特殊性。在钱中文看来，文学反映的特殊性就在于它是一种审美反映："我以为在文学理论中，要以审美反映代替反映论。反映论原理在这里不是被贬低了，不是消失了，而是具体化了，审美化了，从而也就对象化了。审美反映是一种灌满生气，千殊万类的生命体的艺术反映，它具有实在的容量，巨大的自由，它不仅曲折多变，而且可以使脱离现实的幻想反映，具有多样的具象形态，可以使主客观发生双向变化。因此我以为如果把文学是生活的反映，改称为文学是现实生活的审美反映，比较更符合创作实践，文学和现实生活的关系由此被纳入了审美的轨道。"钱中文认为审美反映的主要特征是："审美反映是一种感性活动，又是一种理性活动，是一种感性的具象活动，同时也渗透着理性的思考；是一种感情活动，感情的愉悦活动，也是显示着哲学、政治、道德观念生动形态的认识活动，意志活动，实践的功能性活动。这是一种上述各种活动的综合。"从中可以看出，钱中文所说的审美反映抛弃了认识论的框架，转而把"感情和思想的融合，感性与理性的相互渗透，认识和评价，感受形式与语言、形式统一"的审美本质特征作为核心。

在审美反映中文学创作的主观因素得到了充分的重视。钱中文指出，在文学创作过程中，既有感知和认识，也有感情和思想，既有想象和意志，也有愉悦和评价。这些因素相互联系、交织、融合一起，形成了主体的审美反映结构。审美反映结构有四个层面：心理层面，感性的认识层面，语言、符号、形式层面和实践、功能层面。钱中文认为审美反映首先是一种心理层面的反应，应该把反映置于心理形态的范畴来加以研究，而从心理学的层次上看，感知、感受、感情、想象构成了反映的审美过滤层，创作中的任何因素，大概只有通过这一过滤层，才能成为审美反映的范畴。钱中文的审美反映论对心理层面的突出重视其实是对文学创作的主观因素的突出重视。钱中文还从实践、功能层面将审美反映主观化，他说："审美反映是一种心灵化的实践、功能反映。这种反映贯穿着理想、意志和评价因素。这些主观成分，在其他种类的反映中也是存在的。但是在审美反映中，它们总是为感情因素所渗透，为认识因素所充实，穿越理想、意志，而融化为一种感情思想的评价，一种贯穿着意志的审美实践力量，……"钱中文虽然把四个层面的有机结合看作审美反映基本特征的体现，但在我们看来，审美反映的基本特征首先是主观化，主要体现在第一和第四个层面。

在审美反映中，客观现实被主观化了，成为文学创作的真正对象，即心理现实。钱中文认为，现实生活一旦进入审美反映，很快就会发生形态的变异，即从现实生活变为心理现实，再从心理现实变成审美心理现实。因此，在钱中文这里，现实分为三种形态：首先是现实生活，现实生活是创作的源泉，审美反映从现实生活出发，获得创作的材料，现实在这时还是客观的存在；其次，当主体接受现实生活的种种信息，深入探究客观现实的关系，广泛吸收现实的具象性和丰富性时，就使得现实变成了被感受了的现实，被感情渗入的现实，这时的现实是心理现实，是融入了诸多主观因素的现实，也是审美反映的真正对象；最后，当进行艺术具体体现与艺术构思的实现时，作为审美反映对象的心理现实就开始转化为文艺的内容与形式的结合体，作家进一步赋予心理现实个人所选择了的感情、思想与评价，最终外化而为一种言语体裁。这时的现实已经变成了一种审美的心理现实，即主体审美把握了的新现实。审美反映的完整过程其实是现实的三种形态的演进变化，从客观现实到物化为艺术作品，必然经过主体的反映、加工、处理以形成心理现实，而全面主观化了的心理现实才是文学创作的对象。通过对审美反映中现实形态变异的揭示，钱中文提出了一种新的主客观关系，"即主体可以把全部客观特征加以全面主观化，或把主观特征全面对象化，形成审美反映中的主体倾向主观的全面倾斜。这是由于心理现实在长期积累中可以转化为心理积淀，心理积淀则渐渐转向主观。同时也要看到，心理现实中的主观因素，不是按照固定的比例排列的，不是凝固不

动的，而是时时流动转化的。心理现实是一种不断改变自己特征
的动态统一体。主观性既然可以消灭存在和观念之间的绝对界限，
赋予客观因素以主观形式，并且不断使之获得主观性特征，那么
在充满变幻的审美心理现实的实现过程中，原来的主观因素可以
不断对象化，获得客观性特征，而原来已经获得了主观形式，渗
入了主观精神的客观因素，可以进一步被主观化，从而形成不断
进行着的双向转化过程，显示出审美主体的能动的积极性来"。
不难看出，审美反映作为一个主客观双向转化的心理作用过程，
其中关键是客观因素的主观化。

　　最后，钱中文把审美反映的主观方面汇聚在一起，提出了"审
美心理定式"的概念。审美心理定式首先解决的是创作的动力源
问题。究竟是什么促使作家把客观现实变为心理现实，再变为审
美心理现实的呢？作家为什么要进行创作？在钱中文看来，审美
反映的动力"来源于主体对世界的具体感受、感知与感动，这是
进入审美反映、艺术实践的真正出发点。审美反映必须以主体表
现为主导，才能构成自身"。如果说，审美反映的起点是审美主
体对现实发生感受、感知与感动，那么审美反映的动力源则需要
从主体心理方面寻找，也就是决定主体如何感受、感知与感动的
审美心理定势。钱中文认为，"所谓审美心理定式，说的是主体
的心理从来不是一块白板，在创作之前，早就形成了他特有的动
力源。……就是创作主体所拥有的审美趣味、个人气质、观察才
能、创作经验、艺术修养以及广泛的文化素养的混合物。它们不
断地流动着、发酵着，其中最为活跃的因素是主体的感情、想象
和认识"。审美心理定式一旦形成，就会产生强烈的内驱力，要
求创作主体按照它惯有的固定模式进行创作实践获得满足。审美

心理定式还解决了在先前反映论的理论框架中难以解决的作家个性、艺术风格问题。钱中文指出："对于作家所具有的特殊的眼光、独特的观察力和体验，以及他的审美感受力是值得进一步分析的，客观事物、现象的特征引起他的注意，固然是一个条件，而且是必不可少的条件，那些事物、人物的特征，何以能触动主体，它们本身自应具有一定的品格。然而对于主体来说，情况是千差万别的，因为明显可以看到，一些现象引起不同作家的注意和兴趣，其内涵是各不相同的。因此，这里重要的是说明创作主体的品格，他的审美感动力的发动的内因，这就是促成审美结构的作家的审美心理定势，它的强度和趋向，那种日积月累一触即发的内驱力。"审美心理定势作为动力源、内驱力决定了作家的审美感受力的个人差异，体现在作品中就会形成个人的标记，就是创作个性和艺术风格。[1]

三、"情感化"的审美反映论

对于反映论的审美化，王元骧有着与钱中文不同的思路，他的长篇论文《反映论原理与文学本质问题》（《文艺理论与批评》1988 年第 1 期，下文简称《反》）呈现的是"情感化"的审美反映论。

同钱中文的《最》一样，《反》在文章一开始也对反映论这一哲学原理作了追根溯源式的探究，试图为强加在反映论头上的"机械的""僵化的""简单的"等不实之词而辩护。王元骧也承认新中国成立以来反映论作为文学创作的指导思想存在若干缺陷，"如在不同程度上强调了反映而忽视了创造，强调了再现而

---

[1]　以上未注见钱中文：《最具体的和最主观的是最丰富的——论审美反映的创造性本质》，《文艺理论研究》，1986 年第 4 期。

忽视了表现，强调了创作过程中的客观制约性而忽视了主观能动性。这种认识的片面性，不仅使文学理论上的许多重要问题如想象、情感、创作个性等，在我们的文学理论框架中，都缺乏自己应有的重要地位，而且即使涉及这些问题，也没有引起足够的重视，作出具体、深入而令人信服的解释。从而使理论失去了对实践应有的指导作用"。王元骧认为其中最主要的原因是"分不清机械的反映论和能动的反映论的区别"。通过引述马克思的《关于费尔巴哈的提纲》和列宁的《哲学笔记》的经典语句，王元骧指出，在马克思主义创始人和经典作家那里，机械的反映论都是被严厉批判的，他们所倡导的就是一种能动的反映论。这就说明反映论并不是一开始就是"机械的"，不能因为它曾被歪曲为"机械的反映论"，其合理的理论内涵就被全盘否定，比如文学领域中存在对于意识依然起决定作用，文学的源泉只能是客观现实，而不是作家的主观世界。所以文学是现实生活的反映这一命题仍然是正确的。不过，随着人们认识水平的提高，反映论需要补充一些新的内容，比如反映过程中主体的地位和作用以及主客体之间的关系，而先前马克思和列宁在谈到存在与意识的关系的时候，"侧重于从本体论的角度来论证，侧重于强调物质的第一性和意识的第二性，强调意识是存在的反映；至于在反映过程中主客体之间的关系和作用，还未曾展开详尽的论述，因而对于反映的能动性方面，还只是当作一般的原则提出"。王元骧认为要完善文学反映论"最主要是反映的心理内容和反映的心理机制这样两个问题"。于是王元骧把反映论与心理学联系起来，形成了新的反映论表述，很明显，这其实是借助文艺心理学解决反映论的理论缺陷，同钱中文努力的方向非常一致。

　　在反映的心理内容方面，王元骧跳出了先前的认识论框架，指出反映活动并不只是认识，认识"远远不能概括反映活动的全部内容"，"从横向联系来看，除了认识之外，还有情感和意志。从纵向的联系来看，除了意识之外，还有无意识"。这些都是客观现实在人脑中的反映。所以要用反映论的原理来研究文学问题，必须完整地把握反映的概念和它的心理内容，特别是认识以外其他心理活动。对于文学活动，我们需要认识到："文学虽然是现实生活的反映，但它不是以认识的心理形式，而是以情感的心理形式来反映生活的。"以前的反映论何以造成那么深远的不良影响，就是对反映的心理形式认识过于片面，把文学归入认识的范围，以至于在分析文学作品时，"仅仅满足于把文学作品与它所反映的时代的社会生活作简单的参照，来评价文学作品反映生活的深度、广度和真实程度；至于反映在作品中作家的精神个性，如作家如何感受生活、理解生活、阐释生活，以及如何对生活作出判断，进行加工，等等，几乎在分析时都一笔抹杀了"。其实，作家对生活的感受、理解、阐释、判断都根源于对生活的认识，但这种认识进入作家这里就变成审美的认识，"不是以图解概念的形式反映在作品里，而是通过作家对他所描写的生活现象的态度的体验，即以情感的形式折射出来的。要是没有经过这种情感的折射，就不能使对象与主体之间形成一种关系的属性，不论这种认识怎样深刻，还是不可能具有审美的价值，都是很难真正成为适合于文学作品所表现的内容的"。所以，从文学反映的心理内容上看，情感是极其重要的方面，特别是情感作为反映生活的心理形式赋予了作家体验以审美价值，无论如何，反映论不能再忽视情感的地位了。

再来看反映的心理机制方面。王元骧指出，能动反映论在马克思主义创始人那里只是作为一个原则提出，未曾展开充分的论述，以至于反映主体的地位和作用在后世一直被忽视，反映的主体性原则曾被看作好像不属于哲学范围的问题，也几乎从不知从主客体相互联系、相互作用中来探索认识发生和发展的机制。对此，他质问："尽管大家都声称辩证唯物主义的认识论是能动的反映论，但是离开了主体，离开了主体的作用，这种能动性又从何谈起？"王元骧认为现代心理学已经多次论证了反映活动的主体性原则，具体来说就是，"反映不像旧唯物主义哲学家如洛克等人所理解的那样是客观事物刺激人的感官所引起的简单的模写；它包含着主体心理结构的运算作用，是一个双向逆反的运动过程：在这一过程中，不仅客体作用于主体，而且主体也反作用于客体……任何反映活动都不是直线的、单向的，在主客体之间还存在着一个中介环节。这个中介环节是由主体原有知识、经验经过整合内化而来的，由于这个中介环节的存在与作用，从而使得人对外界的任何反映都不是消极的、机械的，都是人们根据自己已有的知识和经验对来自客体发出的信号进行选择和改造的结果"。考虑到王元骧把文学创作看作"以情感为主导的全心灵的"心理活动，反映的中介环节不可能是一般的认识图式，而只能是情感。

把情感作为中介环节必将对文学反映发挥重要的作用。王元骧指出："情感既然是从自身的需要出发来反映对象的，所以主体的心理结构除了对感知的内容进行选择之外，还对它起着调节的作用，从而使主体感知所得的东西由于经过调整而更适合于主体的需要。经过主体这样的选择和调节，不仅对象主体化了，同时也使得主体对象化了。"可见情感对文学反映主要起到选择作用和调节作用。先来看选择作用。王元骧指出："从反映论的原理来看，文学的最终源泉只能是客观现实，但是现实生活不会自发地反映到作品中来，要使之成为作家的对象，还必须经过作家审美心理结构的选择。也就是说，只有那些契合作家审美心理结构，并为作家所感动的东西，才能转化为他的经验材料，储存在他记忆的仓库里，进而成为他进行艺术加工的对象。"从这里我们可以看出，王元骧所说的与鲁枢元的"情绪记忆"非常相似，不同点在于王强调情感在作家积累素材中起到的筛选作用，而鲁强调的是情感进入记忆后带来的体验性和心灵性。王元骧还认为情感的选择作用促成了作家个性的形成："作家的审美情感愈强烈、愈独特，他对现实的选择能力也就愈大，从现实生活中所感受到的东西也就愈富有个性特色。"在文学创作过程中，情感依然发挥着重要的选择作用，即对想象活动的支配："想象是以作家的自由联想为基础的，自由联想的开展虽然常常是偶然的、随机的，好像海阔天空，并没有什么轨迹可循；但另一方面，在创作中联想的开展又是以作家的审美情感为动力的，所以，表象在作家头脑中的浮现和联结总是服从于当时在作家心理上占优势的、居于兴奋中心地位的思想感情，所出现的只能是一种在作家情绪兴奋状态浮现于脑际的形象。正是这种在心理上占优势的思想情感，改变了原先存在于作家记忆库存中的经验材料的无序状态，使之按照作家思想情感的要求有序地组织和排列起来，而使作品成为一个体现作家一定创作意图的意想中的世界，这也是一种选择。"

再来看情感在文学反映中的调节作用。王元骧认为，在文学创作过程中，作家不是根据现实的、理性的经验，而是根据自己的审美心理结构去反映现实的，其中情感因素的介入就使得反映的结果发生了变异："由于作家的审美心理结构和审美对象交互作用之后所产生的不是一般的感知，而是一种审美情感，一种审美对象能否满足自己审美需要所生的情绪体验。情绪具有一种弥散性的特点，所以当它一旦产生之后，反过来又总是积极地影响和支配着作家对现实的感知，强化或改变从现实生活中所得的印象，从而使这些印象经过作家情感的调节而染上某种情绪色彩。这样，就使得作家头脑里的印象与物理的映象发生分化，而成为作家自己的情感的目光所愿意看到的样子。"这种情感的调节作用还表现在作家通过情感的活动把自己的个性和人格倾注到他所创造的形象中去。在创作中通过情感的强大推动力和渗透力使"外部的变成内部的，内部的变成外部的"，在主客体之间产生一种精神上的沟通和交流从而使主体变成客体、客体变成主体，最终达到作家与对象间的契合和同化。很难想象没有情感因素的参与，作家能赋予对象以情感、生活和灵魂。另外，由于审美情感是与作家的审美趣味和审美理想乃至整个精神世界都有着紧密而深刻的联系，这使得浸透了审美情感的作品必然是作家人格的完整体现，这也是情感的调节机制所产生的效应。[1]

　　钱中文等人对审美反映论的提出——不管是从钱中文的"主观化的审美反映论"还是王元骧的"情感化的审美反映论"，显然都试图摆脱认识论对文学本质的束缚，走向真正符合文学本性

[1]　以上未注见王元骧：《反映论原理与文学本质问题》，《文艺理论与批评》，1988年第1期。

的审美论，这使得反映论在很大程度上恢复了理论生机，一时间，
"文学是现实生活的审美反映"的命题不胫而走，被各种文学概
论教材采纳。从另一方面看，钱中文和王元骧所使用的主要理论
工具都是文艺心理学，因为无论是强调反映过程的主观性还是情
感性，都很难脱离文艺心理学的论域，正因如此，他们的审美反
映研究为新时期文艺心理学做出了重要贡献，从中也可看到文艺
心理学对新时期的文学审美论的巨大意义。

从另一方面看，从机械的反映到能动的反映再到审美的反映，
是反映论的三个不同的阶段。能动的反映比机械的反映高明很多，
但仍然不是文学的问题而是哲学的问题，不能满足文学自身的理
论需求，所以还需要将其审美化，改造提升为突出文学的自身本
质的审美反映。不过，名曰审美反映，还是反映，只是增加了反
映方式、反映机制的讨论，结论依然是审美服从反映，即认定客
观真实为第一。但审美体验论的提出就不同了，审美反映论是从
外在的角度看文学创作，审美体验论是从内在的角度看文学，理
论性的自洽与圆融是审美反映论难以企及的。

第二节 审美体验论

审美体验是美学和文艺学领域被长期关注的论题，直到近些
年仍有较多数量的成果发表出版。[1] 上溯到 1986 年前后，新时
期文艺心理学在人本主义范式之后走向了审美主义，审美体验作

---

[1] 近年来涉足审美体验的论著主要有：《审美价值体验综论》，李咏吟著，中国
社会科学出版社，2009 年；《庄子审美体验思想阐释》，杨鹏飞著，辽宁大学出版社，
2010 年；《审美体验的重建：文论体系的观念奠基》，田义勇著，复旦大学出版社，
2010 年；《审美体验研究》，王苏君著，中国社会科学出版社，2013 年。

为重要的审美心理学、美学概念开始被反复探讨，甚至以审美体验作为核心概念建立新的美学分支学科（如文艺美学、心理美学、艺术人类学），更新了对美学学科的认识。这些成果主要体现在胡经之的《文艺美学》（1989）[1]，童庆炳主编的《现代心理美学》（1993），王一川的《审美体验论》（1992）。本节内容将以胡经之、童庆炳、王一川三人为中心展开。

一、审美体验与"文艺美学"

胡经之在《文艺美学》序言里提到他创立"文艺美学"的心路历程。早在他在北大攻读文艺学研究生的20世纪50年代，就对以下问题非常感兴趣：文艺学与美学是什么关系？文艺与审美的联系与区别何在？真、善、美在艺术作品中究竟是什么样的关系？经过了六七十年代的反思思索，他逐渐形成了一种看法："真也好，善也好，要真正成为艺术的内容，都必须以审美为中介；真、善经过审美之光的折射才能转化为艺术的内容。"[2]生活美与艺术美都是美的形态，却是完全不同的两种形态。而文学艺术活动作为审美活动的一种，也应具有自己独有的特殊规律，需要用"文艺美学"来专门进行研究。胡经之认为，"如果说，哲学美学主要是研究人类审美活动共有的普遍规律，那么，文艺美学就应着重研究艺术活动这一特殊审美活动的特殊规律以及审美活动规律在艺术领域中的特殊表现"。[3]基于以上想法，胡经之在1980年的全国首届美学会上提出应开拓和发展文艺美学。

---

[1]　胡经之《文艺美学》（初版于1989年，再版于1999年，本书据1999年版）集中探讨"审美体验"的第二章由胡经之、王岳川合写的《中西审美体验论》、《论审美体验》两篇论文整理而来，它们分别发表在《文艺研究》1986年第2期、《北京大学学报（哲学社会科学版）》1986年第4期。为行文方便，下文仅以胡经之指代作者。
[2]　胡经之：《文艺美学》，北京大学出版社，1999年，序第2页。
[3]　胡经之：《文艺美学》，北京大学出版社，1999年，序第2页。

接着他撰写了《文艺美学及其他》，论述艺术审美本质的《论艺术形象》等论文呼吁发展文艺美学。1981年他建议在文艺学专业中设立文艺美学研究方向，并开始招收文艺美学方向的研究生，同时开始撰写《文艺美学》一书作为研究生教材。经过八年的努力，该书才告完成，于1989年由北京大学出版社出版。

　　胡经之的文艺美学建构离不开心理学方法，特别是审美心理学的介入。他认为文艺美学研究必须把美学和诗学研究作为自己的理论基础，但不像美学原理那样只重视基本原理、范畴的探讨，也不像诗学那样只着眼于文艺的一般规律和内部特性的研究。也就是说，文艺美学研究的方法论要采取新的思路："文艺美学要将美学和诗学统一到人的诗思根基和人的感性审美生成上，透过艺术的创造、作品、阐释这一活动系统去看人自身审美体验的深拓和心灵境界的超越。"[1]这个新思路显然是心理美学路向的，重心落在审美体验的阐释上。胡经之在后文中还指出："审美体验的探讨是解决艺术之为艺术的内在结构和带根本性的问题，同时也是研究艺术的审美特征问题的关键所在。"[2]从这里可以看出，审美体验作为关键词其实是文艺美学的最基本的构件，也是文艺美学最为重要的研究对象。就审美活动本身而言，审美主体和审美客体通过相互作用，在审美主体那里产生精神上的特殊体验——审美体验，才形成了审美关系。对文艺创造来说，则要依照一定的审美理想、审美观念、审美趣味，按照美的规律，把生命中那些零散的审美体验组织起来，集中概括，予以系统化，

[1]　胡经之：《文艺美学》，北京大学出版社，1999年，第2页。
[2]　胡经之：《文艺美学》，北京大学出版社，1999年，第55-56页。

从而构成一种新的审美体验，并且把它固定为一种物质形式。[1]
文艺作为审美体验的典型化、物态化，"使你、我、他、我们大
家通过审美体验而沟通"。[2]

可以说，胡经之是通过审美体验来界定"文艺的本质核心"的，
那么审美体验自身如何来界定？从审美体验与审美经验的联系和
区别来看，审美经验的意义较为宽泛，大体上包括一切过去和当
下的审美感受的全部经验，也就是说审美经验包括审美感知、审
美情感、审美想象、审美理想、审美感受等等。审美经验有积淀
性、被动性和接受性特点，更重历史积淀性、更多普遍认同性，
是相对静态的、一般的。而审美体验是主动的、富有创造性的、
导向活动的，更显出审美主体的能动性和鲜明个性特征，是审美
动态过程论。但审美体验又与审美经验不可分。后者是前者的基
础，前者是后者的动态发展和激烈演进。所以，可以说审美体验
是一种特殊的审美经验，是今人依据过去的审美经验，对当下的
审美对象有感而生的新的审美感受，是审美经验强烈而深刻、丰
富而高妙、充分而激烈的动态形式，并以其设身处地、情感激烈、
想象丰富、灵感突现、物我两忘、浑化同一为其鲜明特征。[3]
胡经之还从三个方面把审美体验和非审美体验作了区分："首先，
审美体验是一种精神的、总体的情感体验，不像日常生活或科学
体验是功利的、单维的情感体验。审美体验往往由对对象形式美
的愉悦进入对人生、未来、永恒的感悟，并能直接深入人的潜意
识深层领域，是照亮人格心灵内海之光。其次，审美体验是一种

[1]　胡经之：《文艺美学》，北京大学出版社，1999 年，第 126 页。
[2]　胡经之：《文艺美学》，北京大学出版社，1999 年，第 133 页。
[3]　胡经之：《文艺美学》，北京大学出版社，1999 年，第 57 页。

心理震撼的强效应，比之于科学体验、道德体验的强度更强。深度审美体验，可以唤醒蒙蔽的自我意识，达到一定高度的精神自觉，使灵魂在震撼中受到陶冶，变得更清澈透亮。再次，审美体验过程始终伴随着一种心理愉悦，并在意象纷呈中获得审美享受，而不像实践体验、日常生活体验那样因太强的目的性而丧失其精神的愉悦性。"[1]总之，审美体验在维度、深度、强度、愉悦度等方面都远远超过日常生活体验、实践体验、科学体验和道德体验，不过在一定条件下，非审美体验可以导向或转化为审美体验，而审美的深层体验也常以日常生活体验等非审美体验为基础。[2]

　　从静态构成方面来看，审美体验的发生必然涉及审美主体和审美客体两个方面。审美主体作为审美创造活动和审美鉴赏活动的基础，是一个由生理、心理、经历、修养等因素构成的包含了多系统的复杂整体。审美主体必须具备发生审美体验的两个主观条件：首先是必须具备审美能力，其次是必须对审美对象具有相应的丰富经验（包括审美经验和非审美经验）。审美主体的这种审美能力和审美经验构成主体的审美心理结构，个体的审美心理结构是审美主体发生审美体验的重要条件，当他面对审美对象时，就能唤起自己审美表象和想象，通过体验来建立一个独立的审美世界，达到审美情感与审美认识的统一。审美客体作为审美主体的审美对象，只有具有审美特征和审美信息刺激丛，富于美的魅力的美感兴发感动力量，从而能投合人们的审美需要，激发人们

　　[1]　胡经之、王岳川：《论审美体验》，《北京大学学报（哲学社会科学版）》，1986年第4期。
　　[2]　胡经之：《文艺美学》，北京大学出版社，1999年，第57页。

的审美情感，它才能成为人们审美活动聚精会神的中心，引起主体的审美体验。艺术作品作为物态化的作者审美体验，显示着作者独具的审美理想以及对外部世界的独特的审美掌握方式，是更集中、更凝练的艺术审美形式。要对艺术作品进行深层的审美体验，同样需要具有相当高的审美能力。从审美客体的角度看，艺术作品自身是一个复杂系统。在尚未与审美主体构成审美关系时，它只是以"符号"的形式储存着多样审美体验信息，仅是一个"文本"，有待"实现"。[1]

从动态过程来看，审美体验包括艺术创造和艺术欣赏两个环节。艺术创造审美体验过程表现为相对独立的三个环节：首先是作者对审美对象产生积极的审美注意，这是一种"用志不分，乃凝于神"的"虚静"所表征出的一种极端的聚精会神的心理状态，目的是使审美主体摆脱各种日常经验中的名利杂念，从而对审美对象作精细入微、独到殊相的审美观照。在此基础上，主体对客体的外在形式产生了发自直觉的审美愉悦，并进入兴发激荡的状态之中。其次，主体迅速突破对审美对象外形式的掌握，而去以其心灵的味觉去"体味"内形式的意蕴。这时主体进入"神思"领域，主客体交融、重叠，作者在"神与物游"之中超越时空、超越自身局限展开丰富的艺术想象。最后一个环节是最高的体验层次，表征为"灵敏"实现的"物化"（物我一体）境界。主客体之间所有对立面都化为动态的统一，达到主体和客体完全融合一致的境界，各种体验（人生体验、道德体验等）都归汇到审美体验这一最高体验之中。这种最高的审美体验，就是庄子所

---

［1］　胡经之：《文艺美学》，北京大学出版社，1999 年，第 63-64 页。

说的"听之以气"，宗炳所说的"畅神"，陆机所说的"应感之会"，沈约所说的"兴会"，西方一般称为灵感或高级直觉。[1]艺术欣赏审美体验是对作者审美体验的物化品——艺术作品的再度体验，是整个审美体验不可缺少的一部分，也是审美价值实现的唯一途径。艺术欣赏审美体验也包括三个环节：首先是作品符号的"破译"，使作品外形式"直觉"式地引起人的"应目"的初级审美体验。其次是作品以情节、意境、气韵等与主体心灵交融，达到"会心"的中级审美体验。最后是主体对作品的言外之意、象外之境进行总体把握，达到"超以象外，得其环中"境界，呈现出对客观事物必然性的瞬间感悟和对人生、理想的执着追求——"畅神"的高级审美体验。[2]

在以上分析的基础上，胡经之归纳了审美体验这一人类独有的精神活动的五个特性。（1）模糊性和直觉超越性。这种模糊性是是因为审美体验中感兴、神思、兴会都包含着丰富而自由的想象，体验由此朦胧多义，瞬息万变，内在深质宽泛而没有确定性。然而审美体验又是一瞬间对对象美的把握，是从现实生活逻辑超越出来达到对审美信息的"诗意的直觉"。（2）激情性和随机性。人类的审美体验的整个过程是充满着激情的，而这种审美体验的激起、发生又是随机的、偶然的、突发的，没有固定的法式和预定的轨道，也没有预期的结果。（3）流动深化性。审美体验是一个动念过程，是一个流动的深入的过程，并且与读者人生体验的深入进程同步，呈现出一种起伏发展的流动深化性。（4）双向建构性。作为主客体的中介——审美体验过程，既是认识世界，

[1]　胡经之：《文艺美学》，北京大学出版社，1999年，第69-71页。
[2]　胡经之：《文艺美学》，北京大学出版社，1999年，第73-74页。

又是认识自我（内部世界）的过程；既是创造（推动）客体，又是创造（推动）主体的过程，以审美体验为核心的双向建构过程不仅建构了具有审美价值的艺术作品，而且纯净升华了人的审美意识，创造出了艺术个性和美的心灵。（5）二象性。审美体验既是主客体交互作用的产物，发展运动的审美形式，最后又成为艺术作品意蕴的内容。[1]

最后，胡经之还对中西美学中的审美体验论进行比较研究，即从西方美学中拈出"移情""想象""灵感"几个最为关键的范畴，把它们分别与中国美学中审美体验属于核心层次的"兴""神思""感兴"进行比较，以检视中西审美体验的不同特点。比如针对"移情"与"兴"的区别，胡经之指出，首先，里普斯的移情说是能动的主体，主动地将自身情感外射；而中国的"兴"却强调体验、兴发，重物我的交流以及亲和感受性。其次，移情说过分强调主观性，对象的人格化，以人度物，化物成人；而"兴"却超越了物我局限，体味到宇宙时空无限和自身的情怀。再者，移情说强调分析，而"兴"重直观、重整体，重视由外向内的拓进。最后，里普斯的移情说以一种"错觉"的"飞腾感"来说明移情，而"兴"却是面面观，视点不固定，随情所至，"俯仰自得，游心太玄"。[2]总体来看，胡经之的"审美体验"侧重在中国古典美学的语境中阐发，比如对"感兴""虚静""兴会""神思""物化""畅神"等中国古典美学范畴的大量运用，所以胡经之的"审美体验"具有相当明显的中国美学精神特质。

---

[1] 胡经之：《文艺美学》，北京大学出版社，1999年，第74-79页。
[2] 胡经之：《文艺美学》，北京大学出版社，1999年，第86页。

二、审美体验与"心理美学"

作为新时期文艺心理学的领军人物之一，童庆炳主张文艺心理学向心理美学转型，他为此申报了国家社科基金项目，率领门下众弟子围绕着心理美学先后完成并出版了十五部书，其中他主编的《现代心理美学》（以下简称《现》）是研究项目的最终成果。《现》在前言中指出，心理美学的发生背景主要与20世纪中期兴起的人本主义思潮有关。两次世界大战带给人们痛苦的反思，人作为主体重新成为学术界关注的焦点。这股重新认识人自身的学术思潮波及美学领域，就引起了人们对审美主体的研究兴趣，正是在对审美主体及其心理体验深入探讨中，现代意义的心理美学诞生了。精神分析美学、完形心理美学、行为主义心理美学、人本主义心理学美学等现代美学流派构成了心理美学主体方面，也显示了心理美学在研究审美主体及其审美体验的无可比拟的优越性。[1]

一门独立的学科应该具有自己的明确的研究对象。心理美学的研究对象应该与哲学美学、社会学美学截然不同。书中认为："心理美学的研究对象是审美主体在一切审美体验中的内在规律，其中既包括研究艺术美的创作和接受中的心理律动，也包括研究自然美和社会美中的心理活动轨迹。"而在心理美学的研究对象中，审美体验是一个核心的命题，"作为心理美学研究对象的人的审美活动和艺术活动，归根到底都是人的一种生命体验。人活在世界上总是要不断领悟世界的意义和人本身存在的意义，体验就是主体对生命意义的把握。体验作为一种心理活动，是指向人

---

[1]　童庆炳主编：《现代心理美学》，中国社会科学出版社，1993年，前言第1-2页。

的生命，它具有强烈的情感色彩，常常使人进入心醉神迷、物我两忘的境界，而这种心理活动又是以经验作为基础的，它是对经验带有感情色彩的回味、反刍和体验。从这个意义上讲，主体的审美体验是同社会实践相联系的，离开了社会实践就谈不上生命体验。作家艺术家只有以整个生命投入社会实践，使主体和客体产生深沉的撞击，才有可能获得深刻、丰盈的人生体验，也才可能有真正的文学艺术创作"。[1] 从研究审美主体的审美体验这一核心命题出发，心理美学的具体研究内容包括：作为体验阐释者的艺术家、作为体验外化的创作过程、作为体验形式化的艺术作品、作为二度体验的艺术接受。这四个方面构成了《现》的主体内容。[2]

让我们先来看看书中对体验的界定和描述："体验就是主体（人）带有强烈情感色彩的、活生生的、对于生命之价值与意义的感性把握。"很显然，正如书中所说，这种意义上的体验触及了艺术本质："情感、生命、意义，这不正是艺术所关涉的核心吗？艺术家所表现的、艺术品所显示的、接受者所领悟的，不正是情感、生命、意义吗？"这里可以看出，由于体验被赋予了审美的、艺术的本质意义，可以说体验就是审美的体验，所以后文中大都以"体验"来指称"前言"和"总论"中多次提及的"审美体验"。如前引述，《现》主要是从人的生命存在的层次来描述体验的。类似的语句后文中还有："人的生命活动不同于动物的生命活动之处，在他不但活着，而且知道为什么活着，这就是说，他意识

---

[1] 以上未注见童庆炳主编：《现代心理美学》，中国社会科学出版社，1993 年，第 15-16 页。

[2] 童庆炳主编：《现代心理美学》，中国社会科学出版社，1993 年，第 16-17 页。

着、体验着自己生命的意义、目的和价值。""体验是主体对于
生命意义的把握，因此它是一个本体论的概念。""人的生命是
与社会关系以及文化、历史紧密相关的，这样，个体的人的情感、
希望、想象、冥思、回忆、欢乐、痛苦等内心活动必然与社会存在、
社会关系分不开。所谓体验就是对这种生命的体验，生命必然是
体验着的生命。而体验则必然是生命体验（life experience）。"
由此可知，审美体验就是体验、生命体验。这三个概念是等同的。
由体验的生命性可推出体验的情感性。书中指出，"由于体验直
接指向人的生命，以生命为根基，所以它必然是一种带有强烈情
感色彩的心理活动，……情感乃是体验的核心。体验的出发点是
情感，……体验的最后归结点也是情感"。由体验的生命性和情
绪性（质的特征）则可推出体验的强烈性、高强度性（量的特征）：
"在体验中主体调动全部的心理机制，进入一种全身心的心醉神
迷的状态。"另外，体验作为生命的本体性活动，会超越个体生
命的限制，达到主客体的浑然同一、物我两忘，融入一个更大的
生命的世界中去。[1] 我们认为，体验的这个特征可总结为"超
越性"。

从体验的角度看，艺术品是体验的形式化、是体验的符号化
表现。书中指出："如果说科学的世界是人类理性的世界，那么
艺术的世界就是人类情感的世界、体验的世界，艺术作品是'人
类情感的表现形式。'（苏珊·朗格语）"[2] 所以，体验不仅
是本体论的，也是存在论的，因此对艺术本质可以这样来界定：

---

[1] 以上未注见童庆炳主编：《现代心理美学》，中国社会科学出版社，1993年，
第53-59页。
[2] 童庆炳主编：《现代心理美学》，中国社会科学出版社，1993年，第73页。

"艺术……通过符号形式揭示了存在的意义，……更直接地、感性直观地呈现了存在的本质，而这又是以体验为中介的。就是说，艺术经由呈示体验的形式而成为存在的确证。"书中通过引述荷尔德林和海德格尔的观点对此展开了论证：荷尔德林说"歌即生存"（song is existence），因为诗歌是人的体验的表达，而体验则是存在的亮相和呈露，所以诗歌即是生存，诗人就是生存者。海德格尔认为，诗作为"思"（体验）的语言是"本真"的语言把"在"从黑暗王国引入澄明之境，诗之所以有这种能力，是因为它超越了外在的物质性和功利性而直达体验这一内核。所以，艺术要能成为存在的声音，必须超越其外在的物质性和功利性而去拥抱内心的体验，使之成为"心灵的作品"。[1]正因为艺术是存在的确证，艺术的世界是体验的世界，当我们接受艺术作品，就会进入一个完全不同于现实空间的艺术的世界，从中发现并确证自身存在，获得一种超越物质性、功利性的特殊体验。

如果说艺术作品是体验的形式化、符号化，是体验的呈露，那么艺术家作为艺术的创造者就是体验的"阐释者"，而要创造出包蕴有丰富的人类体验的艺术品，艺术家首先必须具备体验能力："艺术家必须对生命以及生命所贯穿的生活有深刻的体验，必须具备特殊的敏感性和观察力（当然还有将这种体验形式化的能力）。"其次，艺术家必须时时进行体验活动："艺术家必须时时对生命的真谛和宇宙的奥秘有深刻的体验，他对大千世界中的一草一木都倾注爱心，他所处的世界是一个体验的世界，一个无处不充盈着情感和生命的世界。"艺术家必须通过体验使自己

---

[1]　童庆炳主编：《现代心理美学》，中国社会科学出版社，1993 年，第 75-76 页。

生活在一个迥异于日常生活的另一个意义的世界、情感的世界、审美的世界，而日常生活或平凡的事件一经过艺术家的体验，就会释放美的气息，发出奇异的光辉。再次，艺术家的体验与其艺术个性也有着复杂的双重关系。一方面，艺术家的个性决定了他具有比常人更强烈、更独特、更敏感的感受力，能更好地激发艺术家的体验，使之摆脱概念的牢笼，并与对象建立审美的、诗意的关系，从而更有可能在日常生活中获取创造的灵感和创作的素材；另一方面，艺术家的体验反过来也会积极地塑造艺术家的艺术个性和艺术风格，比如艺术家的童年体验的色调往往就是他艺术风格的个人标记。最后，艺术家善于储备保存以往的体验，从而形成丰富的素材和强烈的创作冲动。[1]

艺术家的体验是不断生成的。体验的生成性特征表现在："生命的特征在于它的运动性，……作为生命之标志的体验也是不断变化的、处于不停息的动态之中。体验的动态性决定了体验总是活生生的、开放的，这也就是说，体验是不断生成的。"书中强调，童年经验对艺术家的体验生成有着极为重要的意义："在心理学领域中，各派心理学家之间尽管有许多分歧，但都十分重视童年经验对个人成长的意义，认为童年时期的经验，特别是那些印象深刻的经验往往给艺术家的一生涂上了一种特殊的底色，并在相当程度上决定着艺术家对于创作题材的选择。"艺术家也相当重视童年经验对其一生及整个创作活动的影响，但是也不宜过分强调童年经验对艺术家创作活动的影响："童年经验一方面作为既成的心理事实影响到艺术家对后来的人生经验的选择和吸收，可

[1]　以上未注见童庆炳主编：《现代心理美学》，中国社会科学出版社，1993年，第78-84页。

另一方面，日后的人生经验也不断地浸泡、濡染、改更和重塑着早期的经验。……结果是产生了不同于实际经历、感受的对整个人生、社会的更为深刻的体验。……原有的感受往往有了质的改变，因此具有了新的意义。"[1]这正是体验的生成性特征的主要体现。除了从历时的、发生的角度对艺术家的体验进行考察，书中还从共时的、结构的角度较为详细地描述了艺术家的七种体验类型，即缺失性体验、崇高体验、焦虑体验、罪疚体验、孤独体验、神秘体验、归依体验。

艺术家常会经历两种典型的创作体验：艺术癫狂和艺术沉思。在艺术的创作中，当情感达到一种极致状态时，便会出现一种奇异的创作现象——艺术癫狂。书中引用了柴可夫斯基对艺术癫狂的描述："当一种新的思想孕育着，开始采取决定的形状时，那种无边无际的欢欣是难以说明的。这时简直会忘记一切，变成一个狂人，每一个器官都在战栗着，几乎连写出大概来的时间也没有，就一个思想接着一个思想地迅速发展着……如果艺术家的这种精神状态继续下去，永不中断，那么这个艺术家会活不了一天的。"[2]艺术癫狂对艺术创作有两个推动作用：一是激情作用，癫狂时以激情的强化为标志，而激情的发生导致艺术家进入高度兴奋的创作状态，二是无意识创作的突发，使艺术家进入非自觉创作的精神状态，在此状态下艺术家如痴如狂、物我不分、意不由己，却又思如泉涌，灵感爆发。[3]艺术沉思是与艺术癫狂截然相反的创作心理状态。在艺术沉思中，作家的创作冲动回归一

---

[1] 以上未注见童庆炳主编：《现代心理美学》，中国社会科学出版社，1993年，第86-91页。

[2] 童庆炳主编：《现代心理美学》，中国社会科学出版社，1993年，第273页。

[3] 童庆炳主编：《现代心理美学》，中国社会科学出版社，1993年，第277-279页。

种深沉的平静，并在平静中反复回味、体验纷涌的思绪、物象，形成艺术的内形式——审美意象。[1]艺术沉思的过程其实是自然情感转化为艺术情感的过程。如同粮食经过酿造会变成美酒一样，自然情感需要在艺术沉思中被酝酿而变为艺术情感，而这也是一种"内指向"的宣泄和释放过程：创作主体将自然情感作为客体进行自我观照、自我体验，使之升华为艺术情感，"消解了情感储备所携带的情感能量对人的心理所造成的沉重压力，并通过赋予情感以新的特质使之给人以轻松、愉快的心理感受"。[2]这两种创作体验中艺术癫狂是一种变态心理，而艺术沉思却接近于一种常态心理，这里对创作过程的描述相比吕俊华片面强调变态心理忽视常态心理要更为全面。

书中还论述了创作心理过程中的自我体验及其与角色意识的关系，认为两者发生着矛盾与统一运动，构成了作品价值，同时具有个体性和社会性的二重性特征的主观心理基础。何谓自我体验？书中指出："自我体验是体验的自我意识，是人在将自己当作独立的生命个体来自我对照、审视时产生的深沉情绪。在自我体验中人把自己的现实处境，特别是由这处境所引起的心灵活动作为观照、体味的对象并从这种观照和体味中生出更为深沉绵远的感情。"可以说自我体验就是一种"再度的体验"，或者说"对体验的体验"，更是一种"美感体验"，它的朦胧性、纯真性、超越性使它天然就具有审美的品格。自我体验又是一种非常个人化的体验，艺术家以此形成自己的艺术个性："自我体验是纯粹

---

[1] 童庆炳主编：《现代心理美学》，中国社会科学出版社，1993年，第289页。
[2] 以上未注见童庆炳主编：《现代心理美学》，中国社会科学出版社，1993年，第291-292页。

个体性心理活动，它具有鲜明的个性特征，正是由于自我体验的这种个性特征才使得艺术作品总有自己的独特性。……一个艺术家只有自觉地丰富和深化自我体验才会在艺术创作中保持自己的独立的精神品格，才会使作品获得长久的生命。"但是，自我体验在艺术家的创作过程中常会受到角色意识的干扰。角色意识盘踞在艺术家的意识深处，固化为一系列的社会性规范和原则，对艺术家的创作行为不断发出指令并进行干预，这些社会性的指令经常会与植根于个体生命存在的自我体验发生冲突，使艺术家不断地在个人化与社会化之间进行价值取舍。解决自我体验与角色意识的矛盾的方法是将角色意识审美化，即"将角色意识个体性化、感性化、情感化"，把意识层次的原则、规范纳入自我体验的范围之内，化为自我体验的一部分。而经过自我体验熔铸后的角色意识就此获得了真情实感，从而带有了审美性质，表现在艺术形式中就会有动人心弦的艺术感染力。[1] 这既解决了艺术创作的个人化与社会化的冲突，又实现了艺术作品的个体价值和社会价值的统一。

三、审美体验与"美学"或"艺术人类学"

王一川早在 1988 年出版的博士论文《意义的瞬间生成》（山东文艺出版社，1988）中就对西方体验美学从体验的起点、方式、意义、形式、终点等方面作了全面探讨，"梳理了西方体验美学的历史线索，建立了体验美学的完整的理论框架"[2]。他紧接着撰写《诗意的空地——以体验为中心的人类学美学》一书，试

---

[1]　以上未注见童庆炳主编：《现代心理美学》，中国社会科学出版社，1993 年，第 355-369 页。
[2]　王一川：《意义的瞬间生成》，山东文艺出版社，1988 年，第 375 页。

图以体验美学为基础建立新的人类学美学体系，但该书未能完成。但他并未放弃对体验美学的探索，在1992年出版的《审美体验论》一书则以审美体验为中心论题和核心概念勾画出了一幅新的美学（艺术人类学）图景。

何谓新的美学呢？这要先从审美体验说起。王一川认为它有两层含义："一是审美体验，二是审美体验。这就是说，首先，审美体验是审美的，它不同于一般非审美体验。审美体验总是与如下审美特征相连：无功利、直觉、想象、意象等，而非审美体验则常常涉及功利、实用、理智认识等特征。其次，审美体验是一种体验，它不同于一般经验。经验属于表层的、日常消息性的，可以为普通心理学把握的感官印象，而体验则是深层的、高强度的或难以言说的瞬间性生命直觉。"所以审美体验是非常特殊的生命体验，它"构成人生中意义充满的瞬间"，"成为艺术的灵性之源"。[1]因此，审美体验不得不是美学重点关注的对象，与美学发生本质上的关系。那么从审美体验的角度看，美学是什么？王一川认为："美学还不是科学，因为它无法像其他学科一样得到普遍、持久的承认；美学也还不是成熟的学问或学科，因为它并无一门成熟学问或学科所必需的被普遍认可的方法、概念、范畴、规律等东西，而且它从来也不是独立的、完整的；美学还只是一种冥思方式。"[2]也就是说美学目前还只是一种反思、沉思、追问审美问题的一种思维方式。哪些问题才会成为美学冥思、追问的对象呢？王一川指出："对美学来说根本重要的不是追问美是什么，而是追问我们关于美的体验，即审美体验。

［1］　王一川：《审美体验论》，百花文艺出版社，1992年，第5-6页。
［2］　王一川：《审美体验论》，百花文艺出版社，1992年，第24页。

美学的中心问题不是美，而是审美体验。"[1]于是以审美体验为中心问题，王一川提出了他对美学这一学科的定义："所谓美学，就应当表述为以审美体验为中介研究审美沟通的科学性学科。"[2]

从审美体验出发，王一川为艺术下了新的定义："艺术作品中那震撼我们心灵的东西究竟是什么？不就是为我们的审美体验所把握的活生生的人类生命活动吗？艺术，是与审美体验密切相关的东西，从某种意义上说，它就是审美体验的结晶。"[3]艺术这个新定义，显然是从人类学的角度来界定的，并且是以审美体验为核心的。于是王一川把审美体验也作为艺术人类学的中心问题，以此提出艺术人类学的学科构想："艺术人类学，应当是以艺术本体论为基础，运用各种可能的具体科学方法去综合地、整体地研究艺术这种审美体验形式的感性解放意义的学科，在这里，艺术本体论——对艺术中的审美体验及其感性解放意义的思索——将是中心或焦点。"[4]而艺术人类学的研究课题将包括：（一）本体论。首先是中介本体论。它是关于艺术的超越与解放这一中介性质的反思；其次是活动本体论。它是关于艺术作为审美体验的形式这一活动性质的反思。它将研究作为艺术本体的审美体验如何从活动中显现出，研究审美体验的本质、审美体验与相关概念的关系，研究作者审美体验、作品中的审美体验、读者审美体验这三者的关系，研究审美体验向艺术形式的过渡，等等；最后是作品本体论。它是关于艺术的实体方式的反思。它强

[1]　王一川：《审美体验论》，百花文艺出版社，1992年，第20页。
[2]　王一川：《审美体验论》，百花文艺出版社，1992年，第34页。
[3]　王一川：《审美体验论》，百花文艺出版社，1992年，第36页。
[4]　王一川：《审美体验论》，百花文艺出版社，1992年，第47页。

调从人类感性的超越与解放中介、从审美体验的角度把握作品。
（二）发生论。它是艺术的原始起源、现实生成和历史演变的反
思。（三）形态论。它是关于（1）作者和读者的审美体验的心
理类型和（2）作品人物或氛围的审美体验的心理类型的反思。
（四）形式论。它是关于审美体验在艺术形式中的显现的反思。
艺术人类学强调形式本身的超越意义、审美体验意义。形式意味
着审美体验的亮相。（五）沟通论。把作家体验与读者体验在社
会历史背景上融合起来研究，即作为二者的历史性沟通来研究。
这五个部分有机相连，其联系的"红线"正是艺术的本体——审
美体验。[1]

　　王一川先前指出美学不应该追问美是什么，而应该追问对美
的体验，其实这并没有否定美的本质论，在他看来，美还是有本
质的，而对美的本质的思索离不开审美体验问题。也就是说，美
与人的个体体验紧密相连。从人类学的角度说，人总是发展的，
总要拥有未来，未来、可能性高于一切。发展得有目标，至少得
有大致蓝图。王一川把这个蓝图界定为"总体远景"，即"体现
人类总体活动的发展的可能性的景象、征兆、预兆或迹象"。我
们来看"总体远景"的具体描绘："它就存在于总体的运动之中，
可以为我们感觉所反馈。它是活生生的、生气勃勃的、自由自在
的人类生活景象，可以令我们心花怒放，心荡神驰。它是如此热
烈地慰藉着我们饱经忧患的心灵，以至于我们几乎会忍不住像浮
士德那样喊道：'真美呀，请你停下！'如此美景，怎不叫人流
连忘返？"在如此富有诗意、激情的描绘之后，王一川顺势推出

----

[1]　王一川：《审美体验论》，百花文艺出版社，1992年，第47-50页。

了对美的界定："美，是人类活动的总体远景。简言之，美是总体远景。"但是美作为总体远景，不能离开个体活动这一根基，美必须具现于每个个体之中，演化为姿态万千的美的现象，美的形态。这就要求个体亲自去体验，而在此时，体验也就成为关于总体远景的审美体验。王一川由此给美的本质下了一个描述性的定义："美是人类活动的总体远景在个体体验中的显性显现。要言之，美是总体远景。"他同时强调："对美的界说离不开对审美体验的把握，二者应当是二而一或同一的。"[1]

王一川把审美体验的结构分成三个基本层次，即历构层、临构层和预构层。历构层是个人与社会早先进行的活动在个体头脑中不断内化而积淀成的层次，是过去的历次人类活动的内心投影，是个人的历次实践活动的内化物的总汇、积贮。由此可知，历构层既体现了每个个体的个性，又更多地体现了人类整体上的社会性。历构层随时随地以强大的力量规定着主体的内在精神活动，对于审美活动来说，历构层使得审美体验不再停留于个人的"自我表现"的狭小领域，而总是或多或少，或浓或淡地体现了作为一个统一的历史过程的人类生活的整体经验，透露出对整个"类"活动的思考。临构层是现在的当下的临景感受的层次："审美体验是这一历时态中的一瞬间——共时态。而临构层则是共时态中的一瞬间，是'瞬间之瞬间'。"所以临构层不是历史的沉积，而是当下的突现，即"临景构结"，在凝神静观的瞬间主体与活动图式之间发生内化和外化的双向建构，建立起一种新的主客体关系（审美关系）。临构层中的现时感受被历构层"过滤"着，

---

[1]　以上未注见王一川：《审美体验论》，百花文艺出版社，1992年，第63-69页。

也被未来的设想影响着。预构层是对未来的活动图式在内心的预先建构。人们总是根据自己的过去经验去构想未来的，总是根据自己的现在情况去筹划未来的，所以预构层的发生依赖于临构层和历构层的相互"接通"、相互碰撞、相互冲突，未来总是从现实性和历史性的焚烧的灰烬中诞生出来。审美体验就是这三个层次的有机统一，从而获取了历史性、现实性、可能性三种特性。因此，审美体验是对历史性、现实性、可能性的体验。任何审美体验都是历史性、现实性、可能性的统一。不过这三者中可能性最为重要："美永远是属于未来的。它是过去的未来，现在的未来，未来的未来。……美就是未来的、理想的人的活动图式——未来意象。"[1]

审美体验的特征是什么呢？首先是审美体验过程伴随着紧张、剧烈的内部活动，甚至外部活动。在审美体验中，审美感知、审美想象、审美情感等都处于一种极度兴奋、高亢、热烈的状态，他们共同形成一股强大的生命之流奔涌而来，令审美主体热血沸腾，心跳加快，浑身充满活力。其次，审美体验过程伴随着兴象的创造和发现。审美体验就是过去（记忆意象）、现在（感知意象）和未来（理想）瞬间的统一。而兴象是这三者的回环往复、交叉渗透或多维整合的瞬间实现与勃发。再次，审美体验是刹那间的永恒。人的有限性需要用审美来超越，而超越本身又是有限的，它必然是某一瞬间的超越，之后便是长久的失落、动荡。换言之，我们只能是在无限的失落中获得有限的超越，在永恒的动荡中获得暂时的安宁。正因是这样，在瞬间中把握的美才更可贵，

[1]　以上未注见王一川：《审美体验论》，百花文艺出版社，1992年，第86-106页。

而审美体验就是对于人生的刹那间之永恒的体验。最后，审美体验是亲身的体验。美是人类社会实践的产物，只有通过亲身实践，把个体存在融入社会存在之中，才可以体验到人类之美、人生之美。体验，就是以身"体"之，以心"验"之，即身体力行，亲身实践。以上四个方面并在一处，得出审美体验的完整表述："审美体验是人在亲自活动中对人类活动的理想意象的瞬间把握，这一过程伴随着紧张、剧烈的内部活动，丰富活跃的兴象，热烈欢快的情感。"[1]

　　审美体验既是艺术创造的材料和起点，又是艺术欣赏的目标和终点。王一川认为艺术归根到底是一种信息过程，是人与人之间进行社会沟通的一种手段。艺术活动就是一种信息的组织、传递与接受的过程。它至少由三个基本系统构成：艺术信源系统（艺术家），艺术信号系统（艺术品）和艺术接受系统（读者）。艺术创造过程就是对信息进行组织（加工、创造），可以看作信息的输出系统，即信源。艺术是一种什么信息呢？它是一种特殊的物质—精神信息——通过组织与物化凝定的审美信息。审美信息包括内化和外化两种，其中内化的审美信息是由主体纳入头脑、为他所注意到、所接受的审美信息，包括审美情感、审美认识、审美理想、审美趣味、审美态度、审美想象等。外化的审美信息，是已经投射到客体中的内化信息，是内化信息的客体化，在艺术创造中主要是把内化的审美信息用物质化、符号化的方式表现出来。显然艺术信息是一种外化的审美信息，是物质化、外化所产生的信息。并非所有的内化的审美信息都可以外化而成为艺术信

---

[1]　以上未注见王一川：《审美体验论》，百花文艺出版社，1992年，第114-125页。

息，内化的审美信息（包括审美经验和审美体验）中只有审美体验才可以成为艺术创造的材料。到这里我们就会知道，艺术家把重新组织了的审美体验赋予相应的物质形式，从而形成艺术品，即艺术信息。所以，审美体验既是艺术创造的材料和起点，又是艺术欣赏的目标和终点。于是王一川把艺术信息界定为"一种特殊的审美信息——为着审美体验而创造的、经过重新组织与物化凝定的审美体验"。[1]

由以上探讨可知，审美体验是一个极为关键的概念、命题，涉及文艺审美活动的各个环节，内涵丰富而又深刻，与文艺美学、心理美学乃至整个美学都有着极为密切的关系。20 世纪 80 年代中后期的文艺学界通过对审美体验的多维深入的研究，对文艺的本质特性做了进一步的确认，为文学审美论提供了强有力的佐证。对于文艺心理学的学科发展来说，审美主义的新范式得以巩固，并对其他相邻相关学科释放出惊人的辐射力。随着研究队伍的扩容、学科界线的模糊，审美体验研究的巨大成功和深远影响使文艺心理学走上了学术的巅峰，但又在一定程度上预示了"文艺心理学"已经完成了历史使命，将被文艺美学、心理美学，甚至美学所取代。

第三节 审美意象论

"意象"是中国古典美学的一个核心概念，最早可追溯至《易

---

[1] 以上未注见王一川：《审美体验论》，百花文艺出版社，1992 年，第 126-136 页。

传》提出的"立象以尽意""观物取象"两个命题，在《文心雕龙》中"意象"这一复合词已经定型并且提出了"窥意象而运斤"的命题。[1]以这之后，"意象"被反复阐发，成为中国诗学和美学的"意象说"。到了当代，朱光潜对"意象说"的美学内涵进行阐发，提出一系列新命题：如"美感的世界纯粹是意象世界"[2]；"凡是文艺都是根据现实世界而铸成另一超现实的意象世界"[3]。在20世纪50年代的美学大讨论中，朱光潜提出"美"（审美对象）不是"物"（"物甲"）而是"物的形象"（"物乙"），这个"物的形象"就是"意象"。朱光潜的"意象"被赋予了心理美学的内容，逐渐演变成为新时期文艺心理学审美主义转向后的重要范畴"审美意象"。从80年代后期开始，审美意象这一范畴就被反复深入探讨，一直延续到现在，相关研究成果汗牛充栋，极为丰富，其中我们选取关联文艺心理学较为紧密的叶朗、胡经之、汪裕雄三人进行介绍，涉及的主要论著是《现代美学体系》（北京大学出版社，1988年初版）、《文艺美学》（北京大学出版社，1989年初版。1999年再版，内容未作更改）、《审美意象学》（辽宁教育出版社，1992年初版。人民出版社2013年再版，内容未作更改）。

一、"艺术本体"、"感性世界"和"审美意向"

叶朗对审美意象的主要贡献是"艺术本体"、"感性世界"和"审美意向"三个概念的提出。

［1］　参看叶朗：《中国美学史大纲》，上海人民出版社，1985年，第70-72页，第226-230页。
［2］　朱光潜：《论美》"开场话"，《朱光潜美学文集》第一卷，上海文艺出版社，1982年，第446页。
［3］　朱光潜：《论文学》"文学与人生"，《朱光潜美学文集》第二卷，上海文艺出版社，1982年，第243页。

（一）"艺术本体"。在《现代美学体系》一书中，叶朗是从审美艺术学切入审美意象的阐述的。我们看到该书第三章题目就是"审美意象"，其中第一节是"审美艺术学的内涵"，一开始就写道："无论哪个时代，美学总是把艺术放在中心的位置加以研究。这样，就逐渐形成了美学的一个分支，即审美艺术学。审美艺术学把艺术作为一种最典型的审美活动来进行考察。因此，审美艺术学的核心范畴必然也是整个现代美学体系的核心范畴。解决审美艺术学的核心课题也必然有助于解决整个现代美学体系的核心课题。"叶朗进一步指出审美艺术学的核心课题就是艺术是什么的问题，也就是艺术的本体问题。那么艺术的本体问题与审美意象有什么关系呢？考虑到中国古典美学正是以审美意象为核心对艺术创造和艺术欣赏进行了多方面、多层次的研究，叶朗指出："艺术的本体乃是审美意象。"进一步说就是："在现代美学体系中，正应该以审美意象这个从中国古典美学中提取出来的范畴作为核心，展开艺术本体的研究。"[1]

为了论证"艺术的本体乃是审美意象"这一命题，叶朗先是对"艺术"一词从中西美学史两个方面作了考察，得出了同艺术有关的几个规定："第一是技艺。第二是由此技艺生产出的一个人造物。第三是该人造物的功用是精神性的，它不像其他人造物一样服务于实践的目的。"这三个规定中把"人造物"作为核心特征，似乎使艺术沦为器具之属。于是要探究艺术本体，必然要对艺术品与器具之本质区别进行研究，这也正是审美艺术学的核心问题。叶朗认为器具有两个特性，一是器具的制作要符合物质

---

[1]　以上未注见叶朗：《现代美学体系》，北京大学出版社，1988年，第89-90页。

世界的规律，二是器具的制作完全是为了使用。而艺术品的创作则开始于审美感兴活动，审美感兴的对象不是"物"（物质实在），而是"象"，所以艺术家不会关注与"物"相关的物质世界的规律，而只会把注意力放在意向性活动中所创造的"意象"上面。另一方面，艺术家对"象"发生审美感兴，进行审美创造，产生出艺术品，不是为了让人使用，而是将"意象"物化，通过观赏者将之复活，成为实在的审美对象。[1]这里可以知道，艺术品与器具的区别是艺术品有"意象"而器具无"意象"。甚至美和不美（美的反面）的区别，也在于能不能生成审美意象。[2]

　　接着，叶朗引述了海德格尔对凡·高的《农妇的鞋》的审美感悟，并指出："这鞋具作为存在者回到了存在者自身，显现出它的真实存在。这种存在者自身的存在，在农妇漫不经心地穿上它、脱下它时并不存在，而只是凡·高反复多次地画它、观看它时，它才对艺术家敞开。艺术家于是看到了属于这双破旧的鞋的那个'世界'。一切细节——磨损的鞋口，鞋皮上的泥土——便都同'有用性'脱离，而只是成为一种昭示，它们那个'世界'的昭示。这样，凡·高提笔作画时，便不是在画鞋（如鞋的设计图或鞋的广告画），而是在画这一双鞋的那个世界。他要借艺术的形式把这世界向每一个观看这幅画的人敞开来——这不是一双有使用价值的鞋，而是一个完整的、意蕴内在于其中的感性世界。"[3]叶朗这里指出，艺术不是为人们提供一件有使用价值的器具，而是向人们呈现一个完整的世界，即意象；意象召唤人们对艺术品

---

[1]　以上未注见叶朗：《现代美学体系》，北京大学出版社，1988年，第108-111页。
[2]　叶朗：《美学原理》，北京大学出版社，2009年，第70页。
[3]　叶朗：《现代美学体系》，北京大学出版社，1988年，第112页。

进行感性直观，在感性直观中，一个完整的、意蕴内在于其中的感性世界显现出来。这个"完整的、意蕴内在于其中的感性世界"就是意象，就是艺术的本体。因此审美艺术学的研究必然指向一个中心，即审美意象。

（二）"感性世界"。上文提到叶朗认为意象就是"完整的、意蕴内在于其中的感性世界"，但在《现代美学体系》一书中并没有展开，不过后来叶朗在《美学原理》（北京大学出版社，2009）中对审美意象的性质专门进行了分析，把它归纳为四点："第一，审美意象不是一种物理的实在，也不是一个抽象的理念世界，而是一个完整的、充满意蕴、充满情趣的感性世界，也就是中国美学所说的情景相融的世界。第二，审美意象不是一个既成的、实体化的存在，而是在审美活动的过程中生成的。……审美意象只能存在于审美活动之中。第三，意象世界显现一个真实的世界，即人与万物一体的生活世界。……第四，审美意象给人一种审美的愉悦，……也就是我们平常说的使人产生美感（狭义的美感）。"这四点中第一点最为重要，叶朗认为"审美意象首先是一个感性世界"，它诉诸人的感性，引发审美直觉，使人进入审美的境界中去。这个感性世界还体现在情感性和意蕴性，所以审美意象是"带有情感性质的感性世界，是有意蕴的世界"，"这种以情感性质的形式所揭示的世界的意义，就是审美意象的意蕴"。而在意象的"感性世界"中显现的是人与万物同一的生活世界，在这个世界中，世界万物与人的生存和命运是不可分离的。因此当意象世界在人的审美观照中涌现出来时，必然含有人的情感（情趣），必然是情景交融的。总之，审美意象以一种情感性质的形式揭示世界的某种意义，这种意义"全部投入了感性之中"，叶朗认为正是从感性和意义的内在统一这个角度，杜夫海纳才把审美对象称为"灿烂的感性"，所以"灿烂的感性"就是一个完整的充满意蕴的感性世界，就是审美意象，也就是广义的"美"。[1]

（三）"审美意向"。上面提到审美意象是情感交融的世界，而根据中国古典美学的"意象说"，"情""景"是不可分离的："景无情不发，情无景不生。"离开"情"，"景"就不能显现，就成了"虚景"；离开了"景"，"情"就不能产生，也就成了"虚情"：这两种情况都不能产生审美意象。只有"情""景"的统一才能构成审美意象。而"情"和"景"的统一正是审美意象的基本结构。叶朗认为，中国古典美学从"情""景"关系对审美意象构成的分析,已经接触到审美主客体之间的意向性结构：审美意象正是在审美主客体之间的意向性结构之中产生，而且只能存在于审美主客体之间的意向性结构之中。[2]由于审美主客体的意向性结构只有在审美活动中建立，所以上文叶朗总结审美意象性质时说审美意象只能生成和存在于审美活动之中。

这里的所说的审美意象的"意向性"显然来自胡塞尔的现象学，叶朗引用萨特阐发胡塞尔的话解释道："意象'并非是一个物'，而'是属于某种事物的意识'。……意象在变成一种有意的结构时，它便从意识的静止不动的内容状态过渡到与一种超验对象相联系的唯一的综合的意识状态。"[3]如果说萨特赋予了意象流动的、超验的意识属性，那么胡塞尔把"意象"纳入了"直

[1]　以上未注见叶朗：《美学原理》，北京大学出版社，2009年，第59-63页。
[2]　叶朗：《现代美学体系》，北京大学出版社，1988年，第116页。
[3]　叶朗：《现代美学体系》，北京大学出版社，1988年，第115页。

观"，特别是纳入了"意向性结构"中的"体验"关系，从而使"意象"同时具备了客体的主体化和主体的对象化的双重性质。从萨特和胡塞尔的表述看，"意象"不可能完全独立于主体之外，它只能是意向性活动的产物，而且从它的客体的主体化和主体的对象化的双重性质看，很多时候本身就是审美活动的产物。叶朗在《美学原理》中指出，从现象学的意向性理论看，审美活动就是一种意向性活动，意象就是一个意向性产物。意象的统一性以及作为这种统一性的内在基础的意蕴，都依赖于意向性行为的生发机制——它不仅使"象"显现，而且"意蕴"也产生于意向行为的过程中。换句话说，审美对象（意象世界）的产生离不开人的意识活动的意向性行为，离不开意向性构成的生发机制：人的意识不断激活各种感觉材料和情感要素，从而构成（显现）一个充满意蕴的审美意象。[1] 由于意象世界是不能脱离审美活动而存在的，所以美只能存在于美感活动中，叶朗认为这就是美与美感的同一。这个结论早在朱光潜那里就出现了，当时就受到猛烈的批判，后世也常有人对此反驳，而叶朗主张"美与美感的同一"（即"美在意象"说）同样长期面临同行的诘难，由于篇幅所限，这里就不作展开了。

二、"意象思维"和"审美物象"

胡经之对审美意象研究的主要贡献是提出了"意象思维""审美物象"两个概念。

（一）"意象思维"

胡经之在书中引用了马克思曾经提出的一个著名论断：对世

---

[1]　叶朗：《美学原理》，北京大学出版社，2009 年，第 71-72 页。

界的科学（理论）掌握方式，是不同于对世界的艺术的、宗教的、实践—精神的掌握的。他认为，这个论断可以帮助我们认识到科学、艺术、宗教、实践—精神在掌握世界方式上的不同。那么人对世界的艺术掌握方式是怎样的？首先，胡经之认为艺术也是社会实践的一种形式，也是精神活动和物质活动的统一。人对世界的艺术掌握，是通过实践，创造出艺术"作品"才得以实现的。要生产出艺术的"作品"，也像任何物质生产一样，必须由实践的主体（人），运用一定的工具（器），改造一定的材料（物），造成一个新的东西（物）。所以艺术生产与物质生产有共同性。但是必须看到，人对世界的艺术掌握，是对世界的精神掌握和物质掌握的统一，却是特殊的精神掌握和特殊的物质掌握的特殊统一。这个特殊性就在于艺术活动"以创造审美价值为主要目的，专门满足人的审美需要"。作为艺术生产结果的艺术作品也有特殊性："它主要是以形式美（物的美）表现出来的内容美（意蕴美）去满足人的特殊的审美需要，它具有特殊的审美价值。"为了生产出这样特殊的产品，人对世界的艺术掌握必须要把重点放在从精神上对世界作审美掌握，由此构成了艺术活动的本质。[1]

如何从精神上对世界作审美掌握呢？胡经之认为，人类最先是通过形象思维（人的感性认识和理性认识的最初结合）来对世界进行实践—精神掌握的，这种原始的思维方式可以从事些简单的实践活动，但无法从事创造性的实践活动，更无法从事艺术和科学活动。随着人类对世界的实践—精神掌握的进一步发展，产生了概念和概念思维。概念思维的产生使人的思维能力有了质的

---

[1] 以上未注见胡经之：《文艺美学》，北京大学出版社，1999年，第139-143页。

飞跃，并且对形象思维中作为思维材料的感性映象（感觉、知觉、表象）进行概念化改造，形成"意象"。这样在概念思维的基础上改造过了的形象思维，思维的基本材料已不是表象，而是意象。而这种以意象为思维材料的思维，性质已不同形象思维和概念思维，应称之为意象思维。在意象思维和概念思维的交替、结合过程中，意象得以形成、深化和物化。意象来自于概念和表象的结合，有两种基本的结合方式，一是表象图解概念，形成的是科学图像；一是表象隐含思维，形成的是审美意象。由此可知，审美意象的形成正是从精神上对世界的审美掌握，它是意象思维和概念思维结合的产物。[1]

从表象到形成审美意象还需要一个动机的推动，胡经之把它称为"内心意象"。[2]无论是物质生产还是艺术生产，其动机和目的，都是在生产者的头脑中以"内心意象"的形态出现的。生产实践的目的是要创造活生生的可感的物，不是空洞的抽象。所以只有意象才能支配着生产过程，制约着生产如何进行，决定着活动的方式和方法，使生产者的意志服从于这个意象，最终这个意象得以物化在产品中。对于艺术实践来说，也首先要有"内心意象"，在创作中不断完善这个"内心意象"，最后使之物化为艺术形象。不过艺术生产中的"内心意象"是要创造出审美物品的意象，即审美意象，它不是未来实际存在的实用物品的意象，而是个想象中的、体现人的审美理想、给人以审美享受、满足人的审美需要的审美意象。所以审美意象是"内心意象"的贯彻和初步实现（最终实现则是艺术形象和艺术作品的形成），而"内

［1］　胡经之：《文艺美学》，北京大学出版社，1999年，第146-148页。
［2］　胡经之：《文艺美学》，北京大学出版社，1999年，第147页。

心意象"作为从表象到审美意象的推动力量，正好对应于叶朗所说的审美意象的"意向性结构"，在我们看来，这两个概念其实是基本等同的。

最后要说的是意象思维与艺术思维的关系。胡经之认为，艺术思维和科学思维都是概念思维和意象思维相互交织、结合的复杂的思维活动，只是两者的主从关系和结合方式不同，那就是在艺术创造中必然以意象思维为主、以概念思维为辅："艺术思维……反映人与现实的审美关系。……这需要借助特殊的审美意象——艺术意象来实现。在这特殊的审美意象中，不只是再现或想象出客体的审美属性，而且表现了主体对客体的审美评价、感情态度。正是艺术意象，融合了人的审美认识和审美感情，表达了人的审美体验。艺术家的创造，固然要借助于概念思维的帮助，但主要还是依赖于意象思维的运用。因此，正是因为艺术是要从审美上去反映世界，从精神上对世界作审美掌握，所以艺术思维必须主要运用意象思维。"[1]具体来说就是，艺术思维通过意象思维把表象上升为意象，在"内心意象"的推动下和概念思维（分析、综合、对照、比较、概括等）的辅助下，意象与意象不断结合，简单意象综合为复杂意象，单一意象综合为复合意象，初级意象综合为高级意象。意象思维不断运动、不断深化，最后形成完整的艺术意境，或统一的意象体系，即艺术创造。[2]

（二）"审美物象"

艺术地掌握世界，其结果就是创造艺术形象。艺术形象的有无决定了艺术与非艺术的区别，据此胡经之指出，"要阐明艺术

---

[1]　胡经之：《文艺美学》，北京大学出版社，1999年，第152页。
[2]　胡经之：《文艺美学》，北京大学出版社，1999年，第156页。

的本质，必须从分析艺术形象入手”。分析艺术形象首先要把握
其审美特性："艺术形象是个审美品，具有审美性质，这是客观
的事实。"[1]不只艺术形象的审美性质应该阐明，艺术形象的
逻辑结构也应得到揭示。艺术形象的内在结构（心理结构）和外
在结构（物质结构）得不到揭示，艺术形象的独特本质仍然不能
完全说清。

在胡经之看来，艺术形象的逻辑结构与审美意象直接相关。
在引述了郑板桥的著名的"眼中之竹、胸中之竹、手中之竹"之后，
胡经之指出，"眼"中之竹是园中之竹的感性映象，没有经过思
维的加工改造，也没有与感性相结合，所以还不是艺术形象；"胸"
中之竹也并非就是艺术形象。感性映象可由思维的加工而变成概
念，也可具象为意象，"胸"中之竹可能是竹的概念，也可能是
竹的意象，即使是意象，也可能是非审美意义的；而郑板桥说"胸
中勃勃，遂有画意"，可知他脑海中的应该是竹的意象，而且是
审美意义上的意象，即审美意象，当它定型、物化之后才可以成
为艺术形象，即"手"中之竹变成"笔下之竹、画上之竹"。[2]

但是，胡经之又指出，不是任何的"手"中之竹都能成为艺
术形象，比如无意识的信手乱涂，或者把墨汁、颜料随手泼在画
布、画纸上，任其自流成形，这恐怕不能算是艺术形象。胡经之
于是强调，"手"中之竹要成为艺术形象必须符合两个基本条件：
一是"手"中之竹必须是个审美意象，二是"手"中之竹这个审
美物象表现了审美意象。因此，艺术形象是审美物象和审美意象
的统一：审美物象是艺术形象的形式，审美意象则是艺术形象的

[1]　胡经之：《文艺美学》，北京大学出版社，1999 年，第 208、209 页。
[2]　胡经之：《文艺美学》，北京大学出版社，1999 年，第 210-211 页。

内容。艺术形象就是表现、传达了审美意象的审美物象，就是物化、固定于审美物象的审美意象。那么什么是审美物象呢？它可能是诉诸视觉的空间形式，也可能是诉诸听觉的时间形式。艺术形象必须借审美物象才得以存在，比如绘画必须借色、线、形等物质手段造成视觉上可见的审美物象，音乐必须把音调、节奏、旋律等物质手段造成听觉上可听的审美物象。要创造审美物象，不仅需要物质材料和物质工具，还需要技巧经验。但是工具、材料、技法本身都还不成其为审美物象，物象材料必须经过艺术家的加工改造才变为审美物象。[1]

　　艺术形象作为一个有机的整体，首先就表现在内容和形式的统一，而在胡经之这里就是审美意象与审美物象的统一：作为艺术形象的形式的只能是审美物象，而不是其他任何的物象。也不是任何审美物象本身就可以成为艺术形象。只有当审美物象是为了体现审美意象，两者结合起来时，内容和形式达到统一，才会形成艺术形象。从另一方面说，艺术形象的内容是审美意象，而审美意象本身，对于现实的审美关系来说，又只是形式；审美意象对于表现它的审美物象来说是内容，而审美物象则是审美意象的形式。[2]由此可知，审美物象是现实的审美关系的形式的形式，不仅在营造形式美方面有重要意义，在表现内容美（呈现审美意象）也是不容忽视的，因此胡经之指出："艺术形象需要有审美物象作为自己的形式，却并不仅仅是以形式美去满足人的审美需要，它首先是、主要是以这个审美物象来表现、传达特定的精神内容——审美意象，从而把审美体验交流给别人，影响人的

[1]　胡经之：《文艺美学》，北京大学出版社，1999年，第212-213页。
[2]　胡经之：《文艺美学》，北京大学出版社，1999年，第238页。

思想和感情。"[1]作为艺术形象的形式的审美物象，正是以模拟、表现、传达人内心的审美意象为专任的。

三、"审美意象学"

20世纪80年代中期以后，汪裕雄对审美意象问题集中进行研究，连续出版了三部著作：1993年出版的《审美意象学》，1996年出版的《意象探源》，2002年出版的《艺境无涯》。这三部书被称为自成体系的"审美意象学三书"。其中《审美意象学》是把审美意象作为审美心理的基元，是对审美心理的深层动力结构的深入研究，同时也是从文艺心理学角度对审美意象的全面探讨，涉及了审美意象的界定、地位、生成、结构、类型、作用等方面，提出了"审美心理的基元""目的表象""神话意象""知觉性意象"与"想象性意象""情致模态"等新命题和新概念，因此，我们将之视为审美意象研究的巅峰和集大成者。

早在80年代初参编的《美学基本原理》一书中，汪裕雄就对审美意象予以重视，书中对其形成机制描述道："具体表象，由于不断渗入主体的情感和思想因素，成为既保留事物鲜明的具体感性面貌，又含有理解因素，浸染着情绪色彩的具有审美性质的新表象，即审美意象。"还对审美意象的地位作出判断："审美意象可以看作审美心理的基元。"[2]汪裕雄认为审美意象对审美心理的基元意义可以从美感心理构成要素和艺术的审美活动两方面说明。在美感心理因素的四个要素（感知、想象、情感、理解）中，感知和情感最为重要。感知是审美活动的开端，把现实对象物转化为主体的审美对象，而情感则是感知、想象的推动

[1]　胡经之：《文艺美学》，北京大学出版社，1999年，第214页。
[2]　刘叔成等：《美学基本原理》，上海人民出版社，1984年，第261页。

力，情感还作为审美过程的终端成果在艺术形象中被呈现出来。在美感全过程，想象是过渡环节，理解则融汇在感知、情感和想象之中，只有感知和情感贯穿始终。而感知和情感的结合物，正是意象。因而，美感过程可以看成审美意象的获取、运动和推移过程。美感的诸多心理要素，始终融汇在、统一于审美意象这个聚合点之中。另一方面，艺术的审美活动（艺术的欣赏和创造）也以美感经验为中介，其基元亦是审美意象。在艺术创作过程中，生活表象与情愫碰撞融合，在想象中聚合，被纳入特定的艺术规范，形成鲜明有序的审美意象，而审美意象被完整传达出来物化为艺术品，这就是艺术创造的全过程。在艺术欣赏过程中，先是对艺术品外在形式进行感知，激发起审美情感，对审美意象进行重构，在反观审美意象中发现和体验其中的"象下之意"或"象外之意"。可见，艺术的创造和欣赏都离不开审美意象，而且可以说，艺术创造就是审美意象的创造，艺术欣赏就是审美意象的读解。所以审美意象不仅是艺术品的心理本体，也是整体艺术审美活动的活的灵魂。[1]

　　审美意象是如何生成的呢？汪裕雄把这个问题从历史层面和个体层面展开。审美意象的历史生成最早要追溯到人类开始制造工具的古老年代。原始人类在天然工具的使用中获得了初步的形式感知能力，在此基础上形成了记忆表象，记忆表象和主体的欲求和目标结合生成新的表象，即目的表象[2]，主体以此指导其

<hr/>

[1]　汪裕雄：《审美意象学》，人民出版社，2013年，第47-48页。
[2]　这与胡经之的"内心意象"非常相像，但其理论实质存在差异：汪的"目的表象"是就审美意图说的，即形成了一定的审美期待，而胡的"内心意象"纯粹讨论内心与外物的关系。另外，汪的"目的表象"讨论审美意象的历史生成过程，胡的"内心意象"讨论审美意象形成的现实动机。

制作行为直到该表象在他所加工的自然物上面呈现出来。在工具制造过程中，人的造形能力得到不断发展，而形式感知能力得到同步提升，目的表象的心理水准亦得到不断提高。目的表象就是后世审美意象的母体和源头，那么它是怎样转化为审美意象的呢？其间最重要的中介是神话，最基本的过渡环节应该是原始巫术和图腾崇拜下产生的原始意象（神话意象）。神话中充满着奇诡、怪诞的原始意象，是以情感作为基质的，也就是说，神话意象通过超人间的感性形式，唤起的始终是人间的情感，通过情感影响或支配人的意志和现实行为。随着神话时代的结束，原始信仰瓦解，人类进入文明时代，文化活动转向关注个体命运，意象就从激发宗教情感转而抒发个体世俗情思，审美意象由此诞生。[1]在个体层面方面，审美意象是伴随着个体的审美能力的发生发展而生成的，大体经历四个阶段：一、初步形式感的积累阶段，相当于新生儿（出生10个月）至婴儿期（2岁以前）；二、动态美感阶段，相当于幼儿期（3—7岁）；三、静观美感阶段，相当于少儿期（7—12岁）；四、美感深化阶段，相当于青年初期（13—18岁）。其中少儿期是审美意象的生成期，也是美感的诞生期，如果说个体审美心理的发生是对族类审美心理历史发生的复演，那么个体审美意象生成的少儿期对应的正是人类自我意识觉醒、理性思维能力形成的文明时代。[2]

　　接下来汪裕雄通过审美心理结构对审美意象进行静态剖视。他指出："就个体审美心理而言，审美意象是情感与形式的结合体，是动力心理与认知心理的交会处，是深层动力系统与表层操

---

[1]　汪裕雄：《审美意象学》，人民出版社，2013年，第53-68页。
[2]　汪裕雄：《审美意象学》，人民出版社，2013年，第75-79页。

作系统整合的心理成果。一句话，是个体审美心理结构运行时的
必然产物。"[1] 他的理论依据是西方现代美学对审美心理结构
研究呈现出两个路向：一重外显操作，形成各种审美知觉论和审
美体验论，即"美感心理结构研究"；二重内在动力，即关于审
美内驱力的理论解说，即"美感深层结构"研究。而在中国古典
美学史则有长期流行的"感物动情"和"发愤抒情"两大理论，
前者由外及内，后者由内及外，一重表层操作，一重深层动力。[2]
中西美学在此问题上的殊途同归，可见审美心理结构的表层、深
层之分是言之有据的。在深层，人的原初的本能情欲转换为审美
需要，挟带情绪冲动渴求着从事物外观形式得到满足；在表层，
审美需要在自觉的意识形态（审美态度）中与对象相遇，经由对
对象外观形式的感受，形成审美意象，经过想象最后产生审美
情感。不难看出，审美实为动力心理与认知心理的结合，其结合
点正是意象。艺术正是这样的一个意象世界：人们在艺术创造
中，受到审美对象的感发，将自己的情欲情绪通过意象—想象活
动释放、宣泄，构成意象和意象体系，进而将其物质形态化，成
为艺术品；人们在艺术欣赏中，则由艺术品的外观受到感发，重
新体验艺术家曾表达的审美情感，也重新体验自身的深层情绪情
感。[3]

　　汪裕雄把审美意象分成知觉性和想象性两大类型："知觉性
审美意象是审美活动中物我双向交流的心理成果。自然的人化，
人类在历史实践的基础达成的人与自然的亲和关系，是物我双向

---

[1]　汪裕雄：《审美意象学》，人民出版社，2013年，第85页。
[2]　汪裕雄：《审美意象学》，人民出版社，2013年，第87页。
[3]　汪裕雄：《审美意象学》，人民出版社，2013年，第108-110页。

交流的基础；主体在审美感知中，经由认同、共感（关键在生命节奏的同一）和神合，形成知觉意象，使人的精神活动得到极大自由。想象性审美意象具有'发愤抒情'的心理特征。'愤懑的郁积'，是其产生的前提；相关的情境，使之得到宣泄的契机，主体一旦为自己的郁愤找到一种象征性的同构形式，就能启导灵感，打开一个想象中的幻觉世界；想象，挟带主体的全部精神力量，将主体引入超验领域，神越而心游，入于理想的自由境界。"[1]汪裕雄认为这两大类型其实是相通的。物我交流，一旦进入"神合"阶段，进入"物我同一"的境界，那便从知觉过渡到想象；反过来，知觉意象为"神游"提供一种触媒，一种契机，也可理解为想象展开的基础环节。这两大类型其实根源自汪裕雄对审美表象的区分，在审美判断中与主体情感相联系，经过想象力再造过的表象，康德称为"审美意象"，在汪裕雄看来其实是一种属于"想象表象"的意象。另外他从格式塔心理学那里得到启发，认为在康德的想象意象之外，还有一种属于知觉表象的意象，它来自知觉过程对对象形式的选择和重新组合。因此，汪裕雄综合了康德和格式塔派的论述，为审美意象作出界定："审美意象，是指美感过程中经由知觉、想象活动，不断激发主体情意而构成的心理表象。"[2]我们可以看到，其中已经埋下了两大类型划分的伏笔。

审美意象在艺术作品中按照特定"情致模态"组成有机的意象体系。汪裕雄认为，意象体系在一部艺术作品里，不是可有可无的外在装饰，而是在深处支撑着人物、情节、结构和总体氛围的艺术骨骼，是作为主题之所系。而与之相应的情感情绪，也绝

---

[1]　汪裕雄：《审美意象学》，人民出版社，2013年，第10页。
[2]　汪裕雄：《审美意象学》，人民出版社，2013年，第18页。

非作家一时偶感或漫无所归的闲情，而是久蕴胸臆、从心底自然流荡而出的"情致"。对于一部艺术作品来说，情致作为中心，聚合着意象，组成意象体系；读者或观众通过意象体系，引起情绪共鸣，而体验到所蕴含的情致。[1]汪裕雄强调，即使是叙事性作品，其创作目的也不在复述已经发生的事件，而侧重于表现作家对某一事件的感受，对某一遭际的人生体验，同样是以情致模态为内在线索的意象体系。汪裕雄还指出，作为特定情致模态的意象体系，既是富于暗示力的情意符号体系，也是富于诱发力的期待结构，期待着欣赏者积极的心灵应答。它以假定的、虚拟的方式，将特定的情致通过意象暗示给欣赏者；欣赏者则通过对意象的读解，再造意象体系，体验此中情致。欣赏者在对意象体系的再造中融入了自己的趣味和理想、人生经验和情感态度，由此产生的是打上了自身个性的印记的新意象体系。所以凭借意象体系进行的审美心理交流便具有双重性质：它既是欣赏者与原作者心灵的对话，也是欣赏者心灵深处的自我对话。审美交流活动，既是人们对作品的体验与评价，也是欣赏者对自身经验的再体验和再评价。所以从这个意义上说，艺术欣赏就是以审美意象为中介展开的特殊对话。[2]

总之，新时期以来，叶朗、胡经之、汪裕雄等人从文艺心理学角度对审美意象展开研究，提出了"艺术本体""感性世界""审美意向""意象思维""审美物象""知觉性意象""想象性意象""情致模态"等新概念，大大加深和拓宽了对这一古典美学命题的认识，并且在这个概念上初步实现了中西美学的融合，它

［1］ 汪裕雄：《审美意象学》，人民出版社，2013年，第140页。
［2］ 汪裕雄：《审美意象学》，人民出版社，2013年，第169页。

既是古典美学的现代化，也是西方美学的本土化。从这个意义上说，学界对审美意象的研究不仅具有理论价值，更具有方法论意义。

审美主义是新时期文艺心理学的第三种方法论形态，其发生背景首先是学界试图超越以反映论为代表的认识论文艺学和以主体论为代表的价值论文艺心理学，转向以本体论为代表的审美论文艺学，文学审美论应运而生；其次是随着第二次形象思维讨论的激烈展开，美学热及审美主义思潮的兴起，审美心理成为研究热点。在此背景下文艺心理学研究从人本主义转向审美主义，研究重心放在对审美心理的研究上。通过对审美意识、审美心理因素、审美心理结构、审美中介、审美体验、审美意象等的研究，学界形成了对文艺心理学学科的新的认识，比如把审美心理作为文艺心理学的最为关键的问题，文艺心理学必须实现文学与心理学的融合。审美主义范式的形成意味着文艺心理学已经发展到了"心理美学"（"审美心理学""心理学美学"）的阶段，在审美心理领域取得了巨大成功也将文艺心理学推向了学术的巅峰。但随着20世纪90年代精英文化的衰落和大众文化的兴起，"文学再政治化"成为新的文论主潮，审美主义的文学研究范式遭遇了前所未有的挑战，也就是从这个时候，文艺心理学开始走向沉寂，众多研究者纷纷改换研究方向，使得这一"显学"门庭日渐冷落。

第五章

新时期文艺心理学与生态主义

20世纪90年代以来，生态主义思想越来越多地被人文科学、社会科学领域的多个学科所接受，促使这些学科纷纷进行"生态转向"，形成了生态哲学、生态伦理学、生态美学、生态文艺学、生态政治学、生态文化学、生态经济学等众多研究热点，至今不衰。新时期文艺心理学也与这场生态主义思潮关系非常紧密：一方面生态主义思潮推动着文艺心理学向前发展，促使其自我更新，突破原有范式，将研究视野"向外转"，以回应时代的呼唤；另一方面文艺心理学也为生态主义思潮提供精神支持，为当前的生态危机提供独特的解决思路。在新时期文艺心理学的生态主义方向上，我们认为吕俊华的"物我一体"说、鲁枢元的"精神生态"说与曾永成的"节律感应"说做出了很好的尝试。

第一节　"物我一体"说

我们先前介绍的新时期文艺心理学的重要著作吕俊华的《艺术创作与变态心理》出版于1987年，那时西方世界的轰轰烈烈的生态主义运动在国内还罕有回响，然而在这本书里吕俊华已经具有了明确的生态主义立场和观点，并且融汇到文艺心理学的研究中。我们知道，吕俊华对新时期文艺心理学的主要贡献是从变态心理的角度切近文艺本质规律，所以他的研究是从文艺活动中的变态心理现象开始的：书中第一章"变态表现之一：人我不分，物我一体"和第三章"变态表现之二：错觉与幻觉"就是文艺创作活动中的两类典型的变态心理现象。而就在阐释"人我不分，物我一体"这一变态心理现象时，吕俊华把生态主义引入文艺心理学的研究中来，形成了一系列带有鲜明生态主义色彩的文艺心理学命题，如"寄情自然""物我一体""扩大的同情"。吕俊华这些命题蕴含着丰富而深刻的生态思想和文艺观念，值得我们对他的文艺心理学研究继续探究并且做出新的价值估量。

一、"寄情自然"

第一章一开始，吕俊华举出"对牛弹琴"这一变态心理现象的典型案例，他指出："不消说，在日常生活中，任何心理正常的人都不会去做对牛弹琴的蠢事。但在有情要抒，除了牛以外又一时找不到抒发对象的情况下，'对牛弹琴'这种反常或变态的举动却是可能出现的，而且应该认为也是正常的，这叫得已而求其次。"[1]接着，他借高尔基提到契诃夫小说《苦恼》里写出了一位"对马诉苦"的马夫，马夫痛失爱子，却无人可以诉说，只得以马作为倾诉对象，一解心中哀怨。这"对牛弹琴"和"对马诉苦"都是"人畜莫辨"的变态心理现象，它们是如何产生的呢？吕俊华认为："如同对牛弹琴一样，把老鼠和马当作同类，

---

[1]　吕俊华：《艺术创作与变态心理》，三联书店，1987年，第1页。

视为知音因而人畜莫辨。这也是把想象当真实的表现，也是一种虚幻、迷妄的心理状态。这种变态现象，在人们感到孤独无依、百无聊赖之际是容易发生的。这是情感抒发的要求，而情感是不能区分自我与外界事物的。"[1]吕俊华还指出，这种"人畜莫辨"的变态心理现象也会发生在人与其他事物之间：当人孤寂时，不仅动物可以成为知音，山川草木、日月星辰、风雨雷电一切有生之物和无生之物都可以成为抒发对象。由此我们可以总结出来"人畜莫辨，人物不分"这一变态心理现象的发生机制：首先是有情要抒，这是主观条件；其次是无人可诉，这是客观条件；最后主体倒向人以外的事物，视以知音，诉之真情。

　　从倾诉对象看，"人畜莫辨，人物不分"还可以分为两种情况：一种可以说是"近托知音"：有情要抒，不择对象，就近而诉，视以知音，如上文提到的"对马诉苦"，还有书中后面提到的"以草以友"。刘再复在他的散文诗《在失去青山绿水的地方》中写道："一位年迈的朋友告诉我，他在牢里时曾苦恋过青山，苦恋过一棵小草。当他偶然从门缝里发现对面屋顶上有一棵小草时，他发狂似的兴奋过。以后他每天都悄悄地凝视着这株青青的小草，对着小草思索着人生，……那小草帮助他度过了最寂寞、最痛苦的岁月，陪伴他征服了死亡与地狱的挑战。"[2]另一种情况是"同病相怜"：人处逆境，见物生怜，伤以同类，聊以自慰。吕俊华引用了唐代诗人张祜的《赠内人》一诗："禁门宫树月痕过，媚眼惟看宿鹭窠。斜拔玉钗灯影畔，剔开红焰救飞蛾。"这首诗写的是宫女深夜孤寂无聊，灯前斜拔玉钗，从灯焰里救出一只可怜

［1］　吕俊华：《艺术创作与变态心理》，三联书店，1987年，第2页。
［2］　吕俊华：《艺术创作与变态心理》，三联书店，1987年，第34页。

的飞蛾。飞蛾投火正如良家女子入宫。宫女不忍见飞蛾同自己一样陷入悲惨的境地，在这一瞬间，她抹消了人类和昆虫的界线，把飞蛾看成自己的同类，与它同病相怜。[1] 类似的还有杜荀鹤的《春闺怨》和《红楼梦》里林黛玉的《葬花吟》，诗中主人公都以花自况，同病相怜。

　　"人畜莫辨，人物不分"的心理变态现象不仅出现在日常生活中，在文艺创作中也是习见的。吕俊华认为，文人、艺术家在悲哀、寂寞、孤独中，在人世间得不到温暖和同情之际，就必然寄情于自然，和小草对话，听天籁奏乐。[2] 这在古典诗词中得到反复的印证："溪水无情似有情，入山三日得同行。"（温飞卿）"一松一竹真朋友，山鸟山花好弟兄。"（辛弃疾）"绿水解人意，为余西北流。"（李白）"水光山色与人亲。"（李清照）"举酒邀青山，青山虽云远，亦似识公颜。"（苏轼）"旧交只有青山在，壮志皆因白发休。"（陆游）"惆怅归来有月知。"（姜夔）"举杯邀明月，对影成三人。"（李白）"微风报竹，修竹自语。下有幽人，与竹为侣。若闻竹语，属我写汝。写竟问竹，竹笑而许。"（戴熙）所以"人畜莫辨，人物不分"的心理变态在文学艺术家那里，就是"寄情自然"的艺术创作动机的生成，而由此产生的文艺作品必然是带有生态意味的，大致可归入生态文学之属。当然，艺术创作动机因人而异，多种多样，"寄情"只是其中一种，而"寄情于自然"则见于更少的情况了。但是既有多情之文学艺术家，定有情起而不得发之时，转而寄情自然，形之笔墨，则是常有之事，必然之理。

---

[1]　吕俊华：《艺术创作与变态心理》，三联书店，1987年，第3页。
[2]　吕俊华：《艺术创作与变态心理》，三联书店，1987年，第3页。

由此可知，文艺创作的生态化取向与人的抒情天性直接相关。吕俊华说"抒情是审美的，也是道德的"、"抒发是人的生理——心理的需要，有情不抒是违反自然的"，又说"抒情是自发的、自由的"[1]，那就是说，艺术创作是出于抒情的需要，由于感情活动具有非自觉性，导致自我意识完全或部分的丧失，这又常常导致人畜莫辨、人物不分，把非人的对象作为抒情的指向，视以知音或同类，这常常就产生了所谓的生态文学。

二、"物我一体"

如果说艺术家的创作准备阶段由于抒发感情的迫切需要，导致了人物不分这种变态心理现象，那么在创作实施阶段，在审美情感的非自觉性的影响下，则出现了另一种变态心理现象：物我一体。吕俊华认为："艺术家在创造中还常常把无灵魂、无生命的东西看成有灵魂、有生命的。也就是说，他不但人我不分，还常常物我不分或物我两忘，即把物看成自己，或把自己看成物。"[2]这在许多艺术家的表述里得到证明，我们摘取几处吕俊华书中例证，如下所示。陆游诗："何方可化身千亿，一树梅花一放翁。"苏轼描写文与可画竹诗："与可画竹时，见竹不见人，岂独不见人，嗒然遗其身，其身与竹化，无穷出清新，庄周世无有，谁知此疑神。"但丁："画象者若其不能成为该物体，则不能画之。"画家布拉克："一个人不应该只解释事物，他必须沉湎于物体之中而将自己变成该物体。"清代山水画家布颜图对这种物我一体、物我两忘的创作境界描述得最好："吾之作画也、窗也、几也、香也、茗也、笔也、墨也、手也、指也，种种

[1]　吕俊华：《艺术创作与变态心理》，三联书店，1987年，第5、8、14页。
[2]　吕俊华：《艺术创作与变态心理》，三联书店，1987年，第24页。

于前，皆物象也。迨至凝神构思，则心存六合之表，即忘象焉，众物不复见矣。迨至舒腕挥毫，神游太始之初，即忘形焉，手指不复见矣。形既忘矣，则山川与我交相忘矣。山即我也，我即山也。惝乎恍乎，则入窅渺之门矣。无物无我，不障不碍，熙熙点点，而宇泰定焉，天光发焉，喜悦生焉，乃极乐处也。"[1]

物我一体是如何产生的呢？吕俊华指出："艺术家对宇宙万物主要不是自觉地用理智去分析、宰割，而是非自觉地用感情，用变态心理去综合、把握。这便是形象思维的真谛。从认识论的观点看，这是万物有灵论。即把万物都看成像自己一样有生命、有灵魂，有喜怒哀乐之情的精神实体。"[2]这是"物我一体"的第一步，把万物赋予生命和灵魂，即"赋灵"（复魅）。吕俊华又说："艺术家在大自然面前，就像中国古代哲学家说的那样：'与天地精神相往来而不傲倪于万物'，他虽为万物之灵却不以万物之灵自居，在大自然面前虚怀若谷，此所以为万物之灵也。"[3]这是"物我一体"的第二步，在大自然面前虚怀若谷，即"虚己"。吕俊华还说："只有与宇宙生命共同生活的人才会这样去感受去想象。艺术家以这种情怀和心态去感受世界，便觉山川草木，动植飞潜，与自己是同一血统的生物，它们同样有性灵、有生命和性格。……中国画论中所谓'迁想妙得'讲的就是这种态度，迁想即迁其想于万物之中，与万物共感共鸣。"[4]这是"物我一体"的第三步，艺术家与宇宙万物的心灵应和，即"交感"。

从"赋灵"到"虚己"再到"交感"，艺术家一步步抛弃自我，

[1]　吕俊华：《艺术创作与变态心理》，三联书店，1987年，第26-27页。
[2]　吕俊华：《艺术创作与变态心理》，三联书店，1987年，第29页。
[3]　吕俊华：《艺术创作与变态心理》，三联书店，1987年，第31页。
[4]　吕俊华：《艺术创作与变态心理》，三联书店，1987年，第32-33页。

敞开心胸，拥抱万物，直到与物化合，物我一体，物我两忘。这里可以看出，"物我一体"的心理变态程度要比"人物不分"严重得多："人物不分"只是出现了错觉，把物错当作人而与之交流，借以抒发情感；"物我一体"则是对人类主体性的放弃，主体与对象不再区分、不再对立，而是相互融合，合为一体。从生态主义的观念看，"人物不分"视物为人，物为己情之所寄，体现的是对物之需，而"物我一体"则视物为己，物为己情之所用，体现的是对物之爱，正如吕俊华所说："这是一种仁民而爱物的情怀。艺术家无不是仁民而爱物的人。"[1] 而艺术家通过变态心理所体验到的物我一体的境界，很类似中国古代哲学家所说的"上下与天地同流"，"浑然与万物同体"的"天人合一"境界。也就是"民吾同胞，物吾与也""亲亲而仁民，仁民而爱物"的仁者的境界。仁者不但爱人，而且爱物，不但推己及人，而且推己及物。在仁者看来，人与物不是对立的，而是一体的，人只有扩大自我，扩大同情心，扩大到无对，觉"万物皆备于我"，"宇宙即是吾心，吾心即是宇宙"，对宇宙起一种息息相通、痛痒相关之感，才是人的最高觉解和人的价值的最完满的实现。哲学家的体验是这样，艺术家的体验也是这样。从心理学观点看，两者都把个体生命与群体生命、心与物看作不可分割的整体，都能以纯真的心灵感通万物，涵摄万有。哲学家以这样的心灵体认宇宙的本体，艺术家以这样的心灵制造艺术生命。而"物我一体"既是哲人的情怀，也是艺术家的心态；既是道德体验，也是审美体验；既是善的极致，也是美的高峰。[2]

---

[1] 吕俊华：《艺术创作与变态心理》，三联书店，1987年，第29页。
[2] 吕俊华：《艺术创作与变态心理》，三联书店，1987年，第35-37页。

艺术创作过程必然出现的"人我不分、物我一体"变态心理现象，证明了艺术本身就是生态的。如果说，艺术活动从外在方面来看是"低物质高能量"（鲁枢元语）运转的，符合生态理念，那么艺术创作规律则从内在方向展示了主体与对象的整体性关系，这也是符合生态理念的。因此我们可以总结道：艺术创作是变态的，而变态的正是生态的。

三、"艺术的最高境界"

吕俊华认为，"物我一体"不仅是哲学家、艺术家对大自然持有的态度，科学家们也越来越认识到需要改变以前那种征服自然、改造自然、以大自然的主人自居的态度，而应该与大自然和平共处。吕俊华于是指出："哲学家、艺术家、科学家从不同的角度，以不同的方式不谋而合地达到了共同的结论，这是非常耐人寻味的，如果说哲学家从善出发，艺术家从美出发，那么科学家则是从真（即认识自然规律，认识人与自然的真实关系）出发达到共同体验的，其途虽殊，其归趋则一。这表明，在最深的根底上，真善美本是相通或相同的。"而"物我一体"的本质是爱物，所以吕俊华也把真善美的相通归结为爱："真善美都源于爱并趋于爱，爱才是真善美的最深的根源。"这种爱是"推己及物"的，吕俊华把它总结为"扩大的同情"："良知是善，诗意是美，两者都来自扩大的同情。""爱人与爱物不可分，有仁爱之心的人，不仅爱人，也会爱物，不但推己及人，而且能推己及物，这是爱的深化和扩大，两者完全是统一的，只有达到爱物的程度才能真诚地、深刻地爱人。"[1]

---

[1]　以上未注见吕俊华：《艺术创作与变态心理》，三联书店，1987年，第37—44页。

在艺术中，"扩大的同情"常常表现为一种泛神爱。吕俊华说："一切艺术的最高境界，特别是国画，都不知不觉地表现出一种宇宙感，一种天人合一、宇宙生命统一的思想，也就是一种泛神爱的思想。所谓写意画，无论画的是一竿修竹，一组怪石，山中烟雨或河上雪花归根到底都是泛神爱的表现。"在引述歌德和罗曼·罗兰置身大自然的体验描写后，吕俊华指出："这些描写非常鲜明地表现了一种泛神爱，好像大自然就是神体的庄严相。其中充满了对大自然的热烈的赞美、虔诚的崇拜和深沉的爱，而大自然也给人以无穷的爱抚、慰安和启迪。好像大自然是慈母、良师、益友和爱人。爱到极致总要与爱的对象融合为一，可以拥抱大海，可以跟溪水一齐流淌，也可以化作一股清风，扑到白帆怀里……总之，爱的对象成为我，我成为爱的对象。这种爱，不但在心理上而且在生理上引起效应——对被描写对象产生肉体感。把握世界到这样的程度才是艺术的最高境界，这样创作出来的作品才是真正的艺术品。"[1]

从上面引文看，吕俊华多次强调泛神爱体现的"物我一体"是艺术的最高境界，这有何根据呢？对此，他指出："我们所说艺术创作中的浑然与万物同体这种境界绝不是宣扬白痴和愚骏，浑然与万物同体也绝非白痴和愚骏，白痴和愚骏是智力低下的结果，而浑然与万物同体却是大智大仁的表现，是人作为万能之灵所可能达到的最高精神境界。"吕俊华承认，这种境界是有点不可思议的，只有很高的理性和经过智力训练的人才可能对这种不可思议进行思议。为了解释这个"最高境界"，他先是引用了别

[1]　以上未注见吕俊华：《艺术创作与变态心理》，三联书店，1987年，第40、42页。

林斯基的"神秘的灼见"，又引用了泰戈尔的"小理可以用文字
说清楚，大理却只有沉默"，最后，吕俊华借助柏格森的"知的
同情"把这种"最高境界"解释清楚了："从心理学观点看，语
言所能表达的是自觉的常态心理状态，而浑然与万物同体是非自
觉的神秘的变态心理境界，也只有在变态中才能达到此种境界，
故非语言所能形容。对此种境界解释最好的是柏格森。他称之为
'知的同情'（intellectual sympathy），而'知的同情'，就是'吾
人赖之以神游于物之内面而亲与其独特无比（unique）不可言状
（inexpressible）之本质融合为一者也。'这是说，真知灼见必
须以把自己的同情扩大到物的途径才能达到。'认识真理必须放
弃自我，沉溺在对象中。'与科学的认识比较来看，在科学之中，
我们在把事实与物看作身外的与我们互相隔离的东西而分析、辨
别并重新综合的时候，我们是抱一种居高临下、物为我用的态度，
而'知的同情'却是把我们的心情和同情融化于万物中，将意义
与价值与万物相沟通，这是由仁到智、仁智一体的过程，与中国
古代哲学家的由道德的积累达到对宇宙本体的认识的主张是一致
的。"从中可见，"物我一体"是认识真理的方式，它只有通过
把自己的同情扩大到物、将己身与外物融合才能达到。[1]

　　"物我一体"作为艺术的最高境界，也体现在它是审美体验
的极佳状态，吕俊华甚至认为它对应的就是人本主义心理学家马
斯洛（Maslow）提出的"顶峰体验"（Peak experience）。吕俊
华对马斯洛的"顶峰体验"理论转述道："顶峰体验是生活中最
奇妙的体验。只有在出奇的关键时刻或伟大的创造时刻才会产生。

[1]　以上未注见吕俊华：《艺术创作与变态心理》，三联书店，1987年，第50-51页。

在顶峰体验中，可体验到自足的给人以直接价值的世界。这时外部世界的知觉具有急剧变化的趋势：知觉被看作自足的整体，经验者感到他对知觉对象正付出全部注意力而且可能达到心醉神迷的程度。我们通常列入认知范畴的那些知觉或者暂时消失，或者属于从属地位，即对其他物象听而不闻，视而不见，注意力只被一种知觉对象全盘吸引。有时达到把知觉者和被知觉的事物融为一体的感觉。人一旦进入这个境界，就会失去自我意识而与宇宙合而为一。"吕俊华继而指出，马斯洛是把这种顶峰体验作为异常意识，即变态心理来看待的。这表明，人生的最高境界是在变态心理中达到的。[1]在我们看来，这里的"异常意识""变态心理"其实主要就是"物我一体"的心理状态。

显然，吕俊华所说的艺术的"物我一体"的最高境界是以生态为核心的，以生态作为艺术的最高原则的，这预示了美学的转型以及"生态美学"的出现，正如刘锋杰所说："生态美学突破传统美学的地方何在呢？我认为就是生态学的介入美学，为对美学的观照，提供了一种高于审美的标准，这个标准就是生态的标准。……生态美学不同于传统美学的地方，就是它应当突出生态的最高原则这一定律，从而从生态的高度来评判美学活动，使得美学活动呈现出不同于传统美学所描述的一种新的景象。"[2]

最后需要指出的是，吕俊华在这本文艺心理学专著里有非常明确的生态意识的表述："必须懂得，自然界是一个巨大无比的、

---

[1]　以上未注见吕俊华：《艺术创作与变态心理》，三联书店，1987 年，第 51-52 页。
[2]　刘锋杰：《"生态文艺学"的理论之路》，《安徽师范大学学报（人文社科版）》，2003 年第 6 期。

往复不已的循环系统，整体生态领域是一个有机系统，把生物环境与人，或者人与自然看作二元的看法是错误的。我们应当如实地把人类自己看作大自然的一个组成部分，与大自然共存互惠，相得益彰。而不能超乎、凌驾自然之上，从而与大自然，与人类所处的总的环境建立一种合理的、健康的关系。这不仅为了求得生存，也为了提高物质和精神文明，为了使每个人都能最充分地发挥自己的潜力。不这样认识和对待大自然，肯定会遭到大自然的惩罚。"[1]毫无疑问，这种生态观念是非常超前的，当它在文艺心理学论著中出现，与文艺创作中的变态心理在人与自然关系问题上取得了一致时，就使得"变态心理"变为"生态心理"，既而形成了"寄情自然""物我一体""扩大的同情"等颇具生态意味的文艺心理学命题，也使得新时期文艺心理学沿着人本主义的思路出发却最终超越了人本主义的范式，成为鲁枢元生态文艺学的前奏。

第二节　"精神生态"说

鲁枢元在 2000 年出版了《生态文艺学》一书，这标志着他学术志趣的第二次大的转移，上一次是从文艺心理学转到文学语言学，这次是从文学语言学再转到生态文艺学。他对此的解释是："在工业社会迅猛发展的 300 年里，人的精神的沦落与地球生态的濒危是同时降临的，自然生态的危机绝不仅仅是一个技术操作问题和社会管理问题，而与现代人类的生存理念、价值取向密切

---

[1]　吕俊华：《艺术创作与变态心理》，三联书店，1987 年，第 38 页。

相关，是一个时代的精神问题。"[1]之前对文学语言学的研究使他认识到，"语言远不仅仅是思维的工具，也不只是一套抽象的关系和规则，语言还是存在的家，是个体生命赖以支撑的精神家园"。于是他进一步"关注到人的精神问题，尤其是现代人的精神状况"[2]。就这样，人的精神这条纽带把文学语言学和生态文艺学勾连了起来。不过，作为新时期文艺心理学的重要代表，鲁枢元后来的文学语言学和生态文艺学研究其实都与文艺心理学有着极为密切的关系：如果说他的文学语言学诞生于文艺心理学研究之所需，他的生态文艺学则试图借助文艺心理学来解决当今世界的生态问题。其实早在 20 世纪 80 年代的文艺心理学研究中，鲁枢元就已经深切关注当代人类的精神危机问题，并且试图以文学艺术来解决之，与鲁枢元后来提出"精神生态"，在思路上是一脉相承的。[3]这也是我们仍然把他的《生态文艺学》及相关论著纳入新时期文艺心理学学术史来探讨的原因。

一、"生态文艺学"的提出

鲁枢元的生态文艺学是在多重学术背景下提出的。

首先是生态学的人文转向。"生态学"这门生物学的一个分支由恩斯特·海克尔在 1866 年提出，当时所研究的课题还仅仅局限在人类之外的自然界，基本上采取的也是自然科学的研究方法和手段。到了 20 世纪以后，随着地球生态问题的日益严重，生态学得到极大发展，俨然成为一门内涵丰富、前景开阔的"显

---

[1]   吕俊华也指出"破坏生态平衡不仅是科学问题，也是道德伦理问题"，《艺术创作与变态心理》，三联书店，1987 年，第 38 页。

[2]   以上未注见鲁枢元：《文学的跨界研究：文学与生态学》，学林出版社，2011 年，第 368 页。

[3]   比如《文艺心理阐释》（上海文艺出版社，1989）第十六章"价值论：人的本质力量的证明与充实"就颇具生态意味，应是生态文艺学的先声。

学"，与此同时，生态学形成了整体的、系统的、有机的、动态的、开放的、跨学科的研究原则。这些原则逐渐被运用到社会学、人类学、文化学、政治学、经济学等新的研究领域，促使了一批新的社会科学的诞生，如"社会生态学""民族生态学""经济生态学"等。接着，生态学呈现出越来越浓重的人文色彩，这突出体现在美国女作家蕾切尔·卡逊在 1962 年出版的《寂静的春天》一书上。在这本书里，卡逊"一反常态地把满腔的同情倾泻给饱受工业技术摧残的生物界、自然界，从根本上改变了人与自然对立的态度，并以她生动的笔触将哲学思考、伦理评判、审美体验引向生态学视野"。一个多世纪来，生态学展现出由自然科学向社会科学，乃至人文学科扩展的轨迹，生态学者的目光也渐渐由自然生态学、社会生态学扩展到人类的文化生态、精神生态层面上来，"生态哲学""生态伦理学""生态美学"成为生态学研究的新的生长点。而所谓的"生态学"已经衍化为一种统摄了自然、社会、生命、环境、物质、文化的观点，一种崭新的、尚且有待进一步完善的世界观。

在生态学的人文转向背景下提出生态文艺学就是顺理成章的。在新的生态学的世界观的映照下，文学观将发生彻底的，甚至是天翻地覆的变化，在生态的视角下也会产生一系列新的文学问题：文学艺术与整个地球生态系统的关系是什么？文学艺术在即将到来的生态学时代将发挥什么作用？文学艺术在当代的生态学家的心目中居于何等地位？在日益深入的生态学研究、生态运动的发展中，文学艺术自身又将发生哪些变化？……这些新问题早就有人关注，怀特海认为自然与人的统一，更多地保留在真正的诗人和诗歌那里，诗歌中表现出的艺术精神，是人与自然和谐

共处的一个标志。在海德格尔看来，重整破碎的自然与重建衰败
的人文精神是一致的，他把拯救地球、拯救人类社会的一线希望
寄托在文学艺术上。法国社会学家 J-M·费里则乐观地预言："未
来环境整体化不能靠应用科学或政治知识来实现，只能靠应用美
学知识来实现"，"我们周围环境可能有一天由于'美学革命'
而发生天翻地覆的变化……生态学以及与之有关的一切，预示着
一种受美学理论支配的现代化新浪潮的出现"。作为与自然最直
接的审美联系，生态文艺创作在近年来呈现出喷涌之势，作品已
经蔚为大观。在此背景下建立一门"生态文艺学"已经成为时代
的呼唤。[1]

　　其次是文艺学的生态转向。从生态学的视角看，地球是一个
大的生态系统，文学艺术是地球上人类这一独特生物的生命活动、
精神活动，是一个在一定的环境中创生发育成长着的功能系统，
文学艺术在地球生态系统中注定享有一定的"序"（一个生态系
统内部的结构、功能及其环境条件在空间与时间中的秩序）和"位"
（在一个大的生态系统或生态群落中，某一个物种实际上或潜在
地能够占据的生存空间和地位），而这一"序位"，即文学艺术
的"安身立命之地"。[2]这可以从"盖娅假说"得到说明。这
个假说认为："地球生物圈内地表的冷暖、水源的丰歉、土壤的
肥瘠、大气质量的优劣是由地球上的所有生命存在物的总体与其
环境的调节反馈过程所决定的，地球孕育出了自然界中的生命，
也给自身赋予了生机，'地球系统本身也就成了一个有机的生命

[1]　以上未注见鲁枢元:《生态文艺学》，陕西人民教育出版社，2000年，第25-27页。
[2]　鲁枢元:《生态文艺学》，陕西人民教育出版社，2000年，第33页。

体'。"[1] 在这个有机的生命体中，人与自然、人类与非人类、自我与世界、精神与物质、有机界与无机界之间并没有十分明确的疆界，"生命的过程就是建立跨越疆界的联系，形成不间断的相互渗透"，"自然与我同为一体，自然是充分延伸和扩散了的自我"。[2] 而文学艺术恰好正是打破人与自然、人类与非人类、自我与世界、精神与物质、有机界与无机界之间疆界，并且建立跨越疆界的联系，形成不间断的相互渗透的一种生命活动，作为地球生态系统中一支非常活跃并且不可或缺的力量，文学艺术是地球作为有机的生命体的证明。鲁枢元进一步指出："人类的文学艺术活动是与人类的整体存在状况密切相关的，它既是一种幻化高蹈的精神现象，又是一种有声有色、紧贴自然的生命现象，它与宇宙间这个独一无二的地球生态系统血肉相连，它本身也是一个有机、生长、开放着的系统。"[3] 这显然是一种新的生态学的文艺观。

以此新的文艺观反观旧的文艺观，则会发现很多不足。比如鲁枢元对他与钱谷融主编的《文学心理学教程》反省道："一、当时我们的注意力集中在文学心理学的建设上，行文时也总是围绕这个中心进行，基本上没有涉及生态学方面的东西，况且，就我本人而言，那时对于生态学的知识知之甚少。二、正由于如此，我们把刘若愚使用的'宇宙'一词改作了'社会'，大大缩小了这一系统的内涵，偏重了文学艺术与社会的关系，忽略了宇宙中精神与自然的存在，我们也未能逃脱时代对于我们的局限。"[4]

---

[1]　鲁枢元：《生态文艺学》，陕西人民教育出版社，2000年，第36页。
[2]　鲁枢元：《生态文艺学》，陕西人民教育出版社，2000年，第36页。
[3]　鲁枢元：《生态文艺学》，陕西人民教育出版社，2000年，第59页。
[4]　鲁枢元：《生态文艺学》，陕西人民教育出版社，2000年，第62页。

这两个方面的问题一个是没有使用生态学的观念更新对文艺活动系统的总体看法，一个是忽视了文学艺术与自然的关系。

在鲁枢元看来，即使是最先涉足生态学领域的文艺心理学学者夏中义也存在类似的局限。夏在他的《艺术链》一书中专门设置了一章："文学生态论"，讨论的是文学的生态流程系统，他的结论是："我把艺术链看成是一个在心理美学水平上运行的，由作家造型、读者接受、专家批评所串联的长距文学流程。其中每一阶段如造型又由素材、想象、灵感、传达等环节依次衔接，环环相扣。这一功能性链式流程尽管简洁，却又仍然蕴涵着某种有机系统的生命感，即只要任何一环被卡，整个艺术链旋即停止运转。于是，艺术链的畅通或淤塞，在一定意义上就成为衡量文学生态优化与否的美学尺度之一。"[1]夏中义认识到了艺术创造是一个生态链式流程系统，这是他的创见，不过他把"优化文学生态"看作决定文学事业兴衰成败的关键，特别是把优化文学生态的希望寄托在"外部生态环境"的改善与"内在生命主体"的健全上，明显受到了时代风潮的局限，文学观念始终停留在社会政治的层面上，对地球生态危机还无暇顾及。所以夏中义的"艺术链"理念对于文学生态的描述自然就少了真正的生态意味。[2]

即使对于亦师亦友的前辈学人钱谷融的不朽雄文《论文学是人学》，鲁枢元也以生态文艺观予以审视，并指出不足。钱谷融在批评自然主义的文学创作方法时说："自然主义者则是把人当作地球上的生物之一，当作一种具有一切'原始感情'——兽性——的动物来看待的。因而是用蔑视人、仇恨人的反人道主义

---

[1]　夏中义：《艺术链》，上海文艺出版社，1988年，第267页。

[2]　鲁枢元：《生态文艺学》，陕西人民教育出版社，2000年，第65-66页。

的态度来描写人、对待人的。"[1]鲁枢元认为钱谷融前一句并没有错怪自然主义，但后一句却给人以将"人性"与"兽性"截然对立起来的感觉。依照当下生态伦理学的观点，地球上人类之外的其他生物，包括"野兽"在内，都处于同一个地球生态系统之中，人与它们是相依相存的，它们的内在价值也应当得到承认。况且，在人身上除了社会性、文化性、精神性之外，也还有生物性（即"兽性"）的存在。[2]文中的另一处文字："高尔基心目中的'人'，是'生活的主人'，是'伟大的创造者'，是能够征服第一自然而创造'第二自然'的人。"[3]对此，鲁枢元批评道："半个世纪过去了，现在看来，'人'这个伟大的创造者对'第一自然'的征服已经造成如此多的生态灾难，而它所创造出来的'第二自然'，又给人的心灵生活带来如此多的损伤。在50年代的中国，这注定是钱谷融先生无法料到的。"[4]这两处引文显然体现了"人类中心"思想，在生态文艺观看来是需要进行修正的。

二、"精神圈"与"精神生态"

鲁枢元的生态文艺学研究脱离不了文艺心理学的底色，这可以先从"精神圈"这个概念说起。

生态学家喜欢用"多层同心圆"的系统模式描述地球上的生态景观，他们把它划分出许多"圈"：岩石圈、水圈、大气圈、土壤圈、生物圈。这些"圈"通常被认作构成地球自然环境的"五大圈"。随着生态学的人文化转向，这五大圈显然已经不能满足

［1］　钱谷融：《艺术·人·真诚》，华东师范大学出版社，1995年，第86页。
［2］　鲁枢元：《生态文艺学》，陕西人民教育出版社，2000年，第189-190页。
［3］　钱谷融：《艺术·人·真诚》，华东师范大学出版社，1995年，第91页。
［4］　鲁枢元：《生态文艺学》，陕西人民教育出版社，2000年，第190页。

现代生态学发展的需要，于是，苏联的一些学者在20世纪40年代提出了"社会圈"的概念，认为在地球上除了"自然生态系统"之外，还存在着一个"社会生态系统"，由此建立了社会生态学。鲁枢元对此提出疑问：地球上的多层同心圆的圈划到"社会圈"就"圆满"了吗？他对社会生态学表示特别不满："社会生态学有意无意地忽略了地球生态系统中人作为个体的、个性的、情感的、信仰的、潜隐性的以及超越性的，即人的心灵性的、精神性的存在。"鲁枢元认为，人在这些领域的主要活动形式是宗教、艺术、哲学与科学的冥思，而这些方面构成了不同于"五大圈"和"社会圈"的"精神圈"。那么，地球生态系统中是否还应当有一个"精神圈"的存在呢？"系统论之父"贝塔朗菲从人类在生物圈内的特殊性出发，更加强调包括语言在内的"符号"的地位和作用，他说"只有有了符号，经验才变成了有组织的'宇宙'"，人类才有了历史传统和对于未来的憧憬。贝塔朗菲虽然没有直接提出"精神圈"的概念，但他已经把"符号宇宙"作为人类生态系统中一个至关重要、独具一格的精神层面。夏尔丹则是明确的作用过"精神圈"这一概念。他说，地球上"除了生物圈外，还有一个通过综合产生意识的精神圈"，精神圈的产生，是"从普遍的物质到精神之金"的变化结果，是通过"信仰"攀登上的"人类发展的峰巅"。如果不那么挑剔的话，贝塔朗菲的"符号宇宙"和夏尔丹的"精神圈"其实与鲁枢元的"精神圈"是相通的，在这个"符号宇宙"或者说"精神圈"中必然包括文学艺术："作为人类的一种情感活动、想象活动、精神创造活动，作为人类言语符号活动的一个出色的领域，显然是处于这个'精神圈'之内的。"[1]

　　文学艺术在这个"精神圈"中的地位如何呢？鲁枢元用三座"金字塔"理论来描述：关于地球与人的存在状况，不同领域的学者曾经描绘过三幅不同的"金字塔"图景，一座金字塔是生态学的，对应的是生物圈能量转移的"生物链"，站在金字塔顶端的是人类；一座金字塔是心理学的，对应的是马斯洛提出的人类基本需求等级理论，这个金字塔顶端的是人类的"自我实现"和"审美需要"；最后一座金字塔是美学、文艺学的，站在金字塔顶端的就是像贝多芬、德彪西、梅特林克、毕加索那样的伟大艺术家。这三座金字塔中第一座是由自然到人，第二座是由生物性的人到社会性的人，再到精神性的人，第三座则是由人类的精神生活到文学艺术，三座金字塔从不同的方面描绘了人在自然中存在的基本状况。如果把三座金字塔依次叠加起来，文学艺术则位于塔的最尖端，就像是悬浮在塔尖上的一片白云。这就是文学艺术在地球生态系统中的序位，即它在"精神圈"的地位，它的职责，它能够发挥的功能。[2]

　　然而文学艺术在当前面临着非常严重的危机。鲁枢元对此指出："一方面是科学技术的进步，工业生产的发展，资本主义的兴盛，现代化的推进，物质生活的富裕，都市的繁荣，人口的激增；一方面是自然生态环境的破坏，精神文化的衰落，情感生活的贫乏，文学艺术的衰败，个人创造性的枯竭，这两种相互对立的情景似乎是同时展开的。"[3]文学艺术的危机的背后是整个"精

---

[1]　以上未注见鲁枢元：《生态文艺学》，陕西人民教育出版社，2000年，第42-44页。
[2]　鲁枢元：《生态文艺学》，陕西人民教育出版社，2000年，第44-47页。
[3]　鲁枢元：《生态文艺学》，陕西人民教育出版社，2000年，第15页。

神圈”的危机，随着科技的发展、经济的增长和社会的“进步”，资本主义价值观和生活方式不知不觉地向人类的心灵世界、精神世界迅速蔓延，造成人类自身内部的“精神污染”，导致了“现代人的精神病症”。这些症状被鲁枢元概括为这样几个方面：精神的“真空化”、行为的“无能化”、生活风格的“齐一化”、存在的“疏离化”、心灵的“拜物化”。[1]精神污染与环境污染交相作用，造成了现代人类与地球母亲共同承受的生态灾难。

由上面论述可知，生态危机的问题其实也是精神危机的问题，有必要“把精神当作一个至关重要的因素引进地球生态系统中来；甚至开始探测精神活动自身的生态学属性”。在这方面有很多工作要做，但研究现状不尽如人意。鲁枢元指出：“从当前生态学界的情况看，不仅自然生态学，即使社会生态学、人类生态学甚至文艺生态学都还没有真正把精神纳入自己的学术视野，更不把文学艺术当作一回事。”[2]文学艺术界则对精神领域的生态问题非常敏感，早在1985年刘再复就在《读书》杂志发表文章《杂谈精神界的生态平衡》，文中说：“我们精神界也有一个生态平衡的问题，……在文化界，生态平衡被破坏得更加惊人。……自然界需要生态平衡，文化界、精神界不也需要生态平衡吗？”[3]在刘再复文章发表四年后，鲁枢元在张家界全国第二届文艺心理学研讨会上的发言正式提出了“精神生态”的说法：“文艺心理学的学科建设必须重视人的生存状态，包括人的‘自然生态’和‘精神生态’，尤其是人的‘精神生态’……近些年来，中国人

---

［1］　鲁枢元：《生态文艺学》，陕西人民教育出版社，2000年，第152-158页。

［2］　以上未注见鲁枢元：《生态文艺学》，陕西人民教育出版社，2000年，第132页。

［3］　刘再复：《杂谈精神界的生态平衡》，《读书》，1985年第4期。

的'精神生态'正在恶化，这种恶化是由严重的生态失衡造成的。在生存的天平上，重经济而轻文化、重物质而轻精神、重技术而轻感情，部分中国人的生态境况发生了可怕的倾斜，导致了文化的滑坡、精神的堕落、情感的冷漠和人格的沦丧。"[1]由此精神生态开始引起人文学界的注意，很快便有学者提出建立"精神生态学"的动意。国内较早提出"精神生态学"的是严春友，他在1991年出版的《精神之谜》书中表述了他关于"精神生态学"的构想。几乎与此同时，傅荣等人在《争鸣》《江西师范大学学报》等刊物著文，呼吁进一步开展对于精神生态学的研究，也许由于这些提法过于超前，当时并没有得到国内学术界的积极响应。[2]

与此同时，作为文艺心理学家的鲁枢元对"精神生态""精神生态学"的思考一直在持续，他认为随着精神变量的加入，生态学的面貌将会焕然一新，比如可以按照"三分法"作出以下划分："以相对独立的自然界为研究对象的'自然生态学'，以人类社会的政治、经济生活为研究对象的'社会生态学'，以人的内在的情感生活与精神生活为研究对象的'精神生态学'。"鲁枢元同时认为，建立一门精神生态学应当是有着充分依据的："精神生态在人类世界中的位置，就像爱情在男女世界中的位置。尽管与自然生态、社会生态有着密切的联系，也仍然可以划出一个相对独立的研究领域。就现实的人的存在来说，人既是一种生物性的存在，又是一种社会性的存在，同时，更是一种精神性的存

---

[1]　鲁枢元：《来路与前程——在张家界全国第二届文艺心理学研讨会上的发言》，《文论报》，1989年9月5日。
[2]　朱杰鹏在《中国"精神生态"研究二十年》（《天津师范大学学报（社会科学版）》2010年第5期）一文中指出严春友早在1989年就提出了"精神生态学"，本段撰写参考了朱文的研究成果。

在。"在此基础上，鲁枢元给出了"精神生态学"的完整定义：
"这是一门研究作为精神性存在主体（主要是人）与其生存的环境（包括自然环境、社会环境、文化环境）之间相互关系的学科，它一方面关涉到精神主体的健康成长，一方面还关涉到一个生态系统在精神变量协调下的平衡、稳定和演进。"[1]

　　在精神生态学中，文学艺术的作用必须得到充分重视："文学艺术实质上是一种精神活动，它有可能在一个较高的层面上对人类的生活，乃至整个地球生态系统的平衡发挥着重要作用。选择生态学的视野，从人类精神活动的高度，重新审视文学艺术的特质、属性及其价值意义应当是非常必要的。"[2]要消除人类自身内部的"精神污染"，解决"现代人的精神病症"，需要抓住精神这个核心，以文学艺术为手段，摆脱技术的控制和资本的诱惑，回归人类原初的精神存在。生态危机其实也是精神危机，要解决生态问题不能不依靠文学艺术等精神活动，而文学艺术也应该把它作为自己的使命。鲁枢元强调："文学艺术原本是人的一种精神活动，而精神是人的存在的内在的依据，精神活动的特点首先是指向主体自身的，是由自身内在启动的一种活动意向。""文学在救治自身的同时将救治世界，在完善世界的同时将完善自身。"[3]

三、文学艺术的生态价值

　　鲁枢元把文学艺术作为最主要的精神生态资源，对于文学艺术的生态价值他提出了两个重要命题："低物质能量的高层次运

[1]　以上未注见鲁枢元：《生态文艺学》，陕西人民教育出版社，2000年，第146-148页。
[2]　鲁枢元：《生态文艺学》，陕西人民教育出版社，2000年，第132-133页。
[3]　鲁枢元：《生态文艺学》，陕西人民教育出版社，2000年，第159、23页。

转"，"恢弘的弱效应"。

先来看"低物质能量的高层次运转"。

鲁枢元首先指出现代人类生活方式是"高物质能量"的，他说："现代人类社会这个'生态系统'，相对于生物具体存在而言，无疑是靠'高物质能量'的流动交换维持的。"古语云："由俭入奢易，由奢入俭难。"已经发达的国家还在拼命追求更高速度的发达、更高层次的消费，尚未发达的国家则把发达国家的生活方式确立为自己的楷模、目标，努力与之看齐，甚至还要赶超过去。西方发达国家引领的高物质消费给地球带来日益沉重的生态压力，地球已经负担不起如此饕餮、近于疯狂的人类。可以想见，在不远的将来，当地球资源耗尽一日，就是人类整体灭绝之时！这种"高物质能量"的生活方式是必然的吗？鲁枢元质疑道："不能从人类自身内部调整一下追求的目标吗？幸福生活的获得，一定要以大量物质的占有、大量能量的损耗、大量商品的消费为代价吗？这种'高物质能量'的消费就一定能换来高质量的生活吗？"鲁枢元引用贝塔朗菲的话做出了坚决的否定的回答："在生活富裕和高标准的时代里，生活会变得没有目标和意义。"一个"病态社会"的主要症候就是："为人们提供了丰富的生物需要，却使人的精神需要挨饿。"[1]

有没有可能寻找一种"低物质能量运转中的高层次的生活"？鲁枢元的回答是肯定的，那就是文学艺术活动。他说："从能量消耗量上讲，文学艺术的生产可能比任何一种农业生产、工业生产消耗的能量都少得多。而一个'文学人'在物质和能量方面的

---

[1]　以上未注见鲁枢元：《生态文艺学》，陕西人民教育出版社，2000年，第346-348页。

消费则比任何一个'工业人''商业人'的消费要节省得多。"
鲁枢元认为，注重精神生活的人，对于外部物质生活总是较少地
依赖。对此他连续举了陆游、托尔斯泰、安徒生、曹雪芹四个例
子："诗人陆游，'细雨骑驴入剑门'，没有乘坐小轿车，没有
排放一路的二氧化碳或二氧化硫,并不影响他留下一路优美诗篇。
小说家托尔斯泰，为全世界的几代人提供了丰盛的精神食粮，自
己到头来只是一袭布袍、一根拐杖，随风化解在俄罗斯的田野林
间。丹麦的那位可爱的安徒生先生，没有上过高速公路，没能睡
过豪华宾馆，一辈子孤独地守护着自己那颗善良、纯净的心，却
为全世界的孩子们写下那么多优美的童话。曹雪芹喝稀粥、吃咸
菜、食不果腹、衣不蔽体，照样写出千古绝唱《红楼梦》，创造
的精神财富不可计量。"他不禁质问："在高度工业化、商业化
的美国，一个普通公民消耗的物质和能量可能是曹雪芹、托尔斯
泰的千百倍，然而他究竟为人类文明的进步奉献出多少呢？或者
不说为社会奉献，他自己获得的幸福感又能比这些诗人、艺术家
多多少呢？"确确实实，文学艺术活动能够带来物质消费难以相
比的超乎寻常的奇妙享受，鲁枢元认为这种审美的愉悦就是一种
奇特的"幸福"，而且它差不多就是人类能够体验到的最丰富最
强烈的愉悦。[1]

话又说回来，当然，我们不能奢望每个现代人都像以前的人
类，特别是诗人、艺术家那样去"低物质能量"地生活，并且为
人类文明的进步做出贡献，也不能奢望每个人都能从事文学艺术
活动，并且从中获得高层次的幸福感，但我们在鲁枢元这里看出

[1] 以上未注见鲁枢元：《生态文艺学》，陕西人民教育出版社，2000年，第348-349页。

在"高物质能量"生活之外还有别的可能，这种可能恰好是解决生态危机、精神危机的关键。当我们放弃对物质消费无休止的追求，把生活重心放在内在精神的丰富，"资源节约了，污染不存在了，信仰的力量、精神的充实削减了对外在物欲的追求，精神能量的升华替代了物质能量的流通。这不就是一种'低物质能量的高层次运转'的生活方式吗？"总之，提倡"低物质能量的高层次运转"的生活方式就是"以精神资源的开发替代对自然资源的滥用，以审美愉悦的快感取代物质挥霍的享乐，以调整人类自身内在的平衡，减缓对地球日益严重的压迫。"[1]

再来看"恢弘的弱效应"。他是在 2005 年的一篇文章《文学，一种恢弘的弱效应》（《文学教育》，2005 年第 6 期）中第一次使用这个命题的。文章以散文笔法写就，给人感觉是其中蕴含着的情感力度和理论力度都很强大，然而文中最为关键的字眼却是一个"弱"字。"纤弱""微弱""幼弱""弱者""柔弱""贫弱"，众多演绎文学之"弱"的字眼在文中不时出现，却奏出一曲恢弘的文学赞歌。

文学之"弱"首先是所写之人、所述之事、所抒之情多是柔弱的、细微的、轻灵的。鲁枢元说："翻一翻安徒生的童话集，多半写的是'拇指姑娘'、'笨汉汉斯'、'小图克'、'小锡兵'、'海少女'、'丑小鸭'、'亚麻'、'荞麦'、'豌豆花'等'小人物'。《皇帝的新衣》似乎是写了大人物、大场面，但最后点破主题的关键人物，还是一个不谙世事的孩子。蒲松龄在《聊斋志异》中倾注毕生心血的，也大抵如此：表面上写鬼狐

---

[1]　以上未注见鲁枢元：《生态文艺学》，陕西人民教育出版社，2000 年，第 352-353 页。

神仙，实际上还是写的市井人情、乡里琐事。"还有比安徒生笔下的"卖火柴的小女孩"、蒲松龄笔下的"落水而死的书生"更柔弱、微末的文学作品，它们与一切经国治世、文韬武略无关，与生产力的解放、国民经济的增长无关，不过描写了身边常见的一些景色风物，抒发了心中的一点情思感悟，比如："床前明月光，疑是地上霜""夕阳无限好，只是近黄昏""采菊东篱下，悠然见南山""两个黄鹂鸣翠柳"……

文学之"弱"还表现在文学家往往是柔弱的。鲁枢元认为安徒生可以作为这类作家的代表，他出身卑微、家庭贫困，从小就当童工，一度成了流浪儿，困苦的生活使他养成了怯懦而善良、谦卑而敏感、柔弱而多情的个性，即使成名之后，也保持着谦卑、羞怯的天性，习惯于过一种低调的、内向的生活。这样的由卑微、贫弱而达成恢弘、浩瀚的作家、艺术家还有很多："如奴隶出身的伊索、街头流浪的卢梭、报童出身的杰克·伦敦、在鞋油作坊当学徒的狄更斯、在药房当学徒的欧·亨利以及在保险公司做小职员的卡夫卡、在苏维埃农庄当记工员的艾特马托夫。再如蒲松龄一生落魄，靠做家庭教师糊口；曹雪芹虽然出身世家，但早已经败落，先是在宗族的学堂里当'杂役'，后来靠卖画、扎风筝维持生计，穷得连稀粥也喝不饱了。"

文学之"弱"还表现在文学生产所需要的经济支撑、物质支撑是最微弱的。鲁枢元写道："你想开一个饭店、服装店，必须有一定的本钱；你要当一个钢琴演奏家，必须买得起钢琴。安徒生最初想要做的是演员、歌唱家，他也不乏这方面的天赋，只是因为贫穷，缺少剧院和舞台的支撑，只好转向文学写作——那只需一支笔、一叠纸就可以了。……至今还没有人去算这样一笔账：

曹雪芹当初创作《红楼梦》时的总'投资'是多少，包括他维持日常生计，喝粥、吃咸菜、偶尔喝一点小酒的花费，以及最初在民间流传时的'前期投入'。我想，即使扣除时代的物价之差，也绝不会超过当前拍摄任何一部蹩脚电视剧花费的财力，更不要说那些动辄上亿元人民币的'大制作影片'。"

文学之"弱"还表现在文学阅读、文学消费是最简朴的、低损耗的。鲁枢元回忆他少年时代家境贫寒，但还是读过许多文学名著，这些书或借或买，买不起新书就逛旧书摊。他那次"消费"了蒲松龄的《王六郎》只花了"半分钱"，在图书馆"消费"了安徒生的《卖火柴的小女孩》没有花钱。不仅文学消费是最简朴的，文学本身（从载体和形态来看）也是最简朴的，鲁枢元指出："从审美心理学的角度衡量文学阅读，如果仅从物质载体上看，文学阅读比起当下所谓的'读图时代'，显然也是过于简朴、简约、细微、贫弱，因为它只不过是一些'白纸黑字'，既没有斑斓的五颜六色，更没有高科技制作的'声、光、电'。"

文学虽"柔弱""微弱""贫弱"，但并不"软弱""脆弱""懦弱"，相反，文学是非常强大的、恢弘的。文章开始鲁枢元回忆幼时阅读安徒生的《卖火柴的小女孩》的感受和影响："读完这个故事，我难过极了，在我的幼弱的心灵里许多天都化解不了那缕缕酸楚。那是一种对于弱者的同情心，一种发自人性深处的友爱与良善——那就是一个伟大作家的文学作品，在一个遥远国度里、一个生活在古城小巷里的孩子的心灵中激起的反响。50年过去了，那反响依然像深山梵寺里清幽而又浑厚的钟声一般，始终缭绕在我的心头，成为我做事、做人的底蕴。"阅读蒲松龄《王六郎》给他带来的影响是终生的，他说："蒲松龄先生这一不足千字的短篇，在我的精神生长发育中究竟拥有多大的价值，我说不来。但我清楚，那是我今生今世精神收藏的瑰宝。不管后来的学问家多么严谨地论证：'恶'，也是一种推动历史前进的力量，'以恶抗恶'又是多么值得推崇的斗争哲学，且'善'有时也会异化、蜕变为一种负面的力量。但我内心深处始终坚守着一块生命基石，那就是'友爱和善良'。"随着岁月的流逝，多少金戈铁马灰飞烟灭、多少殿堂宫阙坍塌颓圮，多少钟鸣鼎食的贵胄世家荡然无存，多少帝王将相的文功武治沦入忘川，而那些抒写个人情思、感悟的诗句倒被后世的人们绵绵不绝地吟诵了上千年。那些贫弱、柔弱的文学家，书写着不合时宜的"哀怨"和"叹息"，以一颗过于纤细敏感的心对抗着一日千里飞速向前的社会发展，他们的反抗是无力的，但那些"哀怨"和"叹息"却仍在代代流传，他们以同样柔弱的文字，攀登上人类精神的峰巅，永远地活在世人的心里。而曹雪芹《红楼梦》创作的"投入"之微弱与"产出"之宏大，也说明了文学是一种"恢弘的弱效应"。文学消费的低消耗、文学载体的极简朴正好反衬出文学的接受气象、审美心域是异常广阔、恢弘的。[1]

我们不难从鲁枢元的"恢弘的弱效应"中体察出文学艺术的精神生态价值。

鲁枢元倡导建立的"生态文艺学"既是文艺学的分支学科，也是精神生态学的分支学科，当然首先它是鲁枢元文艺心理学研究的延续者和受惠者。表面上看，鲁枢元由于受到生态主义的招

---

[1]　以上未注见鲁枢元：《文学，一种恢弘的弱效应》，《文学的跨界研究：文学与生态学》，学林出版社，2011年，第132-137页。

唤，主动放弃了这块耕耘已久的学术家园，实际上，文艺心理学
作为基础性学科在发展成熟之后，面临社会危机、文学危机的双
重拷问，转型势在必行，而自觉地转向生态主义，又保留文艺心
理学的血脉和基因，使文艺心理学在生态学的时代发挥重要的作
用，鲁枢元功不可没。

第三节　"节律感应"说

同样是在 2000 年，比鲁枢元的《生态文艺学》稍早几个月，
曾永成的《文艺的绿色之思——文艺生态学引论》（人民文学出
版社，2000）出版了。这应该是国内第一部从生态学的角度论述
文艺理论基本问题的专著，与鲁枢元的《生态文艺学》一道在文
艺理论界掀起了生态主义的汹涌浪潮。更为巧合的是，曾永成的
文艺生态学构建同样是以文艺心理学为理论底色的。他所独创的
核心命题"节律感应"原本就是一个文艺心理学命题，该命题在
80 年代文艺心理学大潮中产生，经过十几年的理论生长、思维
拓展，终于与 90 年代后期兴起的生态主义思潮接合，作为其开
创的文艺生态学、生态论文艺学、人本生态美学的核心概念重装
上阵。

一、"文艺的绿色之思"

曾永成在什么背景下展开他的"文艺的绿色之思"的呢？我
们可以从《文艺的绿色之思——文艺生态学引论》的"前言"和
论文《生态学化：文艺理论建设的当代课题》[1] 归纳出以下几

---

[1]　曾永成：《生态学化：文艺理论建设的当代课题》，《成都大学学报（社科版）》，
2002 年第 3 期。

个方面：

首先是地球生态告急。现实的生态危机日趋严重，包括环境、资源、物种、人口、自然生态、核军备和"精神污染"等在内的总体性人类生存危机全面爆发，使得文艺学家的书斋里再也放不下一张安静的书桌，生态问题成为文艺学的关注问题不可避免。曾永成指出："生态危机归根到底是人性危机。"面对人性危机，文艺理应发挥出独特的优势："文艺本身需要一个绿色的家，文艺更应当成为人类的绿色之家。这样一种基于人类生态关怀的使命感，正是文艺家应有的绿色情怀。""今天的文艺家，必须考虑自己对'人类困境'应有的态度。"曾永成认为，面对这个"人类困境"，文艺家尤其需要"对事物的总体观念"的"高级智慧"，也就是"生态智慧"。[1]

其次是当前文艺理论面临严重危机。曾永成指出："从上世纪的九十年代开始，对文艺理论发展趋势的思考和讨论就开始成为兴奋点。这种兴奋绝不只是世纪交替的思维惯性所使然，而是文艺理论现状呈现的诸般窘态引发的建设性要求。那种由哲学简单演绎和用纯粹意识形态话语编织的文艺理论早就在文艺实践面前捉襟见肘，在原有范式基础上的修修补补也越来越破绽百出。持续一个世纪的外来文论霸权激起的本土情结热切希望中国传统文论重放光辉，而由西方文化的强势造成的文艺理论现代化即西化的认识误区和话语转换的困难，又使这种努力屡屡受挫，或者仅仅陷于一厢情愿的自说自话。最尖锐的是，市场经济直接造成的文艺边缘化和大众文化霸权，文化工业对文艺的精神价值和独

---

[1]　以上未注见曾永成：《文艺的绿色之思——文艺生态学引论》，人民文学出版社，2000 年，前言第 13-14 页。

特韵味的消解，全球化趋势下本土文化在日常生活领域中的日益西化，在文化普及、高科技、大众传播、物质主义、享乐主义和消极个人主义诸因素共同作用下，社会文艺需要和文艺生产方式的急剧改变，并给文艺固有形态以强烈的冲击。"曾永成进一步认为文艺理论的危机其实是生态的危机："这一切归结起来，就是现代人生存困境中生态失衡和畸化的反映。"

再次是生态学作为终极科学促成文艺理论的学理跃迁。曾永成引用美国一位著名生态哲学家的话指出："生态系统科学通常被称作终极的科学，因为它综合了各门科学，甚至于艺术与人文学科。"生态学的终极性具体表现在四个方面：第一，生态学研究有机体与环境的相互关系，由此必然提升到对人与环境相互关系的关注。第二，现代人类生态学已把社会和文化置于自然这个更具本原性的大系统中，把人与自然的生态关联视为社会和文化问题的深层内涵和动因，并从自然生态中寻求走出生存困境的深刻智慧。第三，生态学把其他科学在人类生态系统中加以融会和整合，以救偏补弊，使之在互补互动中共同优化人类的生存条件。第四，随着生态学对有机体和人类生态系统中物质、能量和信息交流的生态机制和意义的全面认识，特别是对信息与精神的生成性联系的揭示，人与包括自然在内的物质世界之间的精神关联，即精神生态问题日益受到重视，这就使生态学跃上了人性这一生态生成之巅，具有又一层终极意义。曾永成认为，生态学的终极性给文艺理论带来了"无比广阔的理论视野和网络化关联意识"："对于文艺理论的研究来说，它可以从人的生态关联深入考察文艺活动的本体特性，找到文艺活动得以发生的生态本源，从而真切地把握文艺活动审美性的本体特征；同时，它又突破实体观念把任何一个文艺现象都纳入人类生态系统中审视其社会、文化和人性的关系性本质。更重要的是，它从生态层面开拓和深化了对人的生命存在方式及其本质的认识，有利于一种更深刻的人学精神在文艺理论中的树立和贯彻。这样一个两极融通的思维张力场，可以聚合各种观点和方法及其成果，使之在最大可能的综合中获得与人类生态系统相对应的序化结构。"通过对生态学的引入，当今文艺理论的危机将迎刃而解。

最后是生态伦理学对文艺价值观的启示。曾永成指出："生态学的终极性还表现在它的价值观念上。在建设性后现代主义对现代性的反思中，针对二分化、分离、机械化和实利主义等现代性现象，强调了人与他人以及其他生物乃至整个自然界之间'内在的、本质的和构成性的'关系，要求重视事物的内在价值和全球整体价值。而直接产生于环境保护运动中的环境伦理学和生态伦理学，更提出了与人类中心主义相对立的价值观。对于这种价值观，尚存在尖锐的争论。但是，在严重的生态问题面前，人们不能不调整现代性思潮中形成的价值观，开始重视自然的生态价值和人的活动的生态效应。"对于打破旧有的文艺价值观、建立新的符合时代要求的文艺价值观方面，生态伦理学将发挥着非常重要的作用："在生态价值观的启示和推动下，文艺的人类整体价值（即'类价值'）观念必将受到真正的重视并得到新的阐释，在'类意识'的启示下真正树立起'生、和、合、进'的生态价值观。"[1]

既然文艺的绿色之思势在必行，那么如何进行文艺理论的生

---

[1]　以上未注见曾永成：《生态学化：文艺理论建设的当代课题》，《成都大学学报（社科版）》，2002 年第 3 期。

态学化呢？曾永成在《生态学化：文艺理论建设的当代课题》一文中总结出文艺学与生态学交叉研究的三种思路：第一种思路是以研究文艺与环境的生态关系和规律为基本内容的"文艺生态学"，以姜澄清的《艺术生态论纲》为代表。在该书的绪论中，作者明确指出："'艺术生态学'研究艺术的'生态环境'，研究'艺术生态'的正面和负面'环境'要求，研究艺术对当代人类生存的价值。"又说："在错综复杂的环境构成中，探索艺术的生态规律，就是这门学科的宗旨。"[1]这种文艺生态学研究的内容和主旨，同生物生态学的学科观念基本对应。第二种思路是受各种生态文艺推动以研究文艺与人类生态的相互关系为主的"生态文艺学"，集中表现在鲁枢元的《生态文艺学》中。作者关注于生态学的人文转向，特别关注文艺对于人类走出生态困境、优化人性生态的意义和文艺在即将到来的生态学时代将发挥什么作用。作者在人类生存的复杂的社会环境中重点研究了现代人的"精神生态"系统；而在人类生态系统的"精神圈"中，文学艺术无疑占有十分重要的地位，在此基础上深入论述了文艺与自然生态的本体联系和文艺与精神圈的生态关联等重要问题。曾永成认为自己的《文艺的绿色之思》属于第三种思路，是以生态世界观对文艺进行生态学审视的"生态论文艺学"，即在生态哲学的启示下，把文艺活动置于自然—社会—文化这个人类生态系统之中，以生态思维对文艺的本体特性、生态本源、生态功能和生成规律等进行全面的考察，力求建构一种体现了生态综合精神和生态价值观念，既切近文艺活动生态本色又适应生态文明要求的文

---

[1]　姜澄清：《艺术生态论纲》，贵州人民出版社，1994年，第1、5页。

艺观。

曾永成的这种研究思路是从发生论的角度揭示文艺审美活动的生态本性，并把它作为对文艺进行生态学审视的本体论前提。曾永成认为，用生态眼光看文艺，就必然要对文艺审美活动的生态本性，即本体特性进行终极追问。而他通过对文艺审美活动生态本性的探寻得出的结论是："正是事物之间以节律形式为普遍中介而引起的节律感应才是审美活动的基本特性所在。这节律形式作为审美感应的中介就是文艺审美活动的本体，节律就是文艺审美活动本体的特性。"曾永成还指出："从生态学的角度看，一切生命形式都存在的节律感应正是生命体感知和调节其与环境关系的重要方式，它本来就是生态生成物。一方面由于在自然、社会、文化和生理、心理、意识各个领域和生命层次无不存在节律形式，另一方面更由于节律形式在自然—社会—文化生态系统中必然获得的整体质，以及以节律形式为中介形成的同构对应，就使节律形式绝不像有的朋友所说的那样仅仅限于生理活动的层次。"[1] 显然，正是节律形式的无处不在，一切生命形式凭借节律感应获得了与环境的生态关联，正是通过以节律形式为中介的节律感应，人类审美活动才具有超越"人类中心主义"的生态意蕴和引起人的身心整体感应的生态功能。这就是文艺审美活动的生态本性，它是以"节律感应"为基点的。就这样，曾永成的"生态论文艺学"把根基扎在了文艺心理学的土壤里。

二、"节律感应"

早在 1982 年发表的论文《运用系统原理进行审美研究试探》

---

[1]　以上未注见曾永成：《生态学化：文艺理论建设的当代课题》，《成都大学学报（社科版）》，2002 年第 3 期。

中，曾永成就已经初步形成了"节律"的美学观点。文中提出："这个'自然向人生成'的系统运动规律的肯定性的感性显现，就表现出事物运动和结构的节奏、旋律、生气、风神和情致。正是事物的这种属性或事物属性传达的这种信息，才是所谓美的基本特征。"还说："当实践使人们认识到这种本质力量对于人类的自我生成的重要意义并感受到其中那表现'自然向人生成'的规律的感性律动时，就把老虎的'虎虎生气'作为它的基本的审美特性了。"[1]这当中"节奏""旋律""律动"等词语已经作为曾永成美学基本观点表述的关键词出现，而它们在几年后将被熔铸成"节律感应"的关键命题。1986年，曾永成发表了《审美特性"初感"再思》一文，文中首次提出了"节律感应"的美学命题："审美快感来自主体与对象之间的节律感应，审美活动是一种节律感应活动，审美关系也就是一种节律感应关系。"[2]在1989年出版的《以美育美——美育理论和实践》一书中，曾永成从马克思"自然向人生成"和"美的规律"等观点出发，把"节律感应"作为人类生命活动机制的基点，对美育问题展开了独特的探索。而在1991年出版的学术专著《感应与生成》里，曾永成对以"节律感应"为核心范畴的"感应论"审美观进行了更为系统的阐述。在2000年5月出版的《文艺的绿色之思——文艺生态学引论》中，曾永成又以"节律感应"为核心概念高度概括了文艺审美活动的生态本性，并在此基础上建立了"生态论文艺学"。

---

[1]　曾永成：《运用系统原理进行审美研究试探》，《四川师范大学学报（社会科学版）》，1982年第4期。
[2]　曾永成：《审美特性"初感"再思》，《四川师范大学学报（社会科学版）》，1986年第2期。

作为曾永成独创的美学核心命题，"节律感应"的理论内涵是什么呢？这要先从节律说起。曾永成在《感应与生成》一书中有完整表述："节律是一切运动所必然具有的形式特征。运动作为物质和信息在时空中的结构变化和相互作用的表现，总有具一定结构和秩序的形式，这种形式，统统谓之节律，或称节律形式。除了最常用的节奏之外，它包括力度、气势、旋律以及所谓'力的模式'。大千世界，从自然运动到社会运动，从物质运动到精神运动，到处都存在着节律。"对于人这种高级动物，同样存在着节律形式。就这样，"以普遍存在的节律形式为中介，人与对象世界之间的一种特殊的相互作用的方式就产生了，这就是人的一种与生俱来的生命活动方式，即节律感应活动"。节律感应是如何从"生命活动方式"变为审美活动方式的呢？曾永成指出："一方面是对象的节律形式，另一方面是作为主体的节律活动。在一定条件下，由于事物运动规律的作用，对象的节律形式会激发并调节和引导主体的节律活动，使其与之和谐一致。这样两种节律相激相荡、相生相感、相应相和的运动方式，就是我们所说的节律感应。我们在审美活动中就是在进行着这种特殊的活动，美感就是在这种特殊的生命活动方式中获得的享受和满足。"这种审美的享受和满足何以由节律感应而产生呢？曾永成进一步指出："由于节律感应，主体原有的生命节律活动或因受到激发而趋于昂奋，或因受到调节而渐趋于平和，或被引导到一种特殊的心境中去。不仅生命节律的改变会引起身心的快适、兴奋和惬意，而且由于节律感应中主体与对象的契合而体验到和谐与自由，主体生命得以表现，这就有了美感的享受。"[1]

---

[1]　以上未注见曾永成：《感应与生成》，成都科技大学出版社，1991年，第16—19页。

　　曾永成尝试以"节律感应"为核心范畴构建"人本生态美学"的理论体系，他认为："以节律形式这个普遍中介为基础，不仅美的本体存在和意蕴生成，而且美感的发生机制和功能特性及其内涵，都可以得到彰显。从节律感应出发，人本生态美学对审美活动的生态思维框架已经呼之欲出。"他把这个框架的基干概括为"一点三维"："一点"指的是作为审美活动生态本性这个理论出发点和生长点，"节律感应"是基本的范畴。从节律感应对审美活动生态本性的揭示，给审美活动整体性质的阐释提供了具体的思维切入口。将其置于生态系统思维的视域中，审美对象和审美主体的对象性关系和互动方式都能得到具体的说明，审美情境作为审美活动的环境的生态地位和作用也突出出来。"三维"的第一维是审美对象之维，这里引起节律感应的对象一方的对象性特征即"节律形式"，作为美的本体存在成为基本的范畴。把节律形式置于人类生态系统的复杂关联中考察审美对象，美的本质问题所包含的三个基本层面，即美在那里、美与美感的关系和美的质的规定性这些问题首先得到回答。从生态思维对美的双向生成机制的探寻，既要阐明节律形式获得生命意蕴的生态机制，还要说明事物的功利内容是如何在主体的意识中获得相应的节律形式的，而这正好与形式感的两种走向相对应。"三维"的第二维是审美主体之维，这里作为节律感应得以发生的主体一方的对象性特征即人的"生命节律"成为基本的范畴。对主体生命节律的构成和特性，对构成审美主体意识系统的审美需要（及其实现形态审美态度）、审美能力（其基础是把节律形式与生命意蕴对应感通的形式感）和审美理想（主体生命价值观念的意向性表现）这三个基本因素及其相互关系进行具体深入的阐释。"三维"的第三维是审美的主体与对象互动及其成果美感之维，主体在与对象的节律感应中获得的"节律体验"为其基本范畴。从主体与对象之间的节律感应出发考察美感的生态化生成过程、基本性质和美感体验的生命内涵，进而揭示美感因节律感应而生的过程性、爱悦性和共享性的特征，并由此阐释美感的人性生成功能的内涵和机制，在享受与生成的统一中全面认识美感的功能，这就完成了与审美需要之间的生态性对应和耦合。在"一点三维"的基础上，曾永成总结道："节律感应是审美活动的基因，也是人本生态美学的基因。"[1]

　　曾永成还专门以一篇论文阐述了"节律感应"的生态美学内涵，即《节律感应：人本生态美学的核心范畴》（《江汉大学学报（人文科学版）》，2007 年第 2 期）。文中指出节律感应作为审美主体与对象之间的对象性特性所在，同时也就是审美活动生态本性的本体性特征所在："节律作为审美活动中主体与对象得以实现审美活动对象性中介，正好就是主体的审美需要与对象的审美功能能够相互耦合的必要中介。审美需要是生命体通过与美的对象的感应提升和优化自身生命节律体验的欲望，审美功能就是对象的美的节律形式通过节律感应提升和优化主体生命节律体验的作用。无论是审美的需要还是审美的功能，都生成于世界和生命共通的节律和由此而生的节律感应。"而在自然—社会—文化—人性生态的大系统中，由于节律感应的存在及其生态功能，实现了审美的感应之网与象征之网的生态性共生："由于节律在一切事物——自然的与社会的，物质的与精神的领域中的普遍存

---

[1]　以上未注见曾永成：《人本生态美学的思维路向和学理框架》，《江汉大学学报（人文科学版）》，2005 年第 5 期。

在，节律不仅成了物物之间、心物之间、心身之间、天人之间的普遍中介，而且也沟通了色彩、声音和形体三种不同的感性形式。……由于节律感应的存在，世界才到处都存在着和生成着诗意。在人类现实生成，从而世界的人本性得以确立的情况下，就生成了覆盖整个大千世界的感应之网和象征之网。于是整个世界的生命和灵性都能为人的感官心灵所感应，并在感应中生存，在诗意中生存。……节律形式和由节律造成的感应，就这样不仅赋予世界以灵气和诗性，也建构起世界最深邃的统一性。"节律及其感应还是多层次生态系统关联的审美性中介："就整个世界的生态构成而言，自然生态、社会生态、文化生态和人性—精神生态都因节律的存在而存在着美，各个层面的生态存在由于节律及其感应而互相映照、对应和沟通。……就人的个体的生态存在而言，乃是由生理、心理和意识三个子系统构成的生命整体。是什么把这三个层面沟通起来、整合起来，使之能够互相映照、彼此感应的呢？是节律这个无处不在的精灵。"由于节律感应的存在，个体的感性活力与理性秩序得以进行生命化融合："在生态系统的生成性里，感性活力与理性秩序相互结合。没有感性活力，不会有生成；没有理性秩序，也不会有生成。感性活力与理性秩序的互动共生，乃是这个世界之所以生生不息的最后根源，它的奥秘植根于宇宙生成的那一瞬间之中。人类实践所要求和表现的这种理想化的生命精神，通过节律形式成为生命的或类生命的存在，这就是美。"曾永成在文章最后指出，"节律感应"的理论价值不仅在于它是人本生态美学的核心范畴，还在于它将对整个美学学科产生巨大的作用："节律感应这个核心范畴的确立，说明人本生态美学绝不只是主题关怀上的转变和提升，而是从人类生态系统的内在构成和活动机制寻求自身的学理根源，以求把美学建立在生命本体的真实基础之上。也只有这样植根于人类生态内部的美学，才可能适应生态文明建设的迫切需要，同时使美学在人文性与科学性的统一中更具有丰满的血肉和氤氲的灵气。……人本生态美学把节律感应作为核心范畴，就是在这里确立自己借以安身立命的真正生长点。由此出发，美学必然获得新的不竭的生命力。"[1]

三、"心身互动共融"

曾永成指出，作为审美主体的人类有生理的、心理的和意识的三个层次的节律形式，它们是生命节律的三个子系统。生理层次的节律形式包括骨骼系统的扭曲回转，肌肉系统的收缩膨胀，呼吸系统的进出缓急，血液系统的搏动循环，神经系统的传送输导，还有声带的颤动、耳膜的震动、眼睛对光色的反应，以及经络气穴的更加微妙的节律活动，如此等等彼此联系，共同构成人体的生理节律子系统。心理层次的节律形式比生理层次为复杂微妙，它包括感觉、知觉、表象和想象、意志、情感、思维等各种心理机制的节律活动。这些心理的节律活动既具有相对的独立性，又互相影响和推动，并在情感节律中得到综合性的表现。意识层次的节律形式表现为关于个体生命存在的价值观念体系，主体不仅用它来衡量一切对象的价值内涵，判断其认识价值的真假、道德价值和善恶、审美价值的美丑，并且借此赋予对象以一定的节律形式。所以在意识节律子系统中，任何一种信息一般都具有双重的节律特征，一是信息本身所反映的客观对象本来的节律特征，

二是主体价值观念的坐标系所赋予的节律特征，前者倾向于形式因素，后者倾向于内容因素。[1]

曾永成认为，生命节律系统是具有整体性的："人的生命节律系统包含生理、心理、意识三个子系统，各自显示了不同的生命水平，具有相对的独立性。但又是一个有机的整体，并以其总体表现了人不同于动物的生命本质。"生命节律系统的整体性表现在三个方面：首先是三个子系统彼此之间密切联系，形成统一的整体。曾永成指出："生理、心理和意识的统一，体现了人的身心整体性，也体现人的自然性与社会性的统一。在人的活动中，生理、心理和意识三种节律往往都同时活跃起来，以一定的节律形式参与其中。"其次是三个子系统各司其职、相辅相成，形成有机的整体："生理节律作为整个生命节律系统中最原始的、与一切生物共有的层次，乃是生命节律系统的基础，是心理和意识节律活动的物质载体。……心理节律处于生理节律与意识节律之间，作为中介形式把两者联系起来。……通过心理活动，意识活动才获得了各种不同的活动方式，并得以对生理活动施加影响。……同理，生理上的刺激也必须通过生理体验而升华到意识的领域，或对意识起作用，影响意识的变化，或者接受意识的调节，通过心理反馈以控制生理的顺应性活动。至于意识节律，显然是显著地体现了人的生命的社会内涵的层次，是人区别于动物的生命节律系统的主要标志，因此在整个生命节律系统中是处于主导地位的。"最后是人的社会性和自然性在各个子系统中渗透交融。曾永成指出："人整个地是在社会性的实践中系统地生

---

[1]　以上未注见曾永成：《感应与生成》，成都科技大学出版社，1991 年，第 106-111 页。

成的，不能把人的自然性和社会性截然分开，……无论是在哪个生命活动层次中，自然性和社会性都是互相影响的，而不能把生理仅归于自然，意识仅归于社会。……把自然性和社会性决然分开是并不符合人的生命活动的实际的。"[1]

曾永成还把人的生命节律活动分成内外两种："内在节律指那些不可见的内部器官和心理及意识等的节律，外在节律则是那些通过五官表情、肢体动作和语言、声音等表现出来、可以诉诸他人感官的节律活动。"这两种节律可以通过相互感应激发而达到同构对应的状态。可以把节律活动的内外对应分成两种走向，即由内及外和由外及内。由内及外的对应是指主体内在节律活动要通过外在节律来表现。曾永成指出："内心的喜怒哀乐、好恶憎爱之情本是不可见的，但它可以通过外在节律表现出来而得到表达。一定的心理活动总伴随着生理的反应，不仅呼吸、血液循环等要发生变化，五官位置声音乃至手足身体的姿态也会作为情感的语言而被调动起来。""由内及外的这种节律对应，使内在的感受（如生理上的舒适或痛苦、心理上的喜悦或忧虑、悲愁之类）得以感性地表现出来。"由外向内的节律对应是指"人的外在的可见的节律活动，在精神自由放松的状态下，可以引发和调节内在的节律活动形式，使之达到相对应，即与外部节律形式一致可相似的状态"。曾永成指出，当人在痛苦的时候笑，就会减轻内在的痛苦；如果脸上露出难过的表情，人也在会内心感到难过。不仅面部表情能引起这种对应效果，肢体的活动也有这样的作用，并且往往还更加容易。这种节律对应已经在心理学家和精

[1] 以上未注见曾永成：《感应与生成》，成都科技大学出版社，1991年，第112-116页。

神病学家、心理医生那里得到了普遍的证明和应用。[1]

曾永成认为，节律活动的内外双向对应，在审美活动中具有十分重要的意义："由内及外的对应，使内部节律有表现冲动，外部节律具有表现功能。由外及内的对应，使外部节律具有感染作用，内部节律则存在受感可能。这种双向对应，把人的生命节律系统内外沟通，使之可以相互调节，因而更加强化了这个系统的有机整体机制。"[2]进而言之，节律活动的内外对应证明了人的"身心结构的同一性"[3]，在审美效应中则表现为心身一体、内外合一的整体性、交融性，曾永成把它总结为审美享受的整体性："审美享受虽有或偏于精神或偏于生理的区别，但以心理节律为中介，又总是身心整体投入其中受到熔冶塑造的，这就是我们所说的审美享受的整体性。"[4]审美享受何以令人如此迷醉，原因就在于心身一体、互动共融的整体性，审美享受的整体性又映照出人的生命本身的整体性，这就使审美活动显现出了生态本性："无论是由内向外还是由外向内，这种生命节律的对应性转化都引起了生命系统的整体性的生态调适。文艺的审美形式有的直接作用于人的外部节律如歌舞活动等生理性较强的自娱活动，有的则首先作用于人的内部节律如文学阅读，但都无一例外地会转化到生命节律的整体中。在这个意义上，文艺审美形式也正好对应地映照着人的生命系统内在的生态整体。"[5]也正是从审美享受的整体性出发，曾永成非常强调生理快感对人的生态价

[1]　以上未注见曾永成：《感应与生成》，成都科技大学出版社，1991年，第116-118页。
[2]　曾永成：《感应与生成》，成都科技大学出版社，1991年，第119页。
[3]　曾永成：《感应与生成》，成都科技大学出版社，1991年，第117页。
[4]　曾永成：《感应与生成》，成都科技大学出版社，1991年，第277页。
[5]　曾永成：《文艺的绿色之思——文艺生态学引论》，人民文学出版社，2000年，第96页。

值："真正的美感乃是全身心的体验，生理上的快感是不能人为阻隔和抹杀的。没有生理上的快感，也就不会有真正的身心整体的陶醉，没有理性向感性、物质向精神、意识向生理的沉潜，于是也就没有了新感性和新理性的互动共生。"[1]

曾永成的节律活动的内外双向对应以及美感的全身心的整体性等观点在杜威的哲学里得到了共鸣。他在《心身之间：杜威经验论身心整体观的生态内涵和美学意义》（《江苏大学学报（社会科学版）》，2012 年第 5 期）一文中指出："杜威对哲学中的心物区分论的批判也体现在他的经验论美学中，他从心灵和自然界的连续性揭示心灵与身体的整体关联，论述了心灵对于身体存在的内在性和超越性特征，从而揭示了心身互动共融的生态整体性。"曾永成认为，杜威的心身一体共融的观点，以其互动共生的生态整体性纠正了"心身分离论"的褊狭，这对于美学理论的建构有着非常重要的意义：

第一，从这种心身关系的生态整体观出发，就可以看到，人是以身心整体的活动投入审美经验和艺术的创造和欣赏之中的。因此，审美关系绝不只是一种精神关系，而应该也是一种包括了身体和心灵在内的生命整体的关系，因此也就是一种物质与精神相综合的全面的关系。质言之，审美活动乃是人以其生命整体而与其自然和社会环境的整体之间发生的，以节奏为中介的全面关系，是人这个小宇宙与他生存其间的自然大宇宙之间的具有节奏感受的经验活动。

第二，对于心身关系的这种生态整体性，杜威特别强调它的

[1] 曾永成：《人本生态美学的几个回归和深化》，《江苏大学学报（社会科学版）》，2005 年第 3 期。

自然连续性。从这个观念出发，就必然开启了认识审美和艺术的"生物学遗传"即其自然生成本源的窗口。这样一来，不仅达尔文的进化生态学，而且他关于动物美感的观点，都会在此展现其对于美学的重要建设意义。通过这个窗口，审美和艺术源于自然和生物进化的生态根基展示出来，自然界作为审美活动的本体基础的大情境得以展开，审美价值的生命生成性内涵在与自然的进化生成本性的联系中得以彰显。因此，美学就回到了它植根其中并在此发育生长的生命家园。

第三，由于心灵对身体的内在性和超越性，这就理所当然地应该恢复身体在审美生活中的基础地位，在此基础上也重视心灵对于身体的积极作用。这样一来，美学研究对象的范围必然得到扩展，原来那许多突出身体参与而具有自娱性质的审美活动，像杜威为之抱不平的那许多"大众艺术"，也该受到重视，并且作为艺术巅峰得以存在和生成的大地而具有其特殊的意义。这个研究对象范围的扩展，还必然带来对审美活动的本体特征和生态本性的更为真切的认识，以至触及整个美学基本理论结构的改造。

第四，对心身关系的生态整体性的肯定，有助于我们更加深入而全面地认识审美和艺术的功能。流行的美学把审美的功能仅仅限定在精神—心灵的领域，这肯定有违审美生活的事实。审美对于身体的作用和身体在审美中的作用，不仅充分表现在原始时代的艺术活动中，在现代艺术的活动中也是不容轻视的事实。如果说艺术和审美要为人的生命的生态优化做出贡献的话，那么就必须始终坚持身心关系的生态整体性的原则。

第五，在心身关系的生态整体性观念的指导下，身体美学的理论和实践意义可以得到更为充分的认可，并且有助于纠正那种把身体绝对化而将其与心灵分隔开来的偏向。[1]

　　曾永成的"生态论文艺学""人本生态美学"是以"节奏感应"为核心概念的，而"节律感应"却是从生理—心理角度对生命活动乃至审美活动规律的归纳，也就是说"节律感应"规律的发现，使得文艺审美活动的生态本性得以确立，而最新形态的文艺学、美学的开创不得不以文艺心理学的新发现为前提，也可见文艺心理学作为文艺学、美学基础学科的重要性。

　　无论是鲁枢元的"精神生态学""生态文艺学"，还是曾永成的"生态论文艺学""人本生态美学"，都可视为新时期文艺心理学"外向拓展"的产物，也是文艺心理学与生态学、生态观融合的产物。一方面，生态主义思潮为文艺心理学开辟了新的发展方向，促使其提出新的研究课题和命题以回应时代的呼唤；另一方面，借助文艺心理学的视角，文艺和审美活动的生态本性才被发现，从而为生态主义思潮提供精神支持，对生态主义运动发挥积极作用。从吕俊华的"物我一体"到鲁枢元的"精神生态"再到曾永成的"节律感应"，都反复证明了必须借助文艺心理学才能发掘文艺和审美活动的生态本性，而文艺心理学作为基础性学科为生态美学/生态文艺学/环境美学研究提供了理论原点和内核。这在西方环境美学家那里同样得到了证明，如伯林特（Arnold Berleant）的"参与美学"（aesthetics of engagement）、布雷迪（Emily Brady）的"整合美学"（the integrated aesthetic）也都是文艺心理学的命题。

────────────

[1]　以上未注见曾永成、艾莲：《心身之间：杜威经验论身心整体观的生态内涵和美学意义》，《江苏大学学报（社会科学版）》，2012年第5期。

新时期文艺心理学与文学方法论

　　众所周知，新时期文艺心理学发展到顶峰是 20 世纪 80 年代，从 90 年代中后期开始逐渐陷入沉寂。曾经风光无限的显学，如今似乎已经默默无闻。究其原因，也许是因为学术热点转移太快，诞生于 30 年代，重启于 80 年代的文艺心理学已属于旧学，而新学层出不穷，日新月异，被学界边缘化当属必然；也许是因为文艺心理学乃时代产物，当完成时代使命，自身学术生命则告结束，于是退出历史舞台；也许是因为文艺心理学作为学科已经臻于完善成熟，于是再无发展之必要。但从我们对新时期文艺心理学的整体考察来看，这门文艺学的分支学科还在发展中，新世纪以来出现了若干重要成果，如李志宏的"认知美学"，鲁枢元的"精神生态学"，先前提到的张玉能的"深层审美心理学"，李健的"感物美学"，还有近年来兴起于西方并在国内引起较大学术反响的"神经美学""情动"理论等，只是各有各的研究理路，各有各的学科命名，整体意义上的"文艺心理学"倒似乎不见了。文艺心理学学科还在发展，也必须发展，这门文学的基础性学科无论如何强调其重要性和不可替代性也不为过分。而在漫长的学科史中遗留的关乎学科合法性乃至可持续性的关键问题，还需要及时梳理和反思，这些问题多是与文艺心理学研究方法等相关，长期以来争议较大，众说纷纭。下面我们归纳出三个主要方面，一一进行总结。

一、哲学美学与心理学美学

80 年代的时候，李泽厚在《美学四讲》中曾提到对美学学科的认识："所谓美学，大部分一直是美的哲学、审美心理学和艺术社会学三者的某种形式的结合。比较完整的形态是化合，否则是混合或凑合。在这种种化合、混合中，又经常各有不同的侧重，例如有的哲学多一些，有的艺术理论多一些，有的审美心理学多一些，如此等等。从而形成各式各样的美学理论、派别和现象。"[1] 李泽厚这里把美学学科分为哲学的美学、心理学的美学和社会学的美学三大分支，并认为所有美学都是这三者不同比例的化合、混合。

李泽厚当时并没有直接对这三种美学形态的学科性质和方法论分别作出详细的说明，而是在下文中把"哲学美学"单独列为一节，强调哲学角度对美和艺术的探讨是重要而必需的："柏拉图关于美是什么的问题，不是至今仍然吸引人们的好奇心吗？美不是美的小姐，不是美汤罐……，那么'美本身'，……究竟是什么呢？也就是说，各种美所应有的共性和理想究竟是什么呢？他尖锐提出的这个问题不是至今仍然没有得到答案，而逼迫着人

---

[1]　李泽厚：《美学三书》，安徽教育出版社，1999 年，第 444 页。

们去不断寻求吗？”“……没有哲学，又如何在总体上去把握和了解世界和自己，去寻索和表达对人生的探求和态度呢？”他并不掩饰对哲学美学的重视：“任何心理学和社会学的科学研究替代不了美的哲学思辨。”[1]

从《美学四讲》的四讲组成来看，第一讲谈的是“美学”，第二讲谈的是“美”，第三讲谈“美感”，第四讲谈“艺术”，其中第二讲涉及美的本质和形态，应属于哲学的美学，第三讲讲到了美感、新感性、审美的过程和结构、审美形态，则属于心理学的美学。从篇幅看，《美学四讲》中哲学的美学和心理学的美学各占一讲，都分四节，一前一后当然是为了遵循思想逻辑，论说方便，其实李泽厚对哲学和美学和心理学的美学至少是同样看重的，有的时候甚至把心理学的美学放在美学学科的中心位置来强调，认为它对美学学科的成熟起到关键作用：“如果说美的哲学只是美学的引导和基础的话，那么审美心理学则大概是整个美学的中心和主体。目前美学还完全处在前科学的不成熟阶段，审美心理学正是促使美学走向成熟的真正科学的路途。”[2]

这里的问题是，在李泽厚的美学体系里，哲学的美学和心理学的美学的关系是怎样的？我们的理解是，这两者不是简单的“凑合”或“混合”，而是高度“化合”的。李泽厚在谈美的本质时常常从心理学的角度进行说明，比如强调审美的主观条件：“审美对象之所以能够出现或存在，亦即某些事物之所以能成为美学客体，它们之所以能使人感受到美，确乎需要一定的主观条件，

[1]　以上未注见李泽厚：《美学三书》，安徽教育出版社，1999 年，第 448-449 页。
[2]　李泽厚：《美学的对象与范围》，《美学》，1981 年第 3 期。转引自滕守尧编：《美学回顾版》，南京师范大学出版社，2006 年，第 8-9 页。

包括具备一定的审美态度、人生经验、文化教养等等，在这里，审美对象（美学客体）与审美经验经常难以分割。"[1] 为了解释审美客观方面的条件，以及因素、性质等等是如何可能成为审美性质或素质的，他借用了格式塔心理学的"同构说"，但仅仅如此又无法解释牛等非人类生命的审美问题，于是李泽厚指出："只有把格式塔心理学的同构说建立在自然人化说即主体性实践哲学（人类学本体论）的基础上，使'同构对应'具有社会历史的内容和性质，才能进一步解释美和审美诸问题。"[2] 至于李泽厚就美的本质提出的"自然人化说"，其中"内在自然的人化"方面蕴含着丰富而深刻的审美心理学思想，李泽厚是特地放在"美感"一讲来展开的。李泽厚对心理学的美学的阐述跟他的哲学的美学也是紧密结合的，他曾对设立美感一讲专门进行过解释："美学问题属于心理科学范围，是审美心理学所专门研究的课题。本书既从哲学角度来考虑美学，为什么要谈论美感和如何来谈论它呢？这是因为美感问题涉及本书提出的心理本体特别是其中的情感本体。美感这讲中主要谈的就是'建立新感性'，亦即关系建立情感本质的哲学问题。"[3] 他还从哲学的高度重新定义美感问题："从主体性实践哲学或人类学本体论来看美感，这是一个'建立新感性'的问题，所谓'建立新感性'也就是建立起人类心理本体，又特别是其中的情感本体。"[4] 总之，在李泽厚这位高明的美学家这里，哲学的美学和心理学的美学其实是水乳交融、浑然一体、高度化合的。

[1] 李泽厚：《美学三书》，安徽教育出版社，1999 年，第 474 页。
[2] 李泽厚：《美学三书》，安徽教育出版社，1999 年，第 475-476 页。
[3] 李泽厚：《美学三书》，安徽教育出版社，1999 年，第 502 页。
[4] 李泽厚：《美学三书》，安徽教育出版社，1999 年，第 508 页。

　　对于哲学美学与心理学美学的分野在另一位美学家朱光潜的表现，当代学人汪裕雄于 1989 年发表的论文《"补苴罅漏，张皇幽渺"——重读朱光潜先生的〈文艺心理学〉》有较深入的研究，下面我们予以介绍。

　　汪在文中先是指出哲学美学和心理学美学在方法论上的不同："哲学美学和心理学美学虽然都可能以审美经验为研究对象，但在研究方法上却有很大不同。前者注重思辨论证，注重逻辑推演；后者注重科学实证，注重经验描述。"[1] 哲学美学和心理学美学之所以采取不同的研究方法，是因为哲学与心理学不同的方法论传统，对此朱光潜早就有清醒的认识："哲学家也许有特权抽象地处理事物，但心理学家却必须整个地处理具体经验，注意各个组成部分的相互关系，并弄清每一部分的原因和结果。"[2] 两种方法论相互比照，也就容易看出哲学方法在研究美学问题上的缺欠。朱光潜认为，康德以来关于审美经验的哲学分析"尽管在逻辑上十分严密，却有一个内在的弱点。它在抽象的形式中处理审美经验，把它从生活的整体联系中割裂出，并通过严格的逻辑分析把它归并为最简单的要素。问题在于把审美经验这样简化之后，就几乎不可能把它再放进生活的联系中去"。[3] 像克罗齐的"直觉"说就存在类似的缺陷："克罗齐以抽象分析的方法，把'直觉'要素从活生生的心理活动中抽绎出来，甚至不顾及'直觉'产生和维持的条件，一味作孤立的考察。因而他所得的结论，从逻辑论证上说固然头头是道，从心理学上说来，却不免'罅漏'

---

　　[1]　汪裕雄：《"补苴罅漏，张皇幽渺"——重读朱光潜先生的〈文艺心理学〉》，《文艺研究》，1989 年第 6 期。
　　[2]　朱光潜：《悲剧心理学》，人民文学出版社，1983 年，第 22 页。
　　[3]　朱光潜：《悲剧心理学》，人民文学出版社，1983 年，第 20 页。

丛生了。"于是，朱光潜凭借自己掌握的心理学和艺术学知识，对克罗齐的"直觉"说"补苴罅漏"："他引进布洛的'距离'说以说明'直觉'产生的前提和条件，引进立普斯的'移情'说以展开美感中物我之间的双向关系，而'直觉'本身，则被看作是美感的起点。"汪裕雄认为，朱光潜这番"补苴罅漏"的结果，不仅补充了克罗齐的"直觉"说，纠正了它的某些偏颇，而且部分地冲击着克罗齐那强制性的哲学框架，表明朱光潜并非一个彻底的克罗齐主义者；同时，朱光潜对审美经验所作的更切近实际的心理学描述，对揭示审美心理的奥秘，也有"张皇幽渺"的功效。

在哲学美学和心理学美学之间，不同于李泽厚的"化合"，朱光潜采取了"折中"的处理方法："朱先生的'补苴罅漏'，实际上是在西方近代的哲学美学与心理学美学之间，在中西艺术乃至中西文化之间，在各种对立的艺术流派和艺术理论之间，求同存异，折中调和。"[1]按照朱光潜自己的说法就更明显了："我们的方法将是批判的和综合的，说坏一点，就是'折中的'。"[2]汪裕雄认为这种"折中主义"是朱光潜全部美学研究的基本方法，并对此甚为推崇：

> 折中主义，历来被看作"无原则拼凑"的同义语，名声不佳。但朱先生的折中调和，恐不能一概以"无原则拼凑"视之。他的"综合"，以"批判"为前提；而他的"批判"，又具有开阔的历史视野。他常就某一问题追本寻源，考察问

[1] 以上未注见汪裕雄：《"补苴罅漏，张皇幽渺"——重读朱光潜先生的〈文艺心理学〉》，《文艺研究》，1989年第6期。
[2] 朱光潜：《悲剧心理学》，人民文学出版社，1983年，第11页。

题是如何提出的，历史上有过哪些不同看法，分歧的焦点在哪里，然后证之以审美心理事实和艺术史事实，衡定各家学说之短长。这种"批判"，他做得相当谨慎，相当细致，分歧点也捕捉得相当准确。在这一基础上所作的"综合"，当然绝非主观任意的"无原则拼凑"所可比，即便是以忠实介绍西方学说为己任，却只能一味人云亦云的学者，也难以望其项背了。

而朱光潜在哲学美学和心理学美学之间的"折中主义"，表现最为突出：

　　他追随克罗齐，却全然不顾他对心理学的一再贬斥，不管他发出过多少次关于心理学会"迷离哲学正轨"的警告，也不管还有多少美学家在维护美学作为思辨哲学的纯洁性，竭力禁绝心理学染指于美学，毅然站到"自下而上"美学即心理学美学一边，宣称美学的最大任务就在分析美感经验，分析的手段主要就是心理学。然而朱先生又不曾陷入另一种极端，他从来不做如"自下而上"美学倡导者费希纳做过的那样的好梦，幻想把美学并入心理学王国，成为普通心理学的一个部门。和那些误以为单凭心理学便足以揭开审美奥秘而宣称可以抛弃哲学思辨方法的天真想法相反，朱先生十分重视自康德以来，西方哲学对美感经验的思辨论证成果，承认它有不可磨灭的功绩，并着手用经验描述和心理学解释来印证它，丰富它，尽可能补救它的缺陷。"补苴罅漏"，其实是哲学美学和心理学美学的综合和互补。

《文艺心理学》一书正是哲学美学与心理学美学的"折中"的完美产物："以康德到克罗齐的哲学美学为基本骨架，以审美经验的心理描述为活的血肉，既使哲学美学落实到具体审美心理现象的层次，减少了它形而上的抽象性和空疏性；也使心理学在理论上有所归依，避免了经验性描述的散漫性和凌乱性。"[1]

需要说明的是，李泽厚不是专职的文艺心理学家，也并未对其方法论有较详细的说明，而朱光潜则在新中国成立后就基本停止了对文艺心理学的专门研究，那么新时期的文艺心理学家们对哲学美学和心理学美学的关系是如何认识和处理的呢？

金开诚的文艺心理学研究有着较清晰的方法论思路，在《文艺心理学概论》前言里提出贯穿其文艺心理学的"第一个基本思想"："以唯物主义反映论为指导，论证文艺创作与欣赏的心理活动都是个体在反映客观世界的基础上所实现的主客观统一。"在金开诚的文艺心理学体系里，这条脱胎于唯物主义哲学的"基本思想"的地位相当于欧氏几何的公设。紧随其后列出的"第二个基本思想"是"根据大脑活动的整体性原则，论证文艺创作与欣赏都是以自觉的表象运动为核心而实现的表象活动、思维活动与情感活动的有机结合"，其中包含的五种辩证关系"即客观与主观、感性与理性、情感与认识、修养与创造、创作与欣赏"说是"两个基本思想的具体表现"，其实大都是"第一个基本思想"的具体表现。由此可知，金开诚的文艺心理学中有哲学（唯物主义的、反映论的哲学），而无哲学美学（哲学形态的美学），所以不存在哲学美学与心理学美学间的"化合"或"折中"，而哲

---

[1] 以上未注见汪裕雄：《"补苴罅漏，张皇幽眇"——重读朱光潜先生的〈文艺心理学〉》，《文艺研究》，1989 年第 6 期。

学在其文艺心理学中的作用是"指导"，这就使得哲学与心理学之间也不可能发生"化合"或"折中"，相反倒是以心理学弥补哲学之"罅漏"，以心理学论证哲学观的正确，通过文艺心理学修正文学反映论，这就难以取得真正的学术进展了。

在钱谷融、鲁枢元的《文学心理学》中也列出了六条"研究的法则"："坚持'存在决定意识'的唯物主义原则"，"坚持以人的活动、人的实践为中介的'三项图式'的辩证反映论"，"坚持对人的本质的社会性、历史性的解释"，"坚持文学艺术创造世界的特殊规律性"，"坚持心理活动的系统性法则"，"坚持理论联系实际的原则"。[1]前三条法则显现的是唯物主义哲学在其文艺心理学研究中的指导性地位，至于在这本书中有没有予以贯彻另当旁论，我们想指出的是，在方法论上，钱鲁二人对哲学美学与心理学美学之间的关系是缺少思考的，对哲学美学的作用是缺少足够认识的。于是，由于没有深厚的哲学美学作为根基，钱鲁的文艺心理学对心理学有较强依赖，导致该书的美学内容相对较少，其原因大概就是："……随着建构文艺心理学的学科意识的不断增强，也随着心理学的影响日益广泛，人们运用心理学的兴趣大增，因而会不自觉地出于学科考虑而减持美学内容，以便使得文艺心理学体系的心理学色彩更加浓厚、更加纯粹。结果，写出的可能是属于心理学的文艺心理学，而非属于美学的文艺心理学。"[2]

在这之后，童庆炳等人提出"心理美学"试图纠正文艺心理

[1]　钱谷融、鲁枢元：《文学心理学》，华东师范大学出版社，2003年，第33-36页。
[2]　刘锋杰：《"文艺心理学"的命名之难——新时期以来"文学的跨学科研究"学术考察之一》，《文艺理论研究》，2012年第5期。

学过于心理学化的倾向，一定程度上回归了朱李开创的哲学美学、心理学美学并重的方法论传统。《现代心理美学》的"总论"对哲学美学、社会学美学与心理美学的研究对象和研究方法作了详细的比较和区分，针对哲学美学指出，"哲学美学不是对审美现象和艺术现象作具体的分析，而是对审美现象和艺术现象的本质作形而上的阐述，它主要从哲学的高度和角度来探讨美学中一系列根本性的问题……，采用逻辑推理的方法，这是任何一个美学分支所不能代替的"。针对社会学美学指出："社会学美学……是从社会历史的角度来研究艺术现象和审美现象，它把艺术现象和审美现象看作是一定社会条件和历史时代的产物，着重研究人类社会中审美现象的存在、变化和发展。"针对心理美学指出，"从某种意义上说，心理美学是对传统美学，对哲学美学的反拨：它把研究的重点从审美客体转向审美主体；它在一种程度上抛弃了'自上而下'的方法，而采用了'自下而上'的方法，它不是高度思辨和演绎的方法，而是经验的、实证的和归纳的方法。……心理美学正因为有独特的角度，有自己的优势，它能进入到哲学美学和社会学美学所无法深入的领域，能进入艺术创作和艺术接受的个性心理的深处。"总之，哲学美学、社会学美学和心理美学各有优劣，在具体研究中"彼此独立而又相互联系、相互渗透"[1]。这在当时对"审美体验""审美意象""审美中介"等问题的研究中有着鲜明的体现。

　　另外，在黎乔立的审美生理学研究中，明确主张哲学与生理学方法的"折中"与"综合"，应是朱李二人方法论路线的延续。

_____

[1]　以上未注见童庆炳主编：《现代心理美学》，中国社会科学出版社，1993年，第11-15页。

黎氏反对直接引进生理学的实验、实证方法："传统科学所重视的实验手段在本书是不充分的。这不仅仅由于作者缺乏实验条件，而且更因为作者认识到对于精神性的和与生命相关的学科，实验手段只能是辅助手段。严格意义上的实验只能以静态的封闭系统为对象，而审美与生命却属于动态的开放系统。手段和目的的不对应使我们的研究不能不作相应的改革。"考虑到"审美生理学应当是一个有别于传统生理学的特殊学科。它的方法不可能是纯粹实证与简单还原"，黎氏指出审美生理学必须采用新的研究方法："应当综合实证方法和思辨方法、综合还原论和活力论。它不应排斥实验，但在实验手段无法达到对象之时，它应力求从理论上把握对象。现代科学发展的大趋势表明，科学的路子正从以往的分析法挂帅向综合法挂帅转变。审美生理学走的正是这么一条路。"[1]

二、人文科学与自然科学

文艺心理学采取什么研究方法？特别是在人文科学与自然科学之间如何取舍，历来争议极大。一般认为，德国心理学家费希纳发表的《美学导论》（1876）开创了文艺心理学的研究，但费希纳的文艺心理学的研究，是建立在实验心理学的基础上的，所以称为"实验美学"。而作为中国文艺心理学学科的奠基人，朱光潜是倾向于人文科学方法的。他通过引入心理学美学对哲学美学"补苴罅漏"，主张对美学进行"自下而上"的研究，却没有像费希纳那样抛弃哲学另起炉灶，"幻想把美学并入心理学王国，

---

[1]　黎乔立：《审美生理学导论》，广东人民出版社，2000年，前言第1-2页。

成为普通心理学的一个部门"。[1]朱光潜并没有忽视实验美学对文艺心理学的贡献，在他的《文艺心理学》最后还是将实验美学作为附录来补充，只是对其自然科学的方法论不太认同而已。

新时期文艺心理学的主要代表人物鲁枢元一直坚持文艺心理学是人文科学，对自然科学方法非常排斥："文艺心理具有模糊性，具有只可意会不可言传的特性，因此企图完全用科学主义的方法去精确地描述与界定作家的创作心理是做不到的，而必须借助于内省、体验去把握它。费希纳以来实验美学收效甚微正说明科学主义的局限性。从更大的学术背景上来看，现当代的世界学术界正进行着科学主义与人文主义两种学术倾向的斗争；从大势上看，现在人文主义倾向已压倒了科学主义倾向。另外，从更深一层上来看，这里还有一个艺术观念的创造问题，有一个研究者与创作者的关系问题。实际上，各个时代的艺术观念是文艺家和文艺研究者、批评家共同创造的，研究者借助于内省、体验的方法能够对艺术观念的确立深化和演变提供自己独到的见解。而完全采用科学主义方法，那就无异于承认文艺研究者只能跟在文艺家的后面，去阐释，去注解别人的观念和别人的创造。那样，我们就成为别人的影子了，我们自己的存在价值也就太可怜了。"[2]鲁枢元这段话里有三层意思：一是文艺心理是科学主义方法难以把握的；二是当今世界学术界大势是人文主义压倒科学主义；三是借助内省、体验的人文科学方法才能对艺术观念提出独到的见解。在鲁枢元本人的文艺心理学研究中贯彻的当然是内省、体验

————————

[1]　汪裕雄：《"补苴罅漏，张皇幽眇"——重读朱光潜先生的〈文艺心理学〉》，《文艺研究》，1989年第6期。
[2]　谭好哲：《文艺心理学的研究方法及其他——访鲁枢元、金开诚、童庆炳三教授》，《文史哲》，1987年第5期。

的人文科学方法。

　　另一位代表人物王先霈同样坚持文艺心理学的人文科学属性，甚至声称"文艺心理学是人学"，他在 2010 年发表的文章《文艺心理学学科反思》对文艺心理学的方法论有明确的表述。文章认为文艺心理学发展离不开心理科学，而心理学学科的日益科学化对文艺心理学的发展不利："探讨文艺心理学，不能无视心理科学的新观点、新学说，探讨文艺心理学就需要重新学习心理学。二十多年来新出版的心理学论著数量很是惊人，而且它们彼此所持的观点、所运用的方法歧异极大，其中科学的心理学对人文的心理学占据巨大的优势，这对于文艺心理学研究并不有利。""科学心理学的建立，开创了文艺心理研究新的天地，也伴生了对文艺心理研究的某些束缚和障碍。"他把文艺心理学、审美心理研究的遭受冷落也归因于心理学的科学主义思潮："心理学界至今没有给我们提供全面地、综合地考察人在文学艺术活动中心理的研究著作，甚至，关于文艺心理、审美心理，虽则还是不断有新的有价值的研究成果发表，却已经不像以往那样受到心理学家的重视。这里面很重要的原因之一，是科学主义思潮的负面影响。"王先霈承认"不能拒绝科学的心理学的许多有用的成果"，但科学的心理学本身对文艺心理学研究帮助极为有限："任何人都知道，写诗、作画以及聆听乐曲时的心理活动，不可能归结为一个化学的或物理的事件；一场戏剧引起的反应，很难用一个公式概括和规定。行为主义也好，认知心理学也好，都不能有效地解释人的审美心理，不能透彻地说明人在文学艺术活动中的心理。"所以，他的结论是："人文性的、阐释的心理学对文艺心理学更加亲切适用；文艺心理学自身更趋向人文性和阐释性。"[1]

　　从倡导人文科学方法到建立崭新的、独立的、有着丰富而深刻的人学内涵文艺心理学新学科是顺理成章的，张月的《试论文艺心理学的研究对象与范围》一文展开了人学的文艺心理学的学科设想。论文一开始就表达了对新时期文艺心理学研究的不满："从发表的论文、论著来看，研究者明显缺乏共识，缺乏对于文艺心理学的整体性思考，总体方法论陈旧，思维方式单一，研究领域过分狭窄，视界低矮，技术性分析较多，形式化研究普遍，重客观认知，轻生命体验，重因果分析，轻本体描述，重一般心理现象释义，轻深层情感、精神现象内蕴的开掘；重人的某些维面如主体性心理的探究，轻人在文艺心理学研究中所具意义的考察，对于作为整体的人缺乏应有的关注。在文艺心理学中，人应处于何种地位这一问题并未得到真正解决，直至目前，人仍未获得文艺活动领域的中心地位，仍然仅被视为是自然、社会、人、作品这一系统上的一个环节，一个接合点，一个中介变量，一个中变载体。在不少现行的研究中，人的中心地位遭到了不应有的忽视，作为中心的人的缺位现象尤为突出。"不满的原因显然是当前研究未能体现文艺心理学的人学本性，使得"潜在危机日益加重，文艺心理学在困境中越陷越深"，所以当务之急要确立人作为文艺心理学的总体研究对象，从人学的高度确立文艺心理学的独立地位，文中指出："从一种崭新的、人的高位视界寻找学科独立的疆界，寻找那同时既属于文学，也属于心理学的领域。……找到了文学与心理学共享的领域，也就找到了文艺心理

---

[1]　以上未注见王先霈：《文艺心理学学科反思》，《云梦学刊》，2010年第2期。

学本身所统摄的研究范围，文艺心理学获得独立的学科地位的前提即宣告成立。"具体而言，人学取向的文艺心理学的研究范围包括："文艺心理发生（群体发生和个体发生）研究、文学家的情感现象及精神生态考察，文学语言的心理研究，文学作品从隐象到完形的过程研究，文艺作品的心理体验研究，文艺心理的阐释，以及文艺作为人的意义天地的研究。"[1]

　　坚持人文科学方法的文艺心理学研究者（"人学派"）实力强劲，志向远大，而坚持自然科学方法的研究者（"科学派"）也不乏人在。作为新时期文艺心理学的重建者，金开诚的研究体现了科学主义的方法特色，比如重视大脑在文艺心理活动的基础性地位，解释文艺心理现象多还原到生理层面上再予以说明。他还对当时文艺心理学研究缺少科学主义方法而表示不满："目前的研究工作也还有其不足之处，例如严重缺乏社会调查和科学实验。"[2]金开诚文艺心理学的科学主义完全来自曹日昌的《普通心理学》，而曹日昌的《普通心理学》则混合了实验心理学与唯物主义认识论，使得自身的科学主义不仅是指向了自然科学的一面，也指向马克思主义哲学认识论的一面，也许正是这两个方面的结合，使得金开诚把科学主义认定为不移的学术"正统"，对其他方法论毫无兴趣。

　　"认知美学"派的代表人物李志宏对美学研究有着科学主义方法论的自觉，他提出"美学科学化"的理论和方法论主张："美

---

[1]　以上未注见张月：《试论文艺心理学的研究对象与范围》，《郑州大学学报（哲学社会科学版）》，1990年第1期。

[2]　金开诚：《艺文丛谈》，北京出版社，1985年，第142页。

学要走科学化的道路，有着充分的根据。一切研究都要从实际出
发，有坚实可靠的切入点。美学研究面对的是审美活动和审美现
象。审美现象中有众多的疑团和不确定性，但审美是同人的知觉
和情感体验相关联的活动，至少有两点是可以肯定的：一是美的
事物确实存在，一是美感确切可知。为此，要想认识审美时人的
体验中发生的运动及其过程，必须以关于人身体的科学认识为根
据，不能仅靠聪明智慧做形而上的想象。"[1] 针对长久以来"科
学主义"所受的指责，他辩护道："试想，离开了心理学，仅以
哲学能说清知觉和直觉吗？离开了认知神经科学，凭空想能说清
情感和体验吗？不仅是美学，众多的人文领域都离不开科学。在
今天，离开生理解剖和基因科学就不可能透彻地研究人学；离开
对大脑认知加工机理的科学揭示，就不能深刻地了解意识和潜意
识；就连最为形而上的哲学本身也要建立在科学基础之上，哲学
中的自然辩证法就完全是对自然科学现象和规律的观察、归纳和
提取。同样道理，今天如果离开多门科学，不可能深刻地阐释审
美活动和审美现象。如果这些借鉴都是科学主义，那就说明科学
主义是非常必要的、合理的。"[2]

　　近年来有论者甚至从自然科学方法的角度对朱光潜的文艺心
理学研究指出若干"不足"或"缺陷"来。比如有人认为朱光潜
的研究缺少科学性："朱光潜对心理过程的分析采用的是内省与
文本经验印证相结合的方法，而没有给予具体实验的支持。他不
是从实验中得出结论，而是以经验来印证结论。这在一定程度上

---

［1］　李志宏：《陌生而有效的科学化美学研究》，《美与时代》，2012 年第 4 期。
［2］　刘兆武、李志宏：《认知美学究竟为何物——答新实践美学》，《河北师范大
学学报（哲学社会科学版）》，2015 年第 3 期。

就削弱了其研究的科学性，缺乏科学结论所需的实验基础。"文中还对朱光潜在方法论上的抉择进行了解释："朱光潜心理美学的建构不是遵从西方心理学美学的科学模式，而是对其进行了适应于中国本土的误读，使其由属于自然科学的心理学美学转向了人文领域，旨在构建中国现代型转变所需的文化现代性，塑造现代主体与文化，养成科学的人生观、价值观，以实现社会的救亡和人于现实的身心安顿。"[1]

朱光潜的方法论"缺陷"在另一位论者那得到了充分的说明：

20世纪中国美学中，朱光潜先生是心理美学当之无愧的杰出代表。……在美学的研究方法上，他意识到了理论美学与科学美学的区别，而对自下而上的心理美学情有独钟，但是在研究过程中，他实际上并没有严格使用心理学的实验方法，没有对人类审美中某一特殊的现象做系统、深入的心理学实验研究，其心理美学成果中并没有专门的实验报告，而仍然是选择西方心理美学中的一些观念加以介绍，然后又广泛地从文艺审美实践中举一些例子对这些观点加以说明。严格说来，这只是应用，而非研究。独立的心理学研究是心理美学的必要基础，而严格、系统、专门的实验研究与实证方法又是其灵魂。朱光潜先生20世纪前期的心理美学成果是以直觉——心物交融这一核心观念为主线建立起来的，人文趣味超过科学主义，根本性质上仍属于理论美学，而非科学美学的范畴，仍是一种自上而下，观念先行的美学，而非

[1]　孟姝芳：《"适我无非新"：朱光潜心理美学思想的局限性》，《湖州职业技术学院学报》，2014年第4期。

自下而上，由系统、独立的实验报告中提升出观点的美学。
这说明，朱先生对西方心理美学成果也是从观念方面接受得
多，从研究方法方面接受得少。实证方法的缺场，从根本上
制约了朱光潜先生心理美学研究的前景，这使他的心理美学
总体上仍处于介绍与引用西方心理美学成果阶段，而未能为
中国的心理美学开出独立发展的局面。

这位论者显然是坚定的"科学派"，对整个 20 世纪文艺心
理学（心理美学）在方法论上的失误极为痛心："20 世纪中国
的心理美学，总体上处于零星地引介与发挥西方心理美学观念的
阶段，尚未达到方法独立与学科自觉。没有自己独立、系统的以
心理科学为基础，以实证、实验为基本方法的心理美学。中国的
心理美学因先天不足仍处于前科学阶段。"应对的措施当然是大
力推进科学主义方法，特别是让文艺心理学（心理美学）研究者
接受严格的心理学训练："现在正需要美学界与心理学界的真诚
合作，需要美学研究者在心理学研究方法上的学习与训练。心理
美学研究者只有真正成为一个心理学上的内行，甚至心理学家，
然后才可望一种真正的心理美学。"[1]

在"人学派"和"科学派"之外，当然还有"综合派"，主
张在人文科学与自然科学方法间综合，互相补充，不可偏废一方。
比如彭立勋指出："美学发展的趋势表明，哲学的美学和科学的
美学、思辨的美学和经验的美学、理论美学和应用美学将会互相

补充，共同推动当代美学的变革和重建。……对审美主体、审美经验的研究将越来越趋向综合性和多学科性。这既是现代科学发展趋势所使然，也是审美经验研究向广度和深度发展的必然要求。实际上，近20年来中国美学的发展已开始反映和展示了这一趋势。审美经验、审美心理乃至全部审美主体活动的复杂性和深刻性，审美心理区别于一般心理的特殊性质和规律，都表明审美主体、审美经验研究既不能不靠心理学，又不能单靠心理学。只有运用哲学、心理学、思维科学、语言学、符号学、社会学、文化人类学、艺术理论、艺术史、艺术批评等多学科的理论和方法，对审美主体和审美经验进行全方位、多角度的考察和研究，并使之互相联系起来，才能使审美经验的研究得到拓展和深化，才能使审美心理学研究有新的突破。"

难能可贵的是，他既重视自然科学方法在文艺心理学研究中的重要作用，又对其使用限度有清醒的认识："深入揭示审美经验得以产生和实现的内在机制和奥秘，使审美经验研究进入到微观层次，无疑是深化审美心理研究的一个难点和突破口。这就要求更多地吸收现代科学的新成果，使审美经验研究更多地奠基于现代认知心理学、神经生理学、大脑科学以及人工智能等现代科学的最新成果之上。当然，吸收现代科学的新成果，也必须从审美经验的实际出发，密切结合审美经验的特点和特殊规律，而不是用一般的科学成果代替对于审美经验的具体分析，用一般的科学概念范畴代替艺术审美中特殊的概念范畴，这样才能有助于审美经验内在发生机制的研究，促进审美心理学的创新和发展。"[1]

---

[1]　以上未注见彭立勋：《20世纪中国审美心理学建设的回顾与展望》，《中国社会科学》，1999年第6期。

童庆炳也是坚定的"综合派"，他在《文艺心理学教程》中提出文艺心理学研究方法的"综合"趋势："文艺心理学作为一门社会科学和自然科学的交叉学科，它的研究方法正出现一种走向综合的趋势。所谓的综合，一是指多种学科的综合，一是指多种研究方法的综合。"下文对这两个"综合"进行了解释：

先谈多种学科的综合。由于文艺心理学的研究对象具有精神的、心理的和生理的多种层面，要探寻审美主体种种审美体验的奥秘，就不能只靠单一的学科进行。所谓多种学科的综合，就是联合社会科学和自然科学的各种专家，以及作家和艺术活动家，共同研究审美主体在艺术创作过程和艺术接受过程中的心理机制问题。……

再谈谈多种研究方法的综合。文艺心理学作为一门尚未完善和成熟的学科，至今尚未形成自己独立的研究方法；从它的交叉学科性质看，也不可能靠单一的方法进行研究。因此文艺心理学的研究方法也是多种研究方法的综合，它采用心理学传统方法，如实验的方法，观察的方法，内省的方法，问卷的方法，心理测试的方法，等等；也采用美学和文艺学的方法，如系统方法，比较方法，类型方法，结构符号方法，历史分析方法，等等。在具体运用时，采用何种方法要视研究的具体内容而定。而且心理学的方法和美学文艺学的方法常常是相互结合的。[1]

---

[1]　童庆炳、程正民：《文艺心理学教程》，高等教育出版社，2001年，第10页。

"综合派"企图结合"人学派""科学派"两家之长，而去两者之弊，最为合理。不过，此方法实施起来难度较大。即便是以童庆炳本人为首的北师大文艺心理学研究团队，其成果也是以"人文科学"为主要方法特色，绝少使用自然科学方法。从国内教育环境看，过早的文理分科，使得人文学者普遍缺少科学素养，而科学学者对人文科学也是隔行如隔山。所以现在文艺心理学的最新进展还是"人学派"和"科学派"的单兵突进，比如张玉能的"深层审美心理学"应是本土"人学派"的最新成果，而近年来兴起的"神经美学"则是西方"科学派"的横向移植。

三、文艺心理学与心理文艺学

20 世纪 30 年代，朱光潜首次出版了《文艺心理学》一书，对于书名，他曾颇感为难，在"作者自白"的开始他作了番解释："这是一部研究文艺理论的书。我对于它的名称，曾费一番踌躇。它可以叫作《美学》，因为它所讨论的问题通常都属于美学范围。美学是从哲学分支出来的，以往的美学家大半心中先存有一种哲学系统，以它为根据，演绎出一些美学原理来。本书所采的是另一种办法。它丢开一切哲学的成见，把文艺的创造和欣赏当作心理的事实去研究，从事实中归纳得一些可适用于文艺批评的原理。它的对象是文艺的创造和欣赏，它的观点大致是心理学的，所以我不用《美学》的名目，把它叫作《文艺心理学》，这两个名称在现代都有人用过，分别也并不很大，我们可以说，'文艺心理学'是从心理学观点研究出来的'美学'。"[1]朱光潜在"美学"与"文艺心理学"这两个名称间难以取舍，是因为这本书"所讨

---

[1] 朱光潜：《朱光潜美学文集（第一卷）》，上海文艺出版社，1982 年，第 3 页。

论的问题通常都属于美学范围"，却采取了新的心理学的研究方法，即"把文艺的创造和欣赏当作心理的事实去研究"，这就造成了研究对象和研究方法在学科上的错位："它的对象是文艺的创造和欣赏，它的观点大致是心理学的。"而朱光潜的解决办法是以研究方法来定名，既然采用心理学方法研究文艺理论，那就叫"文艺心理学"吧。

随着这本书的发表，中国的文艺心理学学科也宣告建立，然而却留下了学科名称的隐患，引起后世许多纷争和非议。朱光潜既采取心理学方法研究文艺问题，为何命名为"文艺心理学"而不是"心理文艺学"？语序颠倒间，学科性质和研究途径有极大的变化，不可不予以辨明。比如到了20世纪80年代，钱谷融、鲁枢元提出了文艺心理学的两条研究途径之说，认为在"文艺心理学"的原有名称之外，应该还有"心理文艺学"的存在：

> 关于文艺心理学的研究方向，实际上存在着两条互不相同的途径：一条途径是从文学艺术现象出发来阐释心理学的原理；另一条途径是运用心理学的眼光去洞察文学艺术现象。前者大约可以名正言顺地称之为"文艺心理学"，后者则只能算作一种"心理文艺学"。[1]
>
> 关于文学心理学的含义，实际上存在有两种不同意味的表述。一是：运用心理学的观点研究、阐释一切文学艺术现象的本质及其内部联系、内部规律的学科。一是：系统地研究一切文学艺术现象中的心理本质及心理活动的规律和法则

---

[1] 钱谷融、鲁枢元：《文学心理学教程》，华东师范大学出版社，1987年，前言第2页。

的学科。严格说来，两者的侧重点是不一样的，前者是用心理学理论研究文艺，可称之为"心理文艺学"，属于"文艺学"的领地；后者从文艺现象出发研究心理规律，属"心理学"学科的一个分支，这才是名副其实的"文艺心理学"。西方学术界常常把"文艺心理学"看作是"实验心理学"的一个分支。从目前我们国内的研究水平看来，二者还处于一种混沌莫辨的阶段。我们这部书是从第一种意义上来论述问题的，只是为了顾及一般的习惯称呼，才名之曰"文学心理学"，它实际上是一部心理文艺学性质的书。[1]

所以，费希纳、弗洛伊德等心理学家从文艺现象出发研究心理规律，成果才应算作"文艺心理学"，而朱光潜"是以美学家身份用心理学观点、方法来研究文艺这个对象，也是为了文艺批评的深化。因此，不管从哪一方面讲，朱先生的研究都与弗洛伊德等心理学家的文艺心理学相悖，应该叫作心理文艺学才对"。[2]只是由于朱光潜名气太大，学术地位尊崇，《文艺心理学》一书太过经典，这命名的错误就被后来者一再延续，将错就错，甚至钱谷融、鲁枢元等人已经指明这一错误，还是要沿袭朱光潜的旧称。

文艺心理学的命名问题，其实是文艺学进行跨学科研究、建立新的交叉学科所必然遇到的普遍性的问题。比如文艺学与政治学的交叉学科是叫"文艺政治学"呢，还是叫"政治文艺学"？

[1]　钱谷融、鲁枢元：《文学心理学教程》，华东师范大学出版社，1987年，第22页。
[2]　李珺平：《世纪之交：文艺心理学的窘境与前瞻》，《北京社会科学》，1999年第1期。

又如，文艺学与生态学的交叉学科是叫"文艺生态学"呢？还是叫"生态文艺学"？再如与文艺心理学最为相近的美学与心理学的交叉学科，是叫"审美心理学"呢，还是叫"心理学美学"？事实上，这些命名都出现了，似乎带有某种随意性，不够严谨。在学科意识较强的学者看来，不同的命名关系到新的分支学科是属于文艺学，还是属于政治学、生态学、心理学，关系到采取什么研究方法，名不正则言不顺，岂可不辩哉？

但是现在看来，文艺心理学的命名问题是个理论的难题，解决难度较大，不是简单地宣布以"心理文艺学"代替"文艺心理学"就可以的。这是因为命名的问题涉及文艺学和心理学两种研究视角的区分，同时也必须明确心理学视角的使用限度和使用原则。

首先，钱谷融、鲁枢元提出的两种研究途径之间很难明确区分。跨学科研究必然造成的研究对象与研究方法的错位，使得辨别其真正的学科归属非常困难。比如有人指出：

> 但有时实难明白心理文艺学与文艺心理学的差别何在。论者在到底是从文艺现象出发，还是从心理现象出发的排列上，是有前后之别的，因而造成了不同组合，但关于二者的全称阐释是将两种要素结合起来定义的，则又模糊了前后排列的决定性，使它们看似平等而无区别了。这个两条途径的表述，说得不清晰，就有同义反复的味道。
>
> 其实，既然是从心理学角度去研究文艺，那就是将文艺现象视为心理现象，从而寻找其作为心理现象所可能包含的规律、特性与创造方式，这是典型的心理学研究，可在这里，却变成了文艺学的研究。既然是从文艺现象出发的，那么，

即使借用心理学来研究这个审美现象，最终也不能完全用心理学来解释它，心理学视角的介入只能加深对审美规律的认识，而非取代审美认识只剩下心理认识，这是典型的文艺学研究，可在这里，却变成了心理学的研究。[1]

　　而在文学研究中，使用心理学视角的限度也是个大问题。心理学在研究文学现象时何时有效何时失效？心理学在何种情况下可以揭示或不能揭示文学的基本规律或本质特性？作为"真正"的文艺心理学家，荣格就表示了心理学视角的有限性，他认为可以从心理学的角度解释文艺现象，但又认为仅凭借心理学不能解释文艺自身的独特性："艺术实践本身就是一种心理活动，因而可以从心理学角度去研究。由此看来，艺术，同源出于心理动机的其他人类活动一样，对心理学来说是理所当然的课题。不过，当我们试图把上述主张诉诸实践的时候，就难免要涉及心理学观点的明确界限问题。具体而言，艺术，只有其创作过程那一方面才可以成为心理学研究的课题，而不是构成基本性质的那一方面。艺术就其自身来说是什么，这一问题不是心理学家所能解答的，必须从美学方面去探讨。"他认为："如果心理学研究能阐明宗教与艺术的本质，那么二者就会变为心理学的分支了。"[2]

　　既然心理学视角有局限性，那么如何在文艺心理学研究中合理使用心理学就非常必要了，正如童庆炳指出的："由于普通心理学和文艺心理学有不同的研究对象和研究方法，普通心理学理

　　[1]　刘锋杰：《"文艺心理学"的命名之难——新时期以来"文学的跨学科研究"学术考察之一》，《文艺理论研究》，2012 年第 5 期。
　　[2]　荣格：《试分析心理学与诗的关系》，《神话—原型批评》，叶舒宪选编，陕西师范大学出版社，1987 年，第 82-83 页。

论、观点和方法对心理学虽有指导意义，但严格地讲，它们只是对普通心理学的对象才是完全适用和完全合理的。文艺心理学在运用普通心理学的一般理论、观点和方法时不能机械照搬，必须根据文艺心理学对象的特点加以消化和改造，使之成为文艺心理学的理论、观点和方法。"童庆炳同时认为这是一个"十分艰难的过程"，因为它涉及以下工作："第一步要引进和消化那些切合文艺心理学对象特点的理论、观点和方法。这里消化是十分重要的。只有对普通心理学的理论、观点和方法本身有透彻的了解和把握，才能谈得上改造和运用，如果只满足于一知半解，那只能是机械套用。第二步是改造和运用。这里要特别强调的是，必须从审美主体的心理实际出发，而不是从普通心理学的条条出发。我们要在普通心理学理论、观点和方法的指导下，重视掌握体现审美主体心理机制的大量的、新鲜的第一手材料，做出富有文艺心理学特色的新的理论概括，提出新的理论、新的范畴和新的概念。"[1]这"引进""消化""改造""运用"一系列工作不仅要求文艺心理学研究者对文艺学和心理学两门学科都具有较高的造诣，还需要处理好文艺学与心理学两种研究视角的转换，并实现研究成果的创新，一般人很难完成。

出路在哪里呢？目前形成的多数人的意见是淡化两种学科命名、学科性质及研究途径的区分。比如有人认为两者之间没有本质差别，不必进行区分：

　　……这种区分有无必要呢？将所谓"文艺心理学"与"心

―――――――――

[1] 童庆炳、程正民：《文艺心理学教程》，高等教育出版社，2001年，第13页。

理文艺学"的具体研究作一个比较，就会发现以文艺现象作
为心理学研究的例证与用心理学原理解释说明文艺活动规律
在两种研究中都曾出现，事实上这实为一个问题的两种表现、
两个方面。两种研究并无本质差别，真正的差异在于研究程
度的深浅。心理学工作者由于缺乏对文艺的深切理解、感受，
常常用普通心理学的条条框框分割了文艺活动的本来面目，
掩盖了它应有的鲜活与生动。对此文艺理论工作者报以不屑，
他们则更倾向于保存文艺活动自身的特性，为示区别他们才
用"文艺心理学"与"心理文艺学"来标明。现在看来，这
种名称上的区分已无多大意义，因为随着文艺心理学的不断
发展，那种条条框框的"焊接式"的研究已逐渐被淘汰。[1]

有人从研究对象上取消了两种研究途径的区别：

　　关于研究对象，我们同意将"文艺心理学是研究文学艺
术活动中的心理现象和心理规律的学科"作为文艺心理学的
定义和定位。这和"文艺心理学是用心理学原理解释阐释文
艺活动规律的学科"；"凡是属于文艺中的一切心理现象和
心理规律都是文艺心理学的研究的对象和范围"是一致的，
只不过句子结构不太一样而已。[2]

有人从研究方法上取消两种研究途径的分别，并且认为与其

　[1]　彭彦琴：《试论文艺心理学的困境与出路》，《赣南师范学院学报》，2000年
第4期。
　[2]　杨晓庆：《文艺心理学研究中的概念问题与学科体系的构建》，《赣南师范学
院学报》，2006年第5期。

作此区分，不如练好内功，改善知识结构，在方法论上提升自己：

> 擅长于内省思辨方法的人，如果能熟悉甚至掌握一些科学实证的研究方法，那他的研究工作就如虎添翼。同样，熟悉科学实证方法的人，如果懂得一点内省思辨的研究方法，也会使自己的研究工作更加得心应手。因此与其因方法的取向不同而提出"正名"（区分为文艺心理学和心理文艺学）。不如提倡改善知识结构，吸取另一类方法的长处，以便充实自己，使研究工作做得更有成效。文艺心理学就是文艺心理学。虽然它与文艺学、心理学和美学均有不解之缘，但它具有相对独立的地位，无所谓沦为哪门学科的附庸。"正名"并不能真正解决文艺心理学的归属问题，更为重要的是怎样用合适的研究方法促进这门学科的发展。[1]

还有人提出应超越心理学或文艺学的单一视角，倡导"双重视野"下的"视界融合"：

> 具体来看文艺心理学，除了已经具有的两条研究途径各自代表着一个学科亚形态以外，还应当具有第三条并且也是主要的研究途径所代表的新的学科形态。分别是：
> （1）从心理学出发，将文艺活动作为一般心理现象来对待，研究文艺现象中的心理特征、规律等，这是用文艺的例子来证明心理学的理论。如弗洛伊德用"俄狄浦斯"这个

[1]　郭亨杰：《试论我国文艺心理学研究的若干缺陷》，《南京师大学报（社会科学版）》，1990 年第 2 期。

悲剧人物来冠名"恋母情结"即属此类（单向交叉，可作为心理学的分支）。

（2）从文艺学出发，探讨心理活动中类似文艺活动的相似内容，如将人的心理活动中的白日梦视作创作中的虚构，将变态心理等同于创作心理，这是用心理的例子来证明文艺学的理论（单向交叉，可作为文艺学的分支）。

（3）从文艺学／心理学的双重视野出发，研究文艺活动状态中的心理问题，但将文艺心理视为一种独特的心理现象加以研究。这项工作主要由文艺学家来承担，但心理学家也可介入此类研究，要求是必须实现视界融合（双向交叉，是文艺学与心理学的视界融合）。[1]

不过，从文艺学、心理学的双重视野出发以形成"视界融合"，对于普通的文艺心理学研究者来说亦非易事，所以童庆炳等人提出"多种学科的综合"，主张"联合社会科学和自然科学的各种专家，以及作家和艺术活动家，共同研究审美主体在艺术创作过程和艺术接受过程中的心理机制问题"[2]，这些专家其中必定包括专业的文艺理论家和心理学家，所采取的研究视野则可能不是双重的，而是多重的。当我们不再固守单一视角而采取双重甚至多重视角，不再限制研究者的专业背景，而采取领地开放、团队合作、学科对话的新型研究模式，文艺心理学的命名危机及其背后的两种研究途径之争以及学科性质、研究方法分歧将有可能由此打开局面，进而产生出更有价值的研究成果，推动该学科的良性生长。

总之，新时期文艺心理学发展到现在，在学科性质、研究对象、研究方法等方面仍存在重大分歧和较多争议。但是从另一方面看，新时期文艺心理学正是在分歧和争议中不断壮大，迅速发展的。理论的争鸣提供了前进的动力，孕育着未来发展的方向。我们有理由相信中国当代文艺心理学将拥有一个灿烂的明天，其生命之火仍将继续燃烧，为中国当代文艺学大厦添砖加瓦！

参考文献

一、著作类

（美）阿恩海姆著，滕守尧译：《艺术与视知觉》，中国社会科学出版社，1984 年。

（美）阿恩海姆著，郭小平等译：《艺术心理学新论》，商务印书馆，1994 年。

（美）阿尔·戈尔著，陈嘉映等译：《濒临失衡的地球：生态与人类精神》，中央编译出版社，1997 年。

（美）安简·查特吉著，林旭文译：《审美的脑：从演化角度阐释人类对美与艺术的追求》，浙江大学出版社，2016 年。

（美）阿诺德·伯林特著，张敏、周雨译：《环境美学》，湖南科学技术出版社，2006 年。

（加）卡尔松著，杨平译：《环境美学》，四川人民出版社，2006 年。

（苏）尼基伏洛娃著，魏庄安译：《文艺创作心理学》，甘肃人民出版社，1984 年。

（瑞士）荣格著，冯川、苏克译：《心理学与文学》，北京三联书店，1987 年。

（英）萨米尔·泽基著，孟凡君译：《大脑的辉煌与悲怆——对于爱情、创造力以及人类幸福的求索》，人民出版社，2017 年。

（美）苏珊·朗格著，刘大基等译：《情感与形式》，中国社会科学出版社，1986 年。

（美）苏珊·朗格著，滕守尧等译：《艺术问题》，中国社会科学出版社，1983 年。

（英）特雷·伊格尔顿著，伍晓明译：《二十世纪西方文学理论》，北京大学出版社，2007 年。

（美）托马斯·库恩著，金吾伦等译：《科学革命的结构》，北京大学出版社，2003 年。

（苏）维果茨基著，周新译：《艺术心理学》，中国社会科学出版社，1985 年。

（美）韦勒克、沃伦著，刘象愚等译：《文学理论》，三联书店，1984 年。

（英）瓦伦汀著，潘智彪译：《实验审美心理学》，三环出版社，1989 年。

《马克思主义文艺理论研究》编辑部编选：《美学文艺学方法论》，文化艺术出版社，1985 年。

《马克思主义文艺理论研究》编辑部编选：《美学文艺学方法论（续集）》，文化艺术出版社，1987 年。

《鸭绿江》杂志社资料编：《形象思维资料辑要》，辽宁人民出版社出版，1979 年。

巴金：《巴金全集》，第十九卷，人民文学出版社，1993 年。

巴人：《文学论稿》，新文艺出版社，1956 年。

包忠文：《当代中国文艺理论史》，江苏教育出版社，1998 年。

蔡仪：《文学概论》，人民文学出版社，1979 年。

蔡仪：《蔡仪文集》，第一卷，中国文联出版社，2002 年。

蔡运桂：《艺术情感学》，三环出版社，1989 年。

曹日昌：《普通心理学》（上册），人民教育出版社，1978 年。

曾繁仁：《中国新时期文艺学史论》，北京大学出版社，2008 年。

曾繁仁：《生态美学基本问题研究》，人民出版社，2015 年。

曾奕禅：《文艺心理学》，江西教育出版社，1991 年。

曾永成：《感应与生成：感应论审美观》，成都科技大学出版社，1991 年。

曾永成：《文艺的绿色之思——文艺生态学引论》，人民文学出版社，2000 年。

陈鸣树：《文艺学方法论》，复旦大学出版社，2004 年。

陈思和：《当代文学史教程》，复旦大学出版社，1999 年。

陈宪年：《创作个性论》，安徽教育出版社，1997 年。

程光炜：《文学讲稿："80 年代"作为方法》，北京大学出版社，2009 年。

程正民：《俄国作家创作心理研究》，百花文艺出版社，1990 年。

程正民：《文艺心理学新编》，北京师范大学出版社，2011 年。

邓小平：《邓小平文选》（第 2 卷），人民出版社，1983 年。

丁峻等：《当代神经美学研究》，科学出版社，2018 年。

丁宁：《接受之维》，百花文艺出版社，1990 年。

董学文、金永兵：《中国当代文学理论》（1978—2008），北京大学出版社，2008年。

杜书瀛：《文艺创作美学纲要》，辽宁大学出版社，1986年。

杜书瀛：《文学原理——创作论》，社会科学文献出版社，1989年。

杜卫：《走出审美城：新时期文学审美论的批判性解读》，东方出版社，1999年。

方汉文：《西方文艺心理学史》，陕西人民出版社，1999年。

方兢：《中国当代文学理论体系研究》，中国文联出版社，2005年。

复旦大学中文系文艺理论教研组编：《形象思维问题参考资料》（1-2辑），上海文艺出版社，1978—1979年。

高尔泰：《美是自由的象征》，人民文学出版社，1986年。

高建平：《当代中国文艺理论研究（1949—2009）》，中国社会科学出版社，2011年。

高楠：《文艺心理探索》，辽宁大学出版社，1987年。

高楠：《艺术心理学》，辽宁人民出版社，1988年。

高庆年：《造形艺术心理学》，知识出版社，1988年。

古远清：《中国当代文学理论批评史：1949—1989大陆部分》，山东文艺出版社，2005年。

顾祖钊：《艺术至境论》，百花文艺出版社，1992年。

郭振新：《文艺心理学探新》，内蒙古人民出版社，1985年。

贺桂梅：《"新启蒙"知识档案——80年代中国文化研究》，北京大学出版社，2010年。

洪子诚：《中国当代文学史》，北京大学出版社，2007年。

洪子诚等:《重返"八十年代"》,北京大学出版社,2009 年。

胡风:《胡风评论集》,人民文学出版社,1985 年。

胡经之:《文艺美学》,北京大学出版社,1989 年。

胡山林:《文艺欣赏心理学》,河南大学出版社,1999 年。

湖南师范学院中国文学系文学理论教研组编:《文艺理论(上册)》,湖南人民出版社,1958 年。

黄海澄:《系统论、控制论、信息论美学原理》,湖南人民出版社,1986 年。

黄曼君:《中国近百年文学理论批评史(1895—1990)》,湖北教育出版社,1997 年。

黄鸣奋:《艺术交往心理学》,厦门大学出版社,1987 年。

姜澄清:《艺术生态论纲》,贵州人民出版社,1994 年。

蒋孔阳:《文学的基本知识》,中国青年出版社,1957 年。

金开诚:《文艺心理学论稿》,北京大学出版社,1982 年。

金开诚:《艺文丛谈》,北京出版社,1985 年。

金开诚:《文艺心理学概论》,人民文学出版社,1987 年。

金开诚、张化本:《文艺心理学》,吉林教育出版社,1988 年。

金开诚:《文艺心理学术语详解辞典》,北京大学出版社,1992 年。

金开诚:《谈艺综录》,中国青年出版社,1993 年。

金开诚:《燕园岁月》,北京大学出版社,1998 年。

金开诚,《金开诚文选》,北京大学出版社,2010 年。

金永兵等:《当代文学理论范畴导论》,北京大学出版社,2011 年。

金元浦:《当代文艺心理学》,中国人民大学出版社,

2009 年。

旷新年：《中国现代文学理论批评概念》，清华大学出版社，
2014 年。

劳承万：《审美中介论》，上海文艺出版社，2001 年。

黎乔立：《审美新假说——关于审美生理学的思考》，世界
出版社，1992 年。

黎乔立：《审美生理学导论》，广东人民出版社，2000 年。

李珺平：《创作动力学》，百花文艺出版社，1992 年。

李心峰：《20 世纪中国艺术理论主题史》，辽海出版社，
2005 年。

李勇：《中国当代文艺学的范式转型》，北京大学出版社，
2012 年。

李泽厚：《美学三书》，安徽教育出版社，1999 年。

李泽厚：《美学旧作集》，天津社会科学院出版社，2002 年。

李泽厚：《人类学历史本体论》，天津社会科学院出版社，
2010 年。

李志宏：《认知美学原理》，光明日报出版社，2012 年。

李志宏：《认知神经美学》，中国书籍出版社，2020 年。

林兴宅：《艺术魅力的探寻》，四川人民出版社，1985 年。

刘锋杰：《文学政治学的创构——百年来文学与政治关系论
争研究》，复旦大学出版社，2013 年。

刘叔成等：《美学基本原理》，上海人民出版社，1984 年。

刘伟林：《中国文艺心理学史》，三环出版社，1989 年。

刘锡诚：《文坛旧事》，武汉出版社，2005 年。

刘骁纯：《从动物快感到人的美感》，山东文艺出版社，

1986 年。

刘炟：《文艺创造心理学》，吉林教育出版社，1992 年。

刘再复：《文学的反思》，人民文学出版社，1986 年。

刘再复：《性格组合论》，安徽文艺出版社，1999 年。

刘兆吉：《文艺心理与美育心理》，西南师范大学出版社，1987 年。

刘兆吉：《文艺心理学纲要》，西南师范大学出版社，1992 年。

鲁枢元：《创作心理研究》，黄河文艺出版社，1987 年。

鲁枢元：《文艺心理阐释》，上海文艺出版社，1989 年。

鲁枢元：《生态文艺学》，陕西人民教育出版社，2000 年。

鲁枢元等：《文艺心理学大辞典》，湖北人民出版社，2001 年。

鲁枢元：《生态批评的空间》，华东师范大学出版社，2006 年。

鲁枢元：《文学的跨界研究：文学与生态学》，学林出版社，2011 年。

鲁枢元：《文学的跨界研究：文学与心理学》，学林出版社，2011 年。

陆贵山：《审美主客体》，中国人民大学出版社，1989 年出版。

陆梅林、盛同主编：《新时期文艺论争辑要》，重庆出版社，1991 年。

陆扬：《精神分析文论》，山东教育出版社，2005 年。

陆一帆：《文艺心理学》，江苏人民出版社，1985 年。

陆一帆、刘伟林：《文艺心理探胜》，三环出版社，1989 年。

路德庆：《作家谈创作》，花城出版社，1981 年。

罗小平、黄虹：《音乐心理学》，三环出版社，1989 年。

吕景云、朱丰顺：《艺术心理学新论》，文化艺术出版社，

1999 年。

　　吕俊华：《艺术创作与变态心理》，三联书店，1987 年。

　　毛泽东：《毛泽东选集》（第三卷），人民出版社，1991 年。

　　毛泽东：《新中国成立以来毛泽东文稿》（第六册），中央文献出版社，1992 年。

　　孟繁华：《中国 20 世纪文艺学学术史》（第三部），上海文艺出版社 2001 年。

　　潘知常：《反美学》，学林出版社，1995 年。

　　潘知常：《生命美学论稿：在阐释中理解当代生命美学》，郑州大学出版社，2002 年。

　　潘智彪：《喜剧心理学》，三环出版社，1989 年。

　　彭华生、钱光培：《新时期作家谈创作》，人民文学出版社，1983 年。

　　彭立勋：《美感心理研究》，湖南人民出版社，1986 年。

　　彭立勋：《审美经验论》，长江文艺出版社，1989 年。

　　皮朝纲、李天道：《中国古代审美心理学论纲》，成都科技大学出版社，1989 年。

　　钱谷融：《论"文学是人学"》，人民文学出版社，1981 年。

　　钱谷融、鲁枢元：《文学心理学教程》，华东师范大学出版社，1987 年。

　　钱谷融：《艺术·人·真诚》，华东师大出版社，1995 年。

　　钱谷融、鲁枢元：《文学心理学》，华东师范大学出版社，2003 年。

　　钱学森、刘再复等：《文艺学、美学与现代科学》，中国社会科学出版社，1986 年。

钱中文：《文学理论：转向交往与对话的时代》，北京大学出版社，1999年。

钱中文：《审美与人文：钱中文自选集》，首都师范大学出版社，2016年。

邱明正：《审美心理学》，复旦大学出版社，1993年。

上海师范文学理论教研室编：《文学理论争鸣辑要》，上海文艺出版社，1983年。

社会科学战线编辑部：《形象思维问题论丛》，吉林人民出版社，1979年。

陶伯华、朱亚燕：《灵感学引论》，辽宁人民出版社，1987年。

陶东风：《中国古代心理美学六论》，百花文艺出版社，1992年。

陶东风、和磊：《当代中国文艺学研究》（1949-2009），中国社会科学出版社，2011年。

陶水平：《审美态度心理学》，百花文艺出版社，1991年。

滕守尧：《审美心理描述》，中国社会科学出版社，1985年。

田忠辉：《探究隐秘世界的努力——中国当代文艺心理学研究反思》，北京师范大学出版社，2019年。

童庆炳：《文学概论》（上），红旗出版社，1984年。

童庆炳：《艺术创作与审美心理》，百花文艺出版社，1990年。

童庆炳：《中国古代心理诗学与美学》，中华书局，1992年。

童庆炳、程正民：《现代心理美学》，中国社会科学出版社，1993年。

童庆炳：《文学艺术与社会心理》，高等教育出版社，1997年。

童庆炳、程正民：《文艺心理学教程》，高等教育出版社，

2001 年。

童庆炳：《文学审美论的自觉》，北京师范大学出版社，
2011 年。

汪济生：《系统进化论美学观》，北京大学出版社，1987 年。

汪裕雄：《审美意象学》，人民出版社，2013 年。

王朝闻：《审美谈》，人民出版社，1984 年。

王国维：《王国维文学美学论著集》，北岳文艺出版社，
1987 年。

王先霈：《文艺心理学概论》，华中师范大学出版社，1988 年。

王先霈：《文艺心理学读本》，华中师范大学出版社，2009 年。

王尧等：《中国当代文学批评大系》，苏州大学出版社，
2012 年。

王一川：《意义的瞬间生成：西方体验美学的超越性结构》，
山东文艺出版社，1988 年。

王一川：《审美体验论》，百花文艺出版社，1992 年。

王元骧：《审美反映与艺术创造》，杭州大学出版社，1992 年。

韦实：《新 10 年文艺理论讨论概观》，漓江出版社，1988 年。

韦小坚、胡开祥、孙启君：《悲剧心理学》，三环出版社，
1989 年。

吴子林：《童庆炳评传》，黄山书社，2016 年。

夏中义：《艺术链》，上海文艺出版社，1988 年。

夏中义：《新潮学案：新时期文论重估》，上海三联书店，
1996 年。

夏中义：《朱光潜美学十辨》，商务印书馆，2011 年。

邢建昌、姜文振：《文艺美学的现代性建构》，安徽教育出

版社，2001 年。

许明：《美的认知结构》，花山文艺出版社，1993 年。

许一青：《文艺创作心理初探》，南京出版社，1989 年。

杨守森：《艺术想象论》，百花文艺出版社，1991 年。

叶朗：《中国美学史大纲》，上海人民出版社，1985 年。

叶朗：《现代美学体系》，北京大学出版社，1988 年。

叶朗：《美学原理》，北京大学出版社，2009 年。

以群：《文学的基本原理》，上海文艺出版社，1964 年。

易健、王先霈编：《文学概论》，湖南教育出版社，1983。

余秋雨：《戏剧审美心理学》，四川人民出版社，1985 年。

查建英等：《“八十年代”：访谈录》，三联书店，2006 年。

张化本：《艺文散论：文艺心理学拾遗及其他》，学苑出版社，2015 年。

张健等：《中国当代文学编年史》，山东文艺出版社，2012 年。

张婷婷、杜书瀛，《新时期文艺学反思录》，山东文艺出版社，2001 年。

张婷婷：《中国 20 世纪文艺学学术史》，第四部，上海文艺出版社，2001 年。

张玉能：《深层审美心理学》，华中师范大学出版社，2018 年。

张佐邦：《文艺心理学》，中国社会科学出版社，2006 年。

赵宪章：《文艺学方法通论》，江苏文艺出版社，1990 年。

中共中央文献研究室编：《新中国成立以来重要文献选编》（第 1—20 册），中央文献出版社，1992—1998 年。

中国社会科学院外国研究所外国文学研究资料丛刊编辑委员会编：《外国理论家作家论形象思维》，中国社会科学出版社，

1979 年。

中国文联：《中国文学艺术工作者第四次代表大会文集》，四川人民出版社，1980 年。

周恩来：《周恩来论文艺》，人民文学出版社，1979 年。

周冠生：《艺术创造心理学》，重庆出版社，1994 年。

周冠生：《新编文艺心理学》，上海文艺出版社，1995 年。

周文柏：《文艺心理研究》，中国人民大学出版社，1988 年。

周宪：《走向创造的境界——艺术创造力的心理探索》，吉林教育出版社，1992 年。

周扬：《周扬文集》，人民文学出版社，1984-1994 年。

朱光潜：《朱光潜美学文集》，上海文艺出版社，1982 年。

朱光潜：《悲剧心理学》，人民文学出版社，1983 年。

朱光潜：《西方美学史》，人民文学出版社，1985 年。

朱光潜：《朱光潜全集》，安徽教育出版社，1987—1992 年。

朱丕智：《中国现当代文学理论批判》，中国社会科学出版社，2012 年。

朱寿兴：《文艺心理发生论：人文视野中的文艺心理学研究》，吉林大学出版社，2009 年。

朱寨：《中国当代文学思潮史》，人民文学出版社，1987 年。

庄志民：《审美心理的奥秘》，上海人民出版社，1983 年。

二、论文类：

巴人：《论人情》，《新港》，1957 年 1 月号。

曾永成：《节律感应：人本生态美学的核心范畴》，《江汉大学学报（人文科学版）》，2007 年第 2 期。

曾永成：《人本生态美学的几个回归和深化》，《江苏大学学报（社会科学版）》，2005 年第 3 期。

曾永成：《人本生态美学的思维路向和学理框架》，《江汉大学学报（人文科学版）》，2005 年第 5 期。

曾永成：《生态学化：文艺理论建设的当代课题》，《成都大学学报（社科版）》，2002 年第 3 期。

曾永成：《心身之间：杜威经验论身心整体观的生态内涵和美学意义》，《江苏大学学报（社会科学版）》，2012 年第 5 期。

郭亨杰：《试论我国文艺心理学研究的若干缺陷》，《南京师大学报（社会科学版）》，1990 年第 2 期。

洪毅然：《简论美和审美意识的阶级性和共同性》，《社会科学》，1980 年第 2 期。

胡经之、王岳川：《论审美体验》，《北京大学学报（哲学社会科学版）》，1986 年第 4 期。

胡经之、王岳川：《中西审美体验论》，《文艺研究》，1986 年第 2 期。

霍松林：《试论形象思维》，《新建设》，1956 年 5 月号。

蒋孔阳：《论文学艺术的特征》，《复旦学报（人文科学版）》，1956 年第 2 期。

黎乔立：《建立审美生理学的必要性》，《自然辩证法研究》，2001 年第 6 期。

李珺平：《世纪之交：文艺心理学的窘境与前瞻》，《北京社会科学》，1999 年第 1 期。

李泽厚：《美学的对象与范围》，《美学》，1981 年第 3 期。

李泽厚：《试论形象思维》，《文学评论》，1959 年第 2 期。

李泽厚：《形象思维再续谈》，《文学评论》，1980 年第 3 期。

李志宏：《陌生而有效的科学化美学研究》，《美与时代》，2012 年第 4 期。

李志宏：《深层审美机制的科学阐释与审美机器人设想》，《华夏文化论坛》，2008 年。

李志宏：《现代认知科学的发展对美学创新的启示：认知美学论纲》，《社会科学战线》，2000 年第 1 期。

李志宏：《中国美学的现代性进展与科学化方向》，《吉林大学社会科学学报》，2003 年第 1 期。

刘锋杰：《"生态文艺学"的理论之路》，《安徽师范大学学报（人文社科版）》，2003 年第 6 期。

刘锋杰：《"文艺心理学"的命名之难——新时期以来"文学的跨学科研究"学术考察之一》，《文艺理论研究》，2012 年第 5 期。

刘欣大：《"形象思维"的两次大论争》，《文学评论》，1996 年第 6 期。

彭立勋：《20 世纪中国审美心理学建设的回顾与展望》，《中国社会科学》，1999 年第 6 期。

钱谷融：《论"文学是人学"》，《文艺月报》，1957 年 5 月号。

钱中文：《最具体的和最主观的是最丰富的——论审美反映的创造性本质》，《文艺理论研究》，1986 年第 4 期。

邱明正：《再论共同美》，《复旦学报》（社会科学版），1981 年第 2 期。

谭好哲：《文艺心理学的研究方法及其他——访鲁枢元、金开诚、童庆炳三教授》，《文史哲》，1987 年第 5 期。

陶水平：《文艺心理学研究的价值取向》，《艺术广角》，1998 年第 3 期。

童庆炳：《再论形象思维的基本特征——兼答邹大炎同志》，《北京师范大学学报》，1979 年第 1 期。

庹祖海：《关于文学与人性、人道主义的讨论综述》，《文艺理论与批评》，1991 年第 3 期。

汪裕雄：《"补苴罅漏，张皇幽渺"——重读朱光潜先生的〈文艺心理学〉》，《文艺研究》，1989 年第 6 期。

王先霈：《文艺心理学学科反思》，《云梦学刊》，2010 年第 2 期。

王元骧：《反映论原理与文学本质问题》，《文艺理论与批评》，1988 年第 1 期。

夏中义：《新潮的螺旋——新时期文艺心理学批判》，《文学评论》，1989 年第 2 期。

薛富兴：《从心理美学到哲学美学——20 世纪后期朱光潜美学学术道路的反思》，《南开学报（哲学社会科学版）》，2002 年第 3 期。

郑季翘：《文艺领域里必须坚持马克思主义认识论》，《红旗》，1966 年第 5 期。

周宪：《科学主义与人本主义的冲突：现代美学和艺术科学方法论考察之一》，《义艺研究》，1986 年第 6 期。

朱光潜：《关于人性、人道主义、人情味和共同美问题》，《文艺研究》，1979 年第 3 期。

朱杰鹏：《中国"精神生态"研究二十年》，《天津师范大学学报（社会科学版）》2010 年第 5 期。

　　朱立元、张玉能：《浅谈共同美的生理、心理基础》，《复旦学报》（社会科学版），1981 年第 2 期。

后　记

　　这部小书的主体是我的博士论文。四年前的我在后记中写道："读博是一种享受。可惜四年太短，匆匆，碌碌。"眼下又是四年飞驰而过，无情最是流年，忆往昔心事谁堪？

　　我于 2000 年毕业于青岛海洋大学的水文地质与工程地质专业，苦学一年后考取了南京师范大学的文艺学专业研究生，2004年获得文学硕士学位，旋即在浙西一所地方院校教授文学课程，初步实现了文学梦想。而在授业十载之后，也就是在 2014 年考取了苏州大学的文艺学博士，并于四年后获得博士学位，算是完成了求学梦想。

　　博论自开题以来，文艺理论教研室的李勇老师、侯敏老师、徐国源老师、王耘老师多次指点迷津，层层把关，使我在撰写论文时少走弯路。而鲁枢元老师则在博论选题上给我深刻启迪，使我在文艺心理学、生态文艺学、文艺学方法论等方面受益良多。此外，夏中义老师、吴子林老师在答辩会上提出的真知灼见以及对我的殷切期盼，使在场的我如坐春风，也时时鼓舞着我继续前行。在此谨对各位老师表示诚挚的谢意。

在此我还要感谢一起学习的同门师姐尹传兰、许丽、师兄赵学存、师弟范天阁对我的关爱和支持；感谢我的博士同学黄新炎、赵永君在毕业答辩环节给我的热情帮助；感谢我的工作单位衢州学院提供了优越的读博条件；感谢衢州学院教师教育学院领导与中文系同事的关心与支持；感谢周纪焕教授提供部分资料；感谢我的朋友魏俊杰、沈小龙对此书出版的关心和帮助；我还要特别感谢我的岳父、岳母和爱人对我的默默奉献，感谢我的父亲、大姑对我学业的关心，感谢我的女儿给我四年攻博苦读生活带来的快乐。

感谢我的博士导师刘锋杰教授对这个选题的支持，感谢他在我写作过程中给予的耐心细致的指导。进入刘门八年来，学术上和生活上成长良多，从导师身上领略了为学和为人的境界，虽不能至，心向往之！

感谢衢州学院学术出版基金对本书的资助，感谢本书责任编辑谢焕老师的辛苦付出。

在我赴苏考博的一个月前，母亲骤然离去，给我带来永远的遗憾和伤痛。谨以此书告慰我母在天之灵！

2022 年 11 月 22 日

图书在版编目（CIP）数据

缪斯再临：新时期文艺心理学 / 赵言领著. — 杭
州：浙江大学出版社，2022.12
ISBN 978-7-308-23421-4

Ⅰ.①缪… Ⅱ.①赵… Ⅲ.①文艺心理学 Ⅳ.
①I0-05

中国版本图书馆CIP数据核字（2022）第245736号

缪斯再临：新时期文艺心理学
赵言领　著

责任编辑　谢　焕
责任校对　陈　欣
封面设计　云水文化
出版发行　浙江大学出版社
　　　　　（杭州天目山路148号　邮政编码：310007）
　　　　　（网址：http://www.zjupress.com）
排　　版　浙江时代出版服务有限公司
印　　刷　广东虎彩云印刷有限公司绍兴分公司
开　　本　880mm×1230mm　1/32
印　　张　10.5
字　　数　235千
版 印 次　2022年12月第1版　2022年12月第1次印刷
书　　号　ISBN 978-7-308-23421-4
定　　价　78.00元